張廉
插畫／Ai×Kira

鳳的男臣 4

深宮美男心機深

Kadokawa Fantastic Novels DX

凰的男臣

目錄

第一章 大婚進行時

天，越來越冷。

晨霧籠罩整個巫月，濃濃的霧像是厚厚的白雲墜落在巫月皇宮上，陰寒而濕冷，但也帶來了仙境般的美麗。

一隊侍衛押著瑾崋走在濃霧之中，若隱若現。

巫月皇宮在進入女皇大婚倒數計時的那天開始，陷入緊張的忙碌之中。

司樂局、製衣局、御膳房、內務府等司局，乃至御藥房也忙碌不堪。女皇大婚大到慶典禮節安排，小到新房用何種香料，全部要悉心選擇，而這項龐大而細緻的工作，交托在了懷幽身上，再由內侍官白殤秋協助。

內侍官本是御前的上司，而這次情況特殊，御前常年侍候在女皇身邊，自然比內侍官更清楚女皇喜好。

若是得寵的御前，地位往往比大侍官更高。雖然大侍官的品階高於御前，但還需拍御前的馬屁。

我的大殿內，此刻跪滿了人，他們或是手托樣衣珠寶、或是器皿杯碟，等待懷幽一一審核。白殤秋跪坐在懷幽身邊，手執厚厚的本子，詳細記錄。

白殤秋的父親曾經也是一名御前，與母皇也傳出過各種曖昧的緋聞。不過御前和女皇之間的那些事兒，是說不清道不明的，母皇到底有沒有臨幸白殤秋的父親，大家就不得而知了。不過，後來母皇尊重了白殤秋父親的選擇，同意他離宮娶妻生子。

白殤秋父親離宮時，母皇還賜了諸多金銀珠寶，可見母皇對白殤秋父親的器重。

之後，白殤秋繼承父業入宮，也成了御前。在懷幽入宮之後，他升任內侍官，懷幽成了御前。所以，白殤秋也有做過御前的經驗，做事也是格外小心謹慎，與懷幽配合起來很有默契。

「懷御前，您看這個顏色如何？」

懷幽取過製衣局送來的樣裝細看。

「這個紅色還不夠深，女皇陛下不是凡夫俗女，這紅色過於媚俗，需要更加莊重一些。」

「是。」

「懷御前，您看這鎏金釵的花紋可好？」

「可以，是女皇陛下喜歡的百合，但鎏金有些俗氣了，換做紅珊瑚，既喜慶又高貴。」

「是。」

「懷御前，請您過目大婚的器皿。」

懷幽一一檢查後放回。白殤秋再次拿起，看了看。

「朝中女官為主，這套山河錦繡的花紋還不夠豔麗，去換花開富貴來。」

「是。」

「內侍官大人想得周到。」懷幽對白殤秋一禮。

白殤秋也對懷幽一禮。

「懷御前，這是大婚時讓女皇陛下和攝政王服用的鴛鴦丸。」

懷幽的神情開始凝滯，白殤秋看他一眼，落眸繼續記錄。懷幽恢復平靜地取出瓷碗中的藥丸，細細嗅聞。

我懶懶地躺在懷幽身後的臥榻上，垂簾做甩手掌櫃，看著外面。身前是阿寶服侍我吃金桔。

「女皇陛下，為何御藥房也派人來？」阿寶疑惑地問：「大婚晚上吃什麼藥？」

「那可不是普通的藥。」我懶懶地說：「那藥說白了就是催情催生用的，鴛鴦丸除了能夠提升情慾，還可以增強男女的生育能力，讓女皇好盡快生下子嗣繁衍皇族～～」

「原來如此啊……這就是為了女皇陛下和攝政王準備的，讓女皇陛下懷上攝政王的……」

阿寶聽得滿臉通紅，靈秀的大眼睛裡春水盈盈。

「裝什麼呢，看小黃書的傢伙在本女皇面前裝純情。」我一巴掌拍在他臉上。

「阿寶哪有看小黃書。」阿寶顯得格外委屈，噘起紅嘟嘟的嘴，他似是想到什麼似地偷偷瞄我。

「女皇陛下，為何阿寶看不到那個姊姊？」

「哪個姊姊？」我瞥眸看他。

他眨了眨眼睛，黑眸轉了轉，立刻低頭：「當阿寶沒說。」

我半垂眼瞼看他片刻，收回了視線，這阿寶可真會裝蒜。

在那晚之後的第二天，孤煌泗海就迫不及待地命人把瑾崋神不知鬼不覺地送出了宮，許多宮人直到看不見瑾崋才反應過來，紛紛疑惑瑾崋公子怎忽然不見。

但是在這宮裡，默默消失的人實在太多了，又有誰敢問？

桃香她們為此也是失意許久，她們很喜歡瑾崋，雖然瑾崋在的時候大多時間像根木頭，但也比壞脾氣的蘇凝霜好上許多。

蕭玉明也在不久之後離宮，原以為孤煌少司不會讓蕭玉明做刑部尚書，但沒想到他像什麼事都沒發生過般，讓蕭玉明上任了，同時也把蕭家大宅發還蕭玉明。這是要定了我這個人情。

眼前浮現蕭家那六層的閣樓，那晚的銀盤宛若又在眼前。立時感到心緒不寧，我蹙眉轉身看向簾外，好讓那些圖像在懷幽他們的話語中消失。

阿寶現在成了我的貼身男侍，因為懷幽是真的無暇來服侍我了。

「懷御前，這是大婚新房用的貢緞，請您過目。」

懷幽摸了摸那頂級的貢緞點點頭。

「記得用羊絨做底，天涼了，貢緞蓋在身上涼。」

「是。」

「懷御前真是貼心。」白殤秋再次微笑看他。

「內侍官大人過獎了，照顧女皇陛下，是御前的本分。」懷幽再次對白殤秋一禮。

白殤秋讚賞地點點頭，繼續落眸在冊子上書寫。

「懷御前，這是香料，您覺得這個香味可好？」

懷幽揭開香料的瓶蓋，用手輕拂嗅聞。

阿寶在簾後看得目瞪口呆，滿目的欽佩。

「懷御前對女皇陛下的喜好真是了解，好貼心，像是他自己大婚一樣。」

我抬手又是一掌打在阿寶的頭上。

「少胡說，宮裡豈是你能亂說話的地方，若是被攝政王聽見，他定會撕爛你的嘴！」

阿寶委屈地低下臉摸頭。

「自從瑾崋公子不見後，女皇陛下變得越來越古怪，也不再找凝霜公子和懷御前侍寢，整天打我，難怪我娘說……」他偷偷看我一眼不敢說話。

「說什麼？」我沉臉看他。

他又偷偷瞄我一眼嘟囔著：

「說女人如果陰陽不調，性情也會大變，所以時常要有男人雨露滋潤，方能……」

「下流下流下流！」我連連打在阿寶頭上，阿寶痛得啊啊亂叫。我冷臉看他：「小東西才幾歲，說出這種話來？看來你的年紀可不像你的臉那麼年輕。」

阿寶微微一怔，可是剎那間神情的變化立刻被他陽光燦爛天真無邪的笑容覆蓋。

「女皇陛下，這裡太悶了，我們出去走走吧。」阿寶轉移了話題。

「嗯，也好。」我懶懶起身，阿寶伸出手放到我面前，我伸手扶在他腦袋上，他嘻嘻一笑，彎腰弓背。

蘇凝霜告訴我，阿寶並未主動向他暴露身分。那麼，只有兩個可能，一是月傾城沒有告訴阿寶蘇凝霜的真實身分；二是月傾城說了，但阿寶另有打算，不想與蘇凝霜有過多交集，徒增枝節。

總之，我對這阿寶，並不信任。

阿寶攙扶我走在御花園之間，心裡覺得有件事很奇怪。自那晚之後，孤煌少司不再入宮，孤煌泗海也不再找我。我知道孤煌泗海在專心養傷，但孤煌少司是為什麼？

雖然他們不來，但監視我的人卻多了一倍，日夜輪班。孤煌少司似是知道了。即使孤煌少司知道我是玉狐，也不會殺我。並非因為他弟弟愛我，而是他需要一個女皇為他生孩子。只是，他會讓我變得更乖、更順從。

還有一個人的身分尚未曝光，便是獨狼。我必須通知他我露餡一事，好讓他和梁秋瑛有所準備。

深思之間，已到了御花園的假山之前。巫月皇宮的假山造得極好，高低錯落，百轉千迴，猶如迷宮。在我初入宮時，也常與男侍們在此玩捉迷藏。

「女皇陛下！我們玩捉迷藏吧。」阿寶提議。

我見陽光明媚，心中一動。正愁出不去，悶得慌，這白日出去可比晚上更不會引人注意，又是阿寶提議，不會有人懷疑。

「人太少了，玩起來沒勁。」我故作無聊地看看周圍。

「阿寶去叫！」阿寶立刻喊了起來：「大家快來陪女皇陛下捉迷藏——」

侍者和宮女們聽見，立刻開心得扔掉手中的活，朝這裡跑來。

「誰抓到本女皇，賞一百兩。抓到阿寶，賞銀十兩。」我笑道。

侍者和宮女們驚喜地互看。

「怎麼找到我才十兩？」阿寶委屈地看我。

「你這死奴才，還想與本女皇一樣嗎？」我不屑地說。

「不不不。」他燦燦地笑了：「阿寶怎能與女皇陛下相比？」

「現在開始。」我拉起阿寶的手跑入假山深處，鑽入石洞，千迴百轉，深不見底。

感覺不到暗衛們的氣息後，我一把將阿寶推在昏暗潮濕的石壁上，灼灼看他：「脫衣服。」

「啊、啊？」阿寶水汪汪的大眼睛在昏暗中閃爍。「這、這裡？阿寶知道了……」

阿寶顯得很委屈，開始慢慢地解自己的腰帶。

我飛快脫掉了自己厚重的外衣，「撲簌」落地有聲。我解開腰帶開始脫中衣時，阿寶還沒脫掉外衣，我不禁蹙眉。

「你扭捏什麼？我幫你脫。」我上前直接扯掉他的腰帶，他驚然後退，側開緋紅的臉咬緊下唇。

我「窸窸窣窣」飛快剝掉他的外衣和中衣，開心地拿在手中。

他偷偷看我一眼，緩緩抬手開始解內衣的衣結，然後轉身背對我一點一點脫下內衣，絲綢的內衣滑落他圓潤的肩膀，即使周圍昏暗，依然蓋不住他那一身通透肌膚。

我一愣，阿寶的皮膚極好，如羊脂白玉，在昏暗之中依然閃現暖玉般的弱光。瘦不露骨，圓潤飽滿，宛如一塊天然美玉，讓你想把玩在手中。

白色的內衣墜地，見他要轉身，我立刻說：「別動！」

他立刻不敢轉身，低下頭輕輕呼吸。

「女皇陛下……阿寶……有點緊張……」他看似緊張地說。

我走上前，先是拆掉了他包頭的方巾，墨髮瞬間從我指尖傾瀉而下，隱約感覺到阿寶止住呼吸。長髮披散在他玉脂般的後背上，順滑如絲。我順了順，開始給他挽一個和我一樣的髮髻。

他在我身前發怔，微微側臉似是想看我，我立刻道：「叫你別動了！」

說罷，我拔下髮簪插在他的髮髻上，滿意地後退一步。
「好了，現在你把我的衣服穿上。」
「啊？」阿寶登時轉身，我彎腰拾起他的衣衫，抬臉時，他忽然大步上前，赤裸的胸膛正對我的面前，如玉如脂的肌膚透出誘人的薄紅，他側開臉輕咬下唇，水靈靈的黑眸春光顫動。
「女皇陛下不要阿寶嗎？」
我站直身，他與我咫尺之近，我笑了。
「阿寶，你幾歲？」
他一怔。
我笑著搖搖頭：「我對小孩沒興趣。」說罷我開始穿上他的衣服。
他緩緩轉身，嬌容藏入披散的墨髮內。
「你們都說我小，阿寶不小了！阿寶也可以服侍女皇陛……」
「想什麼呢？小流氓。」我一掌拍上他的後腦勺，他往前一個踉蹌，呆愣在石洞內，我一邊繫腰帶一邊說：「整天就想這種事情，很傷身的。乾脆我給你找個媳婦兒怎樣？」
「阿寶不要！」他立刻轉身，滿臉通紅地低下臉。「阿寶就想跟著女皇陛下。」
「乖。」我捏捏他的嘟嘟臉：「本女皇豈能被別人捉住？你我身形相差無幾，好好扮我，我也會好好疼你的～」
我抱抱他，他不開心地撇開臉。我轉身就往石洞深處而去。
來不及回房易容取物，直接從假山深處的密道離開，爭分奪秒摸過潮濕牆壁的泥土，出密道時抹在自己臉上，悄然離宮，直奔梁府。

✣ ✣ ✣

輕功躍上樑府，找了半圈，看見梁子律正坐在自己院中算帳，想上前時，一個俏麗的身影忽然從他房內走出，撲在了他的身後，我腳步一頓，陷入尷尬之境。那女孩兒正是他的未婚妻——安寧。

「子律，你別算帳了，你怎麼總有算不完的帳？」安寧在梁子律身後不開心地噘嘴：「我幫你把房間收拾乾淨了，梁子律大人可要過目？」

梁子律微微而笑，露出對所有女人都不會露出的柔情：「妳收拾的，我放心。」

我陷入焦躁，我時間本不多，但又不忍打擾人家小夫妻親暱時刻。

梁子律算帳的手微微一頓，轉身微笑握住安寧的手：「妳回去吧。」

「可、可是，我才剛來。」安寧一愣。

「回去吧，稍後掌櫃們過來，妳又要心煩了。」梁子律微微蹙眉。

安寧面色沉下，抽回手轉身：「子律，你老實告訴我，你是不是有什麼事瞞著我？」

梁子律也面露深沉地別開臉，眉峰緊擰。

安靜在梁子律清幽的院中流淌，如幽谷中的水聲潺潺而過。

「我知道你的事我不能過問，但自從那個好色女皇來過之後，你整個人都變了。子律，你到底怎麼回事？」

安寧焦急地轉身，矛盾而混亂。

「你、你跟那個好色女皇到底是什麼關係？」

梁子律在安寧的質問中，變得沉默。

我也開始著急，怎麼辦？時間來不及了。一直冷靜的我，也因心急而失去了平靜。

「我是她的臣。」梁子律忽然說，我立在樑上怔怔看他。他說，他是我的臣。

安寧聽聞這番話，也吃驚地呆立在他面前，久久沒有回神。

「什、什麼？你是她的臣？可、可巫心玉是個荒淫好色的女皇，你、你怎會忠於她？」

「安寧，事情很複雜。我……」梁子律擰緊雙眉，變得吞吞吐吐，一向行事雷厲風行，果決的獨狼，幾時變得這樣猶豫不決。

我看看天色，毫不猶豫地躍下房樑，梁子律立刻起身看向我躍落的方向，目露冷沉。

「妳怎麼下來了？」

他略帶一絲焦躁的語氣裡多了一分對我的責備，他早知我在，所以想讓安寧走。

安寧順著他的目光轉身看我，再次目瞪口呆。

「妳臉怎麼回事？」梁子律走過安寧大步到我面前，蹙眉看我的臉。

「對不起，打擾你們了。」我抱歉地說。

梁子律微蹙眉，轉身看看呆立的安寧，再轉回臉看我：「說正事。」

我認真看他：「我身分曝光了。」

梁子律登時驚立在了院中。

我探出身子看安寧：「對不起，我還需要妳未婚夫。」

不管一臉呆滯的安寧，我收回目光轉向梁子律。

「子律，我需要三個錦囊。」

「好，我去拿。」依然沒有半句廢話，梁子律擦過我走向自己房間。

我快速走到院子裡，在梁子律算帳的石桌邊坐下，在安寧驚詫的目光中「嘶啦嘶啦嘶啦」撕下梁子律帳本上空白的三頁紙，開始寫。

「安寧，妳放心，雖然我暴露了，但子律是安全的，我會護住他和梁相。」我邊寫邊說。

「你們……早有聯繫？」安寧緩緩坐到我身旁。

「是。我現在被妖男嚴密監視，無法脫身……」

感覺到身後的腳步聲一頓，我繼續說道：

「所以時間緊迫，不得不現身。今天可能是我和子律最後一面了。」

我寫下第一計，快速摺疊好。

「子律，錦囊。」

「嗯。」身後腳步聲再次響起，子律大步來到我身旁，放落三個錦囊。

我把第一張字條塞入一個錦囊，在錦囊上面寫下「一」。

「妳身分曝光了?那瑾崋他們呢？」子律保持冷靜地問，細長的眸中浮現絲絲憂急。

「瑾崋已經被送走了，你放心，他相對安全，孤煌泗海答應我不殺他。」我繼續寫下第二張紙。

「哼，他的鬼話妳也信。」子律冷哼，撇開目光。

安寧在我和子律之間來回看著，似是感受到了事態嚴重，也默默蹙眉。

我摺好第二張紙放入第二個錦囊。

「孤煌泗海他……總之，瑾崋不會有事，我已經讓他送信給巫溪雪了，所以孤煌泗海反倒幫了我一次。」

「妳讓巫溪雪做什麼？」子律的語氣又冷沉起來：「他們成事不足敗事有餘！如果不是月傾城，妳怎麼會暴露？」他生氣起來，胸膛氣悶地起伏了一下。

「所以我身分曝光的事不能讓他們知道，尤其是巫溪雪。」

「知道了。」獨狼悶悶說了一聲。

「是怕以後連累子律？」安寧擔心地看看我。

我停下筆，微微吃驚地看安寧一眼，笑了。

「安寧姑娘果然有安大人的睿智，深謀遠慮。不錯，子律、瑾崋他們曾幫助我，若他日新女皇登基，必會對他們產生罅隙，而連累他們。」

「不必為我擔心。」梁子律瞥眸看我一眼：「我只是個商人。」

「那梁相呢？」

子律立時蹙眉，黑眸之中劃過一抹煩躁。

我將第三張紙放入最後一個錦囊，表明「三」，開始交代：

「子律，我大婚那晚你們行事之後，你打開第一個錦囊，你會知道該怎麼做。」

「妳真的要跟那妖男成婚？」子律蹙眉望向我放在桌面上的三個錦囊，再看著我問。

「兵權還未到手，不能停。」我認真看他，他又是一聲氣悶的悶哼，側開了臉。

我推出第二個錦囊。

「我大婚之後會大赦天下，釋放所有囚犯，他們應該會去北城找尋家人，你送完東西回京後，打開第二個錦囊。」

「知道了。」梁子律悶悶地說。

「最後，在我出城後，你打開第三個錦囊。」我把最後一個推到梁子律面前。

「妳能出城？」他驚訝地問，細長的眸中帶出一絲喜悅。「既然走了，就別再回來了。」

「是，梁大人。」我微笑點頭。

「女皇您不回來了？為何您要把皇位讓給別人？」安寧終於插上了話，她是一個大方得體的女人，是為官之才。

「我嫌煩。」我嘆了一聲。

「啊？」安寧一時反應不過來。

「處理朝政煩，處理後宮也煩，若非我是巫月皇族，身負興國之責，這次我才不會下山，蹚這渾水。但有一事我依然擔憂。」

「什麼事？」梁子律朝我看來。

眼前掠過那張豔麗絕美的臉。

「孤煌少司傾國傾城，數任女皇為之沉迷，只有巫溪雪當年與他為敵，被他所害，所以我確信巫溪雪定會誅殺妖男，但……孤煌泗海遠比孤煌少司更為豔絕無雙，我擔心……」

「什麼？比孤煌少司還要俊美？」安寧吃驚而語。

「巫溪雪因有月傾城，故而對孤煌少司並不像其他女人般著迷，她既已有愛夫，應不會再受其他美男所迷。」梁子律深深蹙眉。

「月傾城確實美豔異常。」我點了點頭。

「哼，俊美有什麼用？在我看來還是敗事之人。」子律似是對月傾城有極大意見。「此事之後，我不想再與他有任何接觸！」

子律氣悶地拂袖轉身，渾身寒氣。

安寧看了一會兒梁子律的背影，「噗哧」笑了。

「我還是第一次看見他那麼討厭一個人。」

梁子律氣悶不言，似是連提也不想再提。

「我要走了。」說完隨即起身。

梁子律這才轉回身，滿眼憂慮：「妳也要小心。」

「嗯。」我走了兩步，回頭說：「對了，幫我帶一句話給慕容飛雲，說我大婚的時候還不夠熱鬧。」

安寧面露困惑，梁子律深思片刻後點點頭。

這一次，是我最後一次出宮，希望那三個錦囊能順利行事。

回宮時，阿寶正好被人抓住，大家一片驚訝。

「怎麼是阿寶啊～～」

「女皇陛下跟阿寶換了衣服，這下更難找了。」

立時，我感覺到周圍的暗衛們氣息出現了一絲紊亂，定是以為跟丟了我，怕孤煌少司滅了他們。

我揚起笑容，從假山中大搖大擺走出，仰天大笑。

「哈哈哈！本女皇豈能被你們捉住？」

「啊～～女皇陛下在這裡～～」大家一下子圍了上來，周圍暗衛們的氣息也開始漸漸平靜，如同鬆了口氣。

阿寶站在宮女男侍們外，噘著嘴，一臉的委屈和不高興，身穿女裝的他更多了一分嬌俏可人。

他見那麼多人圍著我，立刻上前：「都讓開讓開，女皇陛下該回去歇息了。」

他拖拽著長長的裙襬，費力地來到我面前。

「女皇陛下，阿寶要賞。」他鼓起臉，看看我，目露驚訝：「女皇陛下，您的臉髒了。」

阿寶立刻拿出絲帕，還翹起了蘭花指，朝我擦來。

我立刻拎住他的蘭花指，揶揄他：「阿寶，你該不是做女人做上癮了吧？」

阿寶僵硬地看自己的蘭花指，登時抱頭蹲下身體。

「啊——女皇陛下取笑阿寶～～」他像是撒嬌般站起，再次鼓臉看我。「阿寶要賞～～」

「好～～賞，都賞。」我像是寵愛自己男侍的好色女皇般，摸上阿寶氣鼓鼓的臉。「我家阿寶就是可愛！」

阿寶在我的撫摸中開心地笑了，陽光燦燦，毫無害羞之色。我把深深的笑意藏入眸底，收回手看眾人。

「走，回去領賞！」

「謝女皇陛下，女皇陛下萬歲萬歲萬萬歲！」

我在假山前扠腰大笑。不錯，我巫心玉雖然露餡，但是同樣可以繼續好色。

躺在舒服的躺椅上，阿寶匆匆給我拿來染濕的布巾，走路時依然穿著我厚厚的鳳袍。他一步一踉蹌地到我身前，俯身為我輕輕擦臉。

我微微耷拉眼瞼看他認真的神情，可愛俏麗的臉上微微染上薄薄紅暈，微微嘟起的紅唇閃現迷人的水光，宛若被人好好品嚐過，留下誘人的痕跡。

我抬手扣住了他的下巴，他微微一怔，雙眸再次春水盈盈，他看似羞澀地側開了臉。

「女、女皇陛下，您、您別再欺負阿寶了。」

我微微坐起身體，扣住他下巴仔細看他。他羞怯地側落臉龐，眸光閃動，反而越發撩人，似是欲拒還迎，彷彿誘惑你不用對他憐惜，儘管蹂躪。

「阿寶，我有時在想，你到我身邊到底是為了什麼。」

只見他身體微微一怔，我放開他，他慌忙跪落在地，一身鳳袍鋪滿了光亮的地板。

「阿寶一直仰慕女皇陛下。阿寶時時許願能到女皇陛下身邊服侍，沒想到老天爺真的滿足了阿寶的心願！」

我下了躺椅，蹲下看著身穿鳳袍的他。

「你那時根本不認識我，仰慕我什麼啊？說實話！」

他後背緊了緊，倏地徹底放鬆，鼓起臉委屈地起身跪坐在自己的雙腳上。

「阿寶想要榮華富貴……不想再屈居於雜役房……」他嘟囔著，臉上的神情似是快要哭出來。

「哈！這才是實話！」我揚唇壞笑看他，扯了扯他的鳳袍。「這套鳳袍重不重？」

他看了看，耷拉腦袋：「重……」

「夫王的袍服比這更漂亮，你要不要穿？」

登時，他不老的童顏出現呆滯，水眸中春光褪盡，多了一分閃爍。

我笑看他一眼，盤腿坐在他的面前。

「男子入宮，都想做一人之下、萬人之上的夫王。巫月與別國不同，別國男人執政，女子不得參政，但是巫月夫王可以。若是女皇不想上朝，夫王可以替女皇代理朝政，執掌生殺大權！」

阿寶眼神閃了閃，再次純真燦爛地笑了起來，仰臉看我：「原來夫王那麼厲害啊！」

「是啊～～」我瞥眸望向看似單純可愛的笑臉。「我本以為你有更大的野心，結果就這點出息，榮華富貴就能滿足你了？」

阿寶天真爛漫地咧開嘴，有些羞澀地低下臉：「夫王……不是還要侍寢嘛……」

「哈！你現在不想侍寢了？剛才是誰在山洞裡巴不得想侍寢的樣子？」

阿寶立時抬臉，急急辯解：「阿寶沒有！」

我壞笑看他：「又是誰說自己年紀不小，懂男女之事？」

阿寶雙眼皮的大眼睛睜了睜，水光閃了閃，低下頭。

「阿寶只是不服氣，總被別人當作小孩子。」

「那……要不這樣。」我抬手勾住他的脖子，他立刻眨著水汪汪的大眼睛湊了過來，我拍上他的胸脯。「我現在封你為夫王，不用你侍寢。」

「啊？」阿寶驚得目瞪口呆。

「反正攝政王跟我成婚又沒說我一定要封他為夫王，我先封了你，他就沒辦法了。哈哈哈哈！」

我誇張地大笑，忽然，阿寶似是極度害怕地趴伏於地。

「女皇陛下您還是饒了阿寶吧，若阿寶做了夫王，定會被攝政王亂棍打死的！」

他看似恐慌地趴在我的面前，我深沉含笑地注視他的後背。可以感覺到，阿寶是有野心的，如果不是為了夫王這個位置，我想不到別的目的。

當年他被巫溪雪退婚，心中定然不甘心，若不遭退婚，那夫王的位置便是他的。而之後，成了月傾城的。

但是，月氏押錯了寶，巫溪雪被孤煌少司給滅了。

我不清楚當中又發生了什麼，讓阿寶再次為巫溪雪效命，但隱隱感覺到，阿寶對夫王這個位置有深深的殘念。這也說明大家還是把寶押在巫溪雪身上，等她翻身，這點從梁秋瑛效力於焚凰便可知。

「女皇陛下……阿寶能不能換了這衣服……」阿寶趴在地上萬分委屈地嘟囔。

我撇他一眼緩緩坐回躺椅，懶懶地躺下。

「穿著吧，你穿著挺好看。」

阿寶身體僵硬了一下，緩緩起身，垂頭喪氣地跪坐在我身邊，猶如一位女皇跪在我巫心玉的身下。

很多時候，我會想起這個巫溪雪。

巫溪雪是皇族裡最具女皇之姿的皇女，文韜武略無一不精，權謀術數無所不通，偏偏又是活潑開朗的性格，總是笑容滿面，在皇都時也很重視民心，故而深受百姓愛戴。

而當女皇沉迷於孤煌少司時，巫溪雪是唯一站出來與忠臣一起聲討孤煌少司的皇族，結果慘遭流放。

所以她至今依然是忠臣們的希望。而她也從未放棄，她建立了焚凰，安插阿寶進入皇宮，與梁秋瑛依然關係密切，派自己未婚夫月傾城留在皇城內祕密部署。這一切的一切，都在為她回歸做準備。

之所以她至今無法離開煤礦，是因為她缺一個機會。還記得子律吐槽他們籌備數年也沒有突破，想想也是可憐。

而現在，我，巫心玉，就要給巫溪雪這個機會。讓她衝破牢籠，一飛沖天。雖然，她遠在千里之外，我們也從未謀面，但隱隱感覺我和她之間必定惺惺相惜。

我開始打發大婚前的日子。每天帶著做好的卡牌上朝，然後和那幫男人圍坐在一起玩牌，慕容飛雲不再上朝，這是在給我一個訊號，他已經開始行事。

倒是慕容燕和慕容襲靜依然照常。

有些事要做得出其不意，平時需要繼續保持原樣，讓人不會懷疑，使人麻痺。

我站在觀星台上遙望空中繁星，天皇星明亮耀眼。師傅說，那是巫月的帝王星，注定巫月皇族不滅，妖男必除。

「女皇陛下，天涼了，我們進去吧。」阿寶為我披上斗篷。

「今日幾號了？」我遙望天空淡淡問。

「十七了。」

「哦……那我明天就要大婚了……」

「是啊！」阿寶反倒顯得很興奮：「大家都等著這天呢。」

「為什麼？」我疑惑看他。

「有好吃的、好玩的，還有好多好多好看的節目，比過年還開心！」他激動地臉泛紅暈。

「是啊，很熱鬧……」我淡淡點頭。

「女皇陛下，為什麼妳看起來好像一點也不開心？」阿寶目露困惑，嘟起紅唇擔心看我。

「我……應該興奮得尖叫嗎？」我微笑地說。

他眨眨眼，水汪汪的雙眼皮大眼睛迷惑不已。他抓了抓額頭，動作可愛得如同小貓用爪子抹過額頭。

「女皇陛下，攝政王是巫月第一美男子，整個巫月的女人都想嫁給他，就算被他看一眼已經幸福得要死了。前面幾任女皇都想得到他，但都沒得到，現在他屬於妳了，不知道多少女人羨慕妳，妳怎麼一點也不開心。」

我笑了，靜靜的夜風掃過我們周圍的松木，帶起一陣如同風鈴般的聲音，星河在我們上方流淌，灑落迷人的星光。

今夜的星空，格外清澈。

我站在星河之下思索片刻，再次看他。

「阿寶，你覺得我好色嗎？」

阿寶水汪汪的大眼睛睜了睜，偷偷看看四周，對我搖搖頭，輕輕說：

「我覺得女皇陛下一點都不好色。」

「跟我第一次見到你時，說得一樣。」我微笑點頭。

登時，他閃亮亮的雙眸猛然收縮了一下，一絲吃驚劃過他的眸底，他眼神閃爍了一下，垂落眼瞼，臉上總是天真無邪的笑容在星光之中散去，露出一分不安和失措來。

終於，我讓這個裝扮得密不透風的阿寶，露出了慌亂的神情。

我收回目光，再次笑看星空。

「阿寶，其實你猜錯了，美男誰不喜歡？我也好色，只是，我不愛他們罷了。嘶……」

我在柔柔的夜風中微微蹙眉，轉身邁步，輕悠而語。

「我真佩服自己的膽子，什麼人都敢收在身邊，哼……」

我淡笑搖頭，緩緩前行，走了兩步便回頭，注視著靜立在星空之下的阿寶。

「阿寶，還呆站著幹嘛？還不過來？」

阿寶回神，匆匆朝我跑來，再次揚起燦爛的笑臉：「阿寶來了。」

「嗯，乖。」我轉身提裙走下觀星台。

孤煌少司，你最期待的應該就是明天吧，我也是。

「哈哈哈——巫心玉，妳大婚之時，我會送妳一份大大的驚喜！」

孤煌泗海的大笑聲迴盪在耳際，心裡隱隱不安，這妖孽又會出什麼亂子？

經過鳳棲殿時，發現裡面依然燈火通明，我不由進入。白殤秋和懷幽還在忙嗎？
進入後，正看見侍者手捧暖被恭敬地遞給白殤秋，白殤秋隨即輕輕蓋在了身邊已經趴在桌上睡著的懷幽，蓋好時抬臉看到了我，立刻下拜。
「奴才拜見女皇陛下。」
「起來吧。」我坐到他面前矮桌的對面，阿寶隨即到懷幽身邊，東瞅瞅，西看看。
「要奴才叫醒懷御前嗎？」白殤秋問。
我搖搖頭：「讓他休息吧，你還有什麼事沒做完？」
白殤秋拿起帳冊看了看：「還有一些東西沒有記錄。」
我點點頭，看向阿寶：「你留下來協助白侍官。」
「可是……」阿寶萬般不情願。
「沒有可是，不要以為在我身邊很舒坦。」說罷，我直接起身離去，身後是白殤秋的輕笑和阿寶哀怨的哀號。
走到門口吩咐宮女為他們準備宵夜，我在桃香她們的簇擁中前往蘇凝霜現在所住的尋梅殿。自從我被監視之後，蘇凝霜也像是被軟禁在尋梅殿中，不得任意出入。
走過一片枯枝梅林，星光之下多了幾分淒涼之感。
我走到侍衛把守的尋梅殿前，侍衛立刻攔住我的去路：「女皇陛下請回。」
「閃開！」我看也不看他們。
「請女皇陛下不要為難小人們。」侍衛立刻下跪。

我蹙眉看向殿內深處，幽靜的星光下，傳來「吱呀」開門之聲，蘇凝霜從殿門內走出，靜立在星光之下，白衣勝雪，墨髮垂背，傲梅之姿，舉世無雙。

夢幻的星光下，一抹柔和從他冷傲的神情中緩緩浮現，讓他總是不屑俗世的目光之中，多了分暖意。他立於門前遠遠看我，嘴角微揚，好整以暇，並無被軟禁的苦悶之色，反倒很享受，宛如在對我說：「我沒事，妳放心。」

然而，正是他這分看似清閒的神情讓我越發內疚，是我連累他如入冷宮之境，而我和他也知道，這只是開始，妖男兄弟不會只是幽禁他那麼簡單。

作為爭寵設定的蘇凝霜，注定是犧牲品。

「對不起。」我抱歉地看他。

「哼……」他輕笑一聲，抬眸含笑看我：「既跟於卿，心甘情願，何須道歉。」

我笑了，他也笑了，心裡暖暖的。瑾崋跟我許久才信我，懷幽考慮許久才跟我，而他蘇凝霜，卻只因我一句話。

我看他片刻，想了想，說道：「今夜共飲如何？」

「好啊。」他瀟灑地甩起白袖，伸手相請。「妳來拿酒。」

我揚唇而笑，揚袖向天。

「拿酒來！」

立刻，人影交錯，忙碌異常。一盞盞宮燈放於兩旁，幽幽的燈光與星空中的繁星遙相呼應。華美的地毯鋪於地面，放上精美軟墊，溫暖舒適。

拿酒的拿酒，擺桌的擺桌，一頂帳篷在我上方支起，一隊樂師跪坐於旁。

我與蘇凝霜隔門而坐，執酒杯，倒御酒，星光燦燦，酒香飄飄，於銀河下對飲，唱恣意人生。

當我們醉臥星光之下時，耳邊只有那如同柔柔風聲的樂曲聲，我仰天躺在地毯上，帳篷的頂端是一小片星空。

「蘇凝霜，你可信狐仙大人？」

「以前不信，現在信了。哈哈哈哈——妳巫心玉就是～～哈哈哈哈——」

他醉醺醺躺落門廊下的地板上，手臂軟軟垂下走廊，衣襬隨之掛落，勝雪的白衣隨風輕飄，如雪蓮的花瓣在微風中輕輕搖曳。

我在他朗朗的笑聲中閉上雙眸，我恰似回到狐仙山與師傅對飲於月光下，那樣愜意的日子，真是讓人絲絲眷戀。

等這裡的事一結束，我帶上懷幽，請來蘇凝霜、瑾崋與子律，隨我上狐仙山與師兄一起共飲美酒，賞月聽曲，何等逍遙自在。

在那清幽的樂聲中，我宛若已經飄回了狐仙山，立於神廟之中，星光如同飄雪點點灑落，星河沉落我的腰間，我如立於銀河之中，遙看過去，是師傅坐於案几之後，正在撫琴，而師兄身穿白衣翩翩起舞。

那絲絲銀髮染上朦朧星光，舞姿虛虛實實，如夢似幻，那琴聲也悠遠飄揚，時隱時現。師兄在星光之中上下起落，翻飛飄逸，他漸漸朝我而來，殘影在他身後拖拽，緩緩消失。他虛幻的身影在空靈的琴聲中層層疊疊，最後，他落到了我的面前，緩緩抬起了……臉……

當那詭異的白色面具映入眼簾之時，我驚然後退，他的雪髮在星光之中飄飛，瞬間朦朧的星光如同地獄的火星化作灰燼。

「巫心玉，妳逃不掉的，妳注定是我的，哈哈哈——哈哈哈——」

他仰臉大笑，周圍的世界瞬間被烈火吞沒，火星飄飛，黑暗降臨。

「跟我走！」他忽然伸手朝我抓來，我立刻揚手。

「別碰我！」

「啪！」一聲，手生生的疼，刺眼的火光灼痛了我的雙眼，我遮住刺目的陽光，緩緩醒來。

「女皇陛下……」

耳邊傳來阿寶委屈的聲音，我緩了緩神，發現自己還躺在帳篷裡，適應了一下陽光，看向一旁，阿寶捂著右手可憐兮兮地看我。

「該起了……」

我再看向他身後，站了一排的宮女，懷幽也急急入內，面帶認真。

「女皇陛下，時候到了。」

「啊～～」我愁眉苦臉地轉身。「好討厭啊～～烏龍麵一定會把我管得很嚴的，我肯定不能跟美男們玩了，哎……」

我大聲哀嘆，懷幽頷首而笑，繼續提醒：「女皇陛下，請沐浴更衣。」

「麻、煩、死、了！」

見我站起身，宮女、侍者們齊齊跪落我的帳外，手托豔麗但不失莊嚴的喜服和繁雜的珠寶首飾，齊齊高喊：「恭喜女皇陛下，賀喜女皇陛下——」

今天，我巫心玉，要跟巫月……不，是這個世界上最美的男子——孤煌少司成婚。然而，他們卻不知，這第一美男子並非孤煌少司，而是那個傳聞中的孤煌泗海。

潺潺溫水，幽幽花香，焚香淨身，女皇更衣。

嫣紅的內單、絳紅的中衣，大紅的外袍，暗金的鳳紋，層層疊疊，一件一件，長長的裙襬直拖身後，兩排宮女為我提裙。厚重的面料垂於身，行走時不會晃動，端莊威嚴，舉首投足不移半分。

簡單的紅珊瑚髮簪挽起雲髻，兩邊額前配以金色紅玉小小步搖，金不壓紅，不顯俗氣，更顯華美高貴。

其餘墨髮直垂於背，一根垂感穩重的紅布髮帶嵌於墨髮之間，低調的紅越發襯托出墨髮的墨，鮮亮的墨髮在燈光中流光溢彩，誘人觸摸。

踏出浴殿之時，紅色的地毯已鋪於腳下，大紅華美的鳳轎停於台階之上。懷幽和阿寶站立兩旁，雙雙伸出一手，我緩緩抬手輕扶他們手背，他們隨我的腳步緩緩走下台階，宮女拾起長長的裙襬跟隨在後，直到我登上鳳轎。

「起──」懷幽高喊一聲，八人抬的鳳轎開始緩緩前行。接下去，就是迎接孤煌少司。

我站在鳳凰大殿台階之上，也就是朝堂之處，長長的裙襬蓋落台階，紅毯從我腳下一直鋪到外面廣場，直至南門大門之外，孤煌少司的華轎會從那裡進入。

台階下，群臣站立，不敢仰視。

慕容老太君、梁秋瑛等人一齊到場，與我玩耍上朝辦家家酒的男人們也一一立於大殿之外，紅毯兩側。連未央他們偷偷朝我看來，好奇的目光在看到我之時便陷入呆滯傻愣，直到慕容飛雲輕咳一聲，他們才紛紛低頭，收回目光。

今天大婚，用的是夫王的規格，孤煌少司是在告訴我，他已經把夫王給訂下了，不容我改變。

「迎夫王——」當白殤秋高喊之時，我的心徹底大嘆一聲，果然，他給自己封好了。他在昭示天下，他孤煌少司在巫月已經呼風喚雨，這夫王不用女皇來封，他自己可定。

一頂華轎緩緩停落我視線的盡頭，從上面走下也是一身紅衣的孤煌少司，他緩緩朝我這個方向走來。陽光之下，我只看到他的頭髮似是在陽光之中閃現燦燦的金光。而立於兩邊的群臣卻似是騷動起來，紛紛抬首，立於後排的甚至還不怕死地墊腳張望。看來孤煌少司今日的裝扮，必是豔冠群芳。

漸漸的，他走入我視線的盲區，我無法再看見，不過，等他進入大殿，我們還是會相見。真希望他走到我面前的這段路能無限地延長、延長、延長……

然而，他還是走了過來。

不久之後，我明顯感覺到殿外之人的騷動，連未央他們也驚訝地看向台階。他們身旁的文武百官抽氣的抽氣、呆滯的呆滯，有些女人更像是被吸走了魂魄，視線完全無法移動半分。甚至有的女人腿軟了一下，差點跌倒。

所有人的視線似是隨著那人移動而移動，目瞪口呆的女人們宛如已經徹底忘記了呼吸，我在她們漸漸癡迷的視線中，開始莫名感到不安。這種不安竟引起了一陣戰慄，從頭麻到雙腳。

忽的，一抹同樣的紅簪在陽光下映入我的眼簾，但是那紅簪挽起的不是黑髮，而是白髮！

我的心登時停滯，大腦瞬間波濤洶湧，如驚濤駭浪猛烈拍上海岸！不、不，不會是他，不會是他！

更多的白色佔據我的視線，燦燦陽光之下，那賽雪的白髮染上了炫麗金色，原來那金色是因為他的雪髮。那無瑕的雪髮在那支豔麗的紅簪襯托下，越發耀眼迷人，奪人眼球。

漸漸的，狐媚含笑的雙眸浮現，細長帶勾的眼角上是嫣紅的胭脂，眉心一抹紅妝，妖嬈地如千里白沙一支紅珊瑚，美得驚心動魄又妖豔無雙，不似凡物！

嫵媚邪氣的視線朝我勾來之時，帶著他如同勝利般的邪笑。我立時後退一步，不、不！我要回狐仙山！我不要跟他成婚！

孤煌少司呢！他怎麼可以臨時改貨！我要退貨！退貨！

他一步一步朝我而來，宛若一個又一個重重的鼓點敲在我的心上，「怦！怦！怦！怦！」直到他立於我的台階之下，揚首而笑，徹底驚呆了滿朝文武，無論男人還是女人！

而那布滿邪氣和得意的嘴角，讓我深深發寒。

「我要給妳一個大大的驚喜……」

原來……

是這個……

兩旁的懷幽、阿寶都目瞪口呆。無人見過孤煌泗海，沒有！

即使是梁秋瑛和慕容太君，也只有上次在神廟見過孤煌泗海一面，但那時仍戴著那詭異的面具。

還記得慕容襲靜當時窺見他的真容，驚豔得挪不動腳步。如此妖嬈美豔的男子，怎能不讓女人心動？莫說女人，守護在門外的慕容燕也無法移開目光，癡癡地看著孤煌泗海的背影。

孤煌泗海微抬雙眸朝我看來，視線與我相觸之時，我立刻拔下髮簪直接從台階上躍下，在眾人驚呆的目光中筆直飛向他，長長的裙襬拖墜，在我落地之時我的髮簪也指在了他眉心那抹妖嬈，那點紅妝如同雪中扭擺腰肢的紅梅。

「怎麼是你！」

他的嘴角咧出詭異的角度，雙手依然平整地放入寬大紅色暗金花紋的厚重袍袖中。

「驚喜嗎？」

我狠狠看他，咬牙切齒而笑。

「是！是很驚喜，簡直就是驚嚇！你們兄弟這樣是不是太兒戲了？大婚還能臨時換人的嗎？你們太放肆了！」

在我大喝之中，群臣「嘩啦啦」齊齊下跪，不敢再看我們一眼！

孤煌泗海揚唇而笑，緩緩俯身，將自己的眉心抵在我紅珊瑚的髮簪之上。

「是不是很想殺我，殺啊！」

我毫不客氣地揮簪朝他刺去，他的身形立時飄忽起來，撐開雙臂，打開寬大的紅色袍袖，像一隻火鳳飛起，飄逸輕盈的身影又如紅花在風中飛舞。他的腳尖輕輕落於地面，對我而笑，抬手從白髮之中緩緩抽出了那紅色髮簪，邪氣的笑依然在他嘴角，而眸光已經開始發冷。

倏然，他甩出紅簪，竟然不是朝我而來，而是朝懷幽。我來不及思考，直接甩出手裡的髮簪，兩支紅色的髮簪撞在了一處，軌跡各自發生了改變，「啪啪」兩聲各自釘在了大殿樑柱之上，並排的紅簪，纏繞著我和孤煌泗海各自的殺氣。

孤煌泗海陰邪而笑。

「巫心玉，妳讓我真是越來越興奮了！妳說我怎能不與妳成婚？我不要讓妳做我嫂子，我就要讓妳做我一個人的女皇！」

我狠狠看他，甩手背於身後，側身對他：「我要孤煌少司，我不要跟你！」

「是嗎？」他的聲音開始發寒，清澈的嗓音如同琴聲般迷人。「好啊，我現在去讓我哥來，我們一起跟妳大婚。」

「荒唐！」我拂袖憤怒看他。

他揚唇而笑，狐媚的眼睛在殺氣之中依然迷人，迷人的笑容之中卻又有一分純真。

「我知道，妳更喜歡我，巫心玉。」

我狠狠看他，雙手在寬大的袍袖中擰緊了拳，甩袖轉身：「開始大典！」

「是……」白殤秋回神，從一旁站了起來，高喊：「群臣恭賀女皇陛下喜迎夫王——大典——開始——」

「恭喜女皇陛下，萬歲萬歲萬萬歲——恭喜夫王，夫王千歲千歲千千歲——」

我在群臣的恭賀中大步走上台階，不去迎接孤煌泗海。

轉身坐下時，孤煌泗海還站在下方，陰陰冷冷看我，陰邪狠毒的目光裡是對我滿滿的抱怨。

「來接我！」他沒好氣地朝我伸出手，微抬下頷，紅豔豔的眼角讓他豔麗逼人，完敗月傾城。

「你自己沒腳嗎？」我白了他一眼。

他的目光驟冷，兩邊的官員竟各自後退一步。

他依然伸著手，怒容轉為邪笑：「那我讓懷幽來接我。」

懷幽渾身一僵，匆匆看向我。

我深吸一口氣，告訴自己冷靜，不能在大婚時開殺戒，這裡多是文弱官員，到時血腥收場。

我緩緩起身，看看上方，見到長長的紅綢懸於樑。我一躍而起，扯下紅綢，甩手之間，紅綢飛揚，如火蛇撲向台階下的孤煌泗海。孤煌泗海抬手接入，豔麗的紅越發襯出他手指的蔥白如玉。帶出一抹得意的視線朝我撇來，如絲的視線如嬌嗔般嫵媚得讓人全身無力。帶勾的眼神裡恰似一絲對我的哀怨，他拉住我甩出的紅綢，緩緩走上台階，轉身之時，對我拋來一抹秋波，獲勝般昂首立於我的身旁，與我一起緩緩跪坐。

「上席——奏樂——」

絲薄的紅紗從兩邊垂下，面前的一切變得朦朦朧朧，如夢似真。

這一定不是真的。

我跪坐在宴席後，狠狠掐了一下自己的大腿，深深的疼。

珠簾迷人閃爍，紅紗紅光魅影。

下面是忙碌擺席的身影，眼前是搖曳的舞姿，簾外兩邊候著的是懷幽和阿寶，白殤秋跪坐於台階之下。

「窸窸窣窣。」孤煌泗海微微挪到我身邊，與我緊貼。

「離我遠點！」我心煩地看他。

「不要。」他壞笑著說。

我想挪開，衣裙忽然被他壓住，他揚起嘴角，轉回臉兀自喝酒，紅唇輕啟：

「別想離我一分。」

我側開臉，今天孤煌泗海果然給了我一個大大的驚喜，幸好我所有的計畫已經事先部署，交給子律，否則現在我如此心亂，只會敗事。

且慢，孤煌少司呢？

我立刻沉下臉，發現下面那些女官依然透過舞姬的身影偷偷往這個方向瞄，幸好這個世界多為男人執政，否則，這樣一個妖孽，豈非引起世界大戰。

「你哥呢？」我看向他。

「我哥說～～他現在只想殺了妳。」

他如絲的眼神朝我撇來，唇角含笑，邪氣凜然。

「為了不讓他……」他緩緩朝我俯來，親暱地附到我的耳邊：「獸性大發，血洗喜堂，我讓他稍後再來。」

他輕呵般地把話語吹入我的耳中，留下絲絲甜膩的香味若有似無地掠過我的鼻尖，那縷縷熱氣徘徊我的耳側，讓人心猿意馬。

有什麼濕濕軟軟的東西輕輕舔上了我的耳根，那月光下的交纏和瑩白通透的赤裸肌膚瞬間掠過我的面前，我立刻推開他，胸脯起伏地看他。他的軟舌緩緩舔過異常豔麗水潤的雙唇，邪邪看我。

「我知道你喜歡我舔妳，今晚，我會舔個夠……像那晚一樣……」

我的心跳登時紊亂，直接撲上去掐住他的脖子把他按倒在案几之後。「砰」一聲，他滿頭雪髮鋪於厚實的龍鳳吉祥的華毯之上。

「不准再提那一晚！」我狠狠看他。

他躺在地毯上邪邪笑看我。

「巫心玉，別忘了，我們現在可是夫妻，我們會有……」一隻手緩緩爬上了我的身體，沿著我的側身，緩緩撫上了我的後背。「無數個那一晚的……」

我眼前一陣發黑，腦中嗡嗡作響，心亂如麻。

他微微曲起右側的腿，蹭上了我的身側，細長狐媚的眼神順著我的臉緩緩而下，視線瞬間燃燒成了灼熱的火焰掃過我的脖子。我微微開闔的領口，如同一撮灼燙的火焰從我的領口開始燃燒，正燒開我所有的衣服，在他的眼中化為灰燼。

冰涼的手緩緩摸上我掐住他脖子的手，手指輕輕撩撥我的手背，探入了我的衣袖，一點一點摸上我的手臂。我立時掐緊，他雙眸微合，輕吟出聲：「嗯……」

醉啞帶哽的聲音如同男子正在享受那巔峰的快樂。而臉上撩人的姿態已經讓人恨不得馬上撲上去，將他的衣衫撕碎。

我惶然收手，卻被他「啪」一聲拉住，我受不了地看他。

「你為什麼非要纏住我？」

「因為我喜歡妳。」他拉起我的手到他唇邊，媚眼如絲地瞥眸看我之時，伸出軟舌緩緩舔上了我的手心，我捏緊了手，他又舔上了我的手指。

「別舔了！」我用力想抽回手，他越發拉緊，緩緩坐起，他毫不掩飾雙眸之中的情慾，灼灼燃燒我的身體，伸手撫上我的臉，我側開臉不想看他。

「我跟哥哥要妳的時候，哥哥就知道妳是玉狐了，因為我一直喜歡玉狐。」

他冰涼的手撫上我的側臉。我心中一驚，但這不是在意料之中嗎？

「哥哥很生氣。哥哥之前雖有所察覺，但因為喜歡妳並不想深查。哥哥難得會喜歡上一個人，他不想知道妳在欺騙他，但是……妳還是欺騙了他……」

他緊緊握住我的手，再次貼到了我的身側，軟若無骨的身體輕輕挨在我的身上，如同柔軟風騷的狐狸軟軟靠在你身上撒嬌。

「妳把哥哥喜歡的小玉給毀滅了，所以……哥哥要殺了妳……」

他貼上我的墨髮，上上下下嗅聞。

「他每每想到把妳按在紅床上一點一點看妳窒息而死，他都會陷入極大的興奮……但是，妳真的不能死，所以……我來了，現在，只有我能摸妳、吻妳、進入妳……」

「別說了！」我抬手推上他的胸膛，他一手立時緊緊環抱住我的身體，把我和他牢牢困住。他已經灼熱的臉立時貼上了我的頸項，含住了我的髮絲。

「妳只屬於我一個人了，妳想知道，我現在有多興奮嗎？」他倏然拉下我的手按在了他腰下的衣襬上，立時觸手的硬挺讓我心驚！

我奮力想收手，卻被他更是牢牢制住，他含住我的髮絲舔上我的臉。

「我真是半刻也熬不下去了，巫心玉，我們現在就回宮吧……」他像是呵氣一樣吐出話語，焦躁地宛如半刻也無法等待。

「孤煌泗海！你太讓我噁心了！」我內力爆發，他立時鬆手，袍袖如同舞姬的裙襬掃過案几，再看他時，他已經執起玉杯，輕抿甜酒，鎮定自若。

我深深呼吸，淡定、淡定……

他瞥眸朝我看來，我同樣瞥眸看向別處：「我不想打架。」

「哼，好。正好，我也不想。因為……晚上我哥還要給妳驚喜。」

我渾身一陣發麻，立刻看他：「你哥不會要入洞房吧？」

他的臉一沉，不悅地放落酒杯，神情開始布滿陰翳。

「妳放心～他不會跟我們一起進洞房的。因為他現在一看見妳，就想……殺妳。」

孤煌泗海揚起的嘴角充滿邪惡，斜睨我的目光裡又是閃閃的精光。

我心中一塊大石終於落下，只要他哥哥不會又忽然出現在洞房裡，其他的事我都能接受。

「我哥哥還是喜歡妳的。」他忽然說，揚起陰邪的笑容。「他若不是怕自己控制不住在洞房裡殺了妳，是不會把妳讓給我的。他真是愛妳愛到想殺妳，妳不應該謝我救妳一命嗎？」

「哼。」懶得理他。他們兄弟是瘋子！是變態！

從上次監獄裡孤煌少司忽然襲擊我，警告我不要騙他，我就知道孤煌少司的身體裡，深藏了一頭嗜血的野獸！

孤煌泗海手執玉杯，神情怡然自得，宛如已穩操勝券，把所有事掌控在手中。

我在歌舞之中緩緩恢復平靜，也執起玉杯，微抿露酒。

「啊～～真無聊。」孤煌泗海打了個呵欠，躺落我的大腿，雪髮蓋落我紅色的裙襬，豔麗異常。

我垂眸看他，他微揚唇角。

「巫心玉，我們既已大婚，何不好好做這夫妻？我喜歡妳，即使妳不喜歡我，我依然會纏著妳，妳甩不掉我的。」

他閉著眼睛開心地笑著，雙手枕於臉下，乖順地如同寵物。

看著他透著一絲純真的笑臉，平靜下來的我開始反省，我是不是反應過度了？對他的恨已經左右了我的思想，讓我無法與他共存，所以屢屢硬碰硬，結果總是傷到自己。即使傷了他，他還有一個孤煌少司。

想了片刻，我也揚唇而笑。

「你說得對，我甩不掉你，又殺不掉你，與其恨你恨得心累，不如慢慢嘗試接受你。」

「真的？」他開心地睜開眼睛看向我，我立刻轉開臉，不去與他的目光相觸。

「不是現在！」

我能感覺到他看我的目光久久沒有移開，然後他轉身輕輕環抱我的身體，將自己的臉埋入我的小腹。

「嗯……我等你。」清泠的聲音透出絲絲嬌媚與乖順，我看著別處緩緩放落手，放上他的耳側，撫上那順滑絲光，讓所有人都想去觸摸一下的雪髮。而這頭雪髮，現在，只有我巫心玉一人可以觸摸、嗅聞。

「我不會再強迫妳了。」他忽然說，環抱我的雙手更緊一分。「我知道妳不喜歡。」

心，還是因為他那動聽和乖順的話而亂。我知道自己的心不能為任何人而亂，但是，有些事還是脫離了自己的控制。

指間是他那絲滑的長髮，我不知道自己撫摸了多久，但不知為何，那順滑的感覺讓我愛不釋手，不想放開。

眼前是歡跳的舞姬，朝臣們飲酒笑談，一派熱鬧。可是，外面無論多麼喧鬧，卻始終無法進入我的雙耳，我的世界像是被一種特殊的寧靜包裹。那個世界裡，朦朧的紅霧絲絲縷縷飄蕩在我的身周，身下是無邊無際清澈的清水。他伏於我的雙腿上，嫣紅的喜服鋪在水面之上，鮮豔的紅將水面染成鮮血的顏色，而那層鮮血上是他刺目的雪髮。

我掬起他的雪髮湊近鼻尖，沁人心脾的甜香教人無法放開，絲滑的雪髮從指尖如水般流淌，無法捉住。

他在我腿上平穩地呼吸，已經陷入安睡。我不明白他明知我要殺他，卻依然在我面前睡得毫無防備，將自己所有的致命點暴露在我的面前。他蹭了蹭我的腿，繼續安睡，睡顏是那樣的無害、那樣的純淨。無論是誰，都會為這純美的睡顏而沉迷，為他傾倒。

「女皇陛下……」恍惚之中，傳來懷幽輕輕的呼喚。

我朝他看去，周圍靜謐的世界漸漸被外界的喧鬧侵入。懷幽手中拿著一條薄被，他擔憂地看看我，垂落目光，跪坐桌邊。

「慶典還要持續許久，女皇陛下也像夫王一樣休息一會兒吧。」

我搖搖頭，繼續輕撫孤煌泗海的雪髮。

懷幽默默起身，將薄被蓋在了孤煌泗海的身上。這就是懷幽，無論是他愛的還是他恨的，他都會做好自己的本分。

「這就是孤煌泗海啊！」阿寶也偷偷鑽了進來，跪坐桌前驚嘆地看我腿上安睡的人。「太好看了！他才是巫月真正的第一美男，恭喜女皇陛下！」

他燦燦地笑著，水汪汪的大眼睛裡似乎充滿羨慕。

我垂臉一邊輕撫孤煌泗海的雪髮，一邊笑語：「你似乎很羨慕？怎麼？你跟慕容燕口味一樣？」

「不不不。」阿寶的臉一下子紅了起來，不把自己當外人，抓起我案上的雞腿就吃。

「阿寶！不得放肆！」懷幽怒看阿寶的舉動。

阿寶鼓臉撒嬌：「懷御前，女皇陛下都沒說，您也放鬆一點嘛！這兒又不會有別人進來。」

懷幽嘆氣搖頭。

「我不喜歡男人，但看到夫王大人……不知怎的，也有點羨慕女皇陛下了……不過剛才慕容大侍官真的眼珠子都快掉下來了！感覺像是要把夫王大人給吃了！」阿寶一邊啃雞腿一邊說。

「咳！」懷幽重重一咳，生氣看阿寶：「阿寶，休要胡說！你腦袋不要了？」

「夫王大人不是睡了嗎？女皇陛下不會怪我的。女皇陛下，剛才很多女大人看見夫王都腿軟了呢！女皇陛下，您一定會被全天下的女人嫉妒的。」阿寶吐吐舌頭。

「是啊，收了這樣的妖孽，不知道會不會有女人想殺我……」我微微點頭。

「她們敢！」阿寶昂起脖子：「我會保護女皇陛下和夫王大人的！」

阿寶挺起胸膛用拿著雞腿的手搥自己胸膛！

我看著不由而笑，懷幽在看到我笑容時，也終於露出安心放鬆的淡笑，幫我倒酒。

「就憑你？哼。」懷幽放回酒壺，白阿寶一眼。「別吹牛了，吃你的雞腿。」

「懷御前就是那麼一板一眼。」阿寶對著懷幽努努嘴，移到懷幽身邊，也抓起一隻鴨腿放到懷幽面前。「你也吃吧。我知道你早餓了。」

「我才不像你，你可以那麼放肆，那是女皇陛下放任你。」懷幽沉臉而語。

阿寶在懷幽的教訓中，依然燦燦地咧嘴笑著，吃了雞腿的嘴滿是油光。一副完全天然的市井模樣，毫無城府可言。

「懷幽，你也吃吧。」我說。

懷幽一愣，我淡淡而笑。

「反正這麼多放在這裡也是浪費，夫王又睡了。你們吃吧，你們陪我吃，我才有胃口，一個人吃，太冷清了。」

懷幽看看我，頷首遵命：「是，女皇陛下。」

他挪到桌子的一角，依然一副卑微的姿態，不像阿寶大大咧咧坐在我們對面。

阿寶探頭看看我腿上的孤煌泗海。

「女皇陛下，為什麼一開始您要殺他？他這麼美，殺了多可惜。」阿寶鼓著臉，像是在責怪我。

我落眸一笑，摸了摸孤煌泗海的頭。

「你說得對，他這麼美，殺了可惜。」不是不想殺，是我殺不死。

用毒行不行？

誰會想到女皇大婚這般喜慶的日子，我的心裡卻想著怎麼殺他。

但是，孤煌泗海帶有三縷妖氣，人間的毒還真的未必能殺他。這是一個和我一模一樣的設定。或許連孤煌泗海自己也想不到會出現我這樣一個勢均力敵的人物。

忽然明白他何以那麼在意我。因為在這樣一個凡人的世界裡，我，巫心玉，是他唯一的「同類」。

孤煌泗海，你真是太寂寞了。

不知不覺已入夜，整個大殿飄著滿滿的酒香。那酒香在喧鬧的樂曲聲中瀰漫流淌，只是聞著，也醉了。

「時候快到了……」孤煌泗海在我的腿上動了動，幾乎如同夢中囈語從他口中而出，如果不是他眼睛緩緩睜開，我還以為他真的在夢囈。

體貼入微的懷幽察覺到，立刻輕輕取走薄被，摺疊擺放到一旁，看阿寶一眼，阿寶匆匆拿起桌上的手巾擦了擦手，和懷幽一起低著頭退到紅紗之外。

「啊～」孤煌泗海打了個哈欠，懶洋洋地起身。「掀簾吧！」

他揚了揚手，懷幽和阿寶輕輕拉開紅紗。

在懷幽和阿寶拉開紅紗之時，殿中舞姬的視線完全被孤煌泗海吸引，一時失神的她們紛紛撞在了一起，立時殿內亂成一團。

原來紅紗是這個作用。孤煌泗海真是個害人精。

「啊！」

「啊！」
「啊！」
舞姬們相撞的相撞，踩腳的踩腳，惹來群臣一陣哄笑。其實不僅僅是舞姬，連一些年輕的女官也正偷偷朝這裡投來目光。
樂聲因為舞姬的淩亂而停，瞬間整個大殿陷入一片安靜。
孤煌泗海懶洋洋的目光掃過台階下，猶如多看他們一眼都是對他們的恩賜。然後，他冷冷地看跌坐在地的舞姬們。
「跳的是什麼？滾！」
立時，舞姬們在孤煌泗海異常陰冷的目光中發顫，膽戰心驚地匆匆退出大殿。
大殿的官員們也紛紛低下臉，噤若寒蟬。
孤煌泗海掃視了一圈，看向右側一臉冷笑的慕容老太君，嘴角揚起一抹邪邪的笑。
「慕容老太君，怎麼，酒菜不合口味？」
「不敢～～」
慕容老太君雙手握著一根新做的枴杖，撇開臉拖著長長的尾音說，臉色帶出一絲不甘與不服。
「我一個老太婆哪裡敢說皇家的飯菜不好吃？如若說錯一個字，可是會要了我老太婆全族性命的。」
孤煌泗海揚唇而笑，我坐在一旁靜默不言。孤煌泗海這人做任何事都有他的目的。他不屑與任何人說話，特地點名，必有深意。難道，他和孤煌少司也察覺到了那件事？

很好，這樣攝政王府就更無人了。

哼，慕容老太君啊慕容老太君，妳總算為了皇族做了一件好事，盡了一份忠。

我且螳螂捕蟬，黃雀在後，此時不作聲，靜觀好戲。

忽的，懷幽和阿寶看似暈眩了一下，「撲通撲通」紛紛倒地，但不像是昏迷，更像是全身突然無力。

緊接著，白殤秋、梁秋瑛以及其他朝臣也一一軟綿綿倒在了案桌上。門外的慕容飛雲用那雙白刷刷的眼睛朝殿內看了一眼，也緩緩倒落。接下來，連未央、聞人胤、蕭玉明以及其他朝臣驚訝地看向殿內，也一個接著一個倒落，場面分外壯觀！

眼見一旁的樂師也倒下去，唯獨只有慕容老太君沒倒！

孤煌泗海在我身邊搖曳了一下，也緩緩倒在了案几上，憤怒地看慕容老太君。

「妳！下毒！」

慕容老太君居然下毒？殿內所有人都中了毒，顯然此毒在飯菜之中！可是御膳房的人不可能全部被慕容老太君的人收買，不可能每道菜出鍋時像放鹽一樣下毒，而樂師們因為一直要演奏，吃的也只是茶點。那麼，此毒只有下在飯菜糕點通用的東西上，並且，只需下一次，行動才能乾淨俐落。水！

我眨眨眼，也緩緩倒在了一旁。如果此時不倒，就會被別人發現我百毒不侵！

「妳這個……死老太婆！」孤煌泗海軟綿無力地撐起身體，狠狠咒罵慕容老太君。

慕容老太君拄起枴杖笑著緩緩站了起來，撣了撣衣裙，輕蔑地看一眼孤煌泗海。

「哼！你以為我們慕容家族會真的效忠你們兩個男娼嗎？呸！」

立刻，殺氣從孤煌泗海身上湧現，我可不認為孤煌泗海會中計，他的等級已經近乎變態，絕對不是慕容老太君這種老太婆能夠做掉的。

現在的孤煌泗海，不過是和我一樣在演戲罷了。

「妳、妳到底有什麼目的？」

孤煌泗海撐在桌面上，刻意沉了沉身體，似是快要無法支撐，演技堪稱一流。我躺屍在一旁靜靜看他，如果慕容老太君到我身邊坐一會兒，就能感覺到他身上的殺氣有多麼陰寒，幾乎快要將我周圍的空氣凍結凝固！

我看這慕容老太君今晚估計是走不出這大殿了，我叫孤煌泗海死白毛時，他便要殺我；而今，慕容老太君竟叫他與孤煌少司為男娼，我開始為慕容老太君祈禱能有個全屍。

慕容老太君手拄枴杖傲然轉身，冷視孤煌泗海。

「我什麼目的？哼！你還不知道嗎？當然是正巫月！殺妖男！」

忽然，門外「啪啪啪啪」傳來整齊而沉重的腳步聲，宛如有千軍萬馬正朝這裡跑來。我橫躺在地上，也能感覺到地面因為他們的腳步聲而微微震動。

隨著腳步聲越來越響，殿門外出現了領兵的慕容燕和慕容襲靜，明亮的燈火之中，他們一身戎甲，殺氣騰騰。而在他們的身後，正是皇都的守衛軍，以及整個巫月皇宮的近衛軍！

他們來得真是太好了！

我想，我是有史以來……不，是全部平行世界裡第一個為叛變而鼓掌的女皇！慕容飛雲做得太棒了！如此人才沒有被發掘，眼瞎的不是他，而是那些羞辱他、鄙夷他、恥笑他的人們！

雖然我巫心玉露餡了，但是所有計劃並未因為我個人的暴露而停歇，反而進展得越發順利。

孤煌少司和孤煌泗海他們無論如何也想不到，在我下山時，我的棋子並非只是瑾崋、蘇凝霜、懷幽和獨狼，而是包括他們兄弟在內的整個巫月天下！

慕容燕和慕容襲靜，還有慕容香其他五名應該也是慕容家族成員的男男女女進入大殿後，殿門被士兵一扇又一扇關起，與外界徹底隔絕。

「太君！」中年的、青年的、少年的慕容家族成員齊齊跪在慕容老太君面前，宛如楊家七將一般壯觀，振奮人心。可惜，他們與楊家將做的是完全截然相反的事情，他們慕容家族今晚要叛變！

慕容老太君站在大殿之中傲然仰視群臣，一派王者之姿，嘴角的笑容不可一世地揚起。

「都起來吧！」她沉沉的聲音響起，慕容家族的老老少少紛紛起身，恭敬立於一旁。

慕容老太君瞇著眼睛掃視群臣。

「看看你們！看看你們！有什麼出息！哼！都是沒有用的東西！」

群臣癱軟在案几上，或是驚恐、或是冷笑地看慕容老太君。梁秋瑛朝我看來，我眨眨眼，不與她對視，卻正好看到懷幽憂急無比的目光，他似是想動，卻無論如何也無法爬起。

我對他揚唇一笑，他愣了愣，隨即也露出安心的目光繼續躺在原處。

我繼續看向慕容老太君，孤煌少司一整天沒有出現，孤煌泗海說孤煌少司會在晚上給我驚喜，我看這驚喜多半是圍剿慕容家族了！

慕容老太君又轉向還在「掙扎」的孤煌泗海。

「今天！就是你們兄弟的忌日！不妨告訴你，現在攝政王府也被我們包圍了！」

孤煌泗海沉了沉身體，倒落在案几上，雪髮鋪滿案桌，細長帶勾的眸中是滿滿的哀怨。

「老太婆……妳狠！」

「哼！」慕容老太君冷冷一笑，拄著枴杖走到了我們台階之下，提起枴杖直指孤煌泗海。「你這男娼！你以為我慕容家族是好欺負的嗎？當年若非我們，就憑你們孤煌家族，能成什麼事？」

在慕容老太君大罵孤煌泗海之時，慕容家族中的女子無不驚為天人地看著孤煌泗海那喘息連連，惹人憐愛的模樣，即使是已經見過孤煌泗海的慕容襲靜都看得失神。

孤煌泗海不愧為第一妖男，僅憑他那雙勾魂攝魄的眼睛，就讓女人們為他神魂顛倒，暈頭轉向。

慕容老太君並未發現自己的子孫們已經被孤煌泗海那絕世無雙的容貌所迷，而是拿起枴杖朝我指來。

「妳這個比前幾任女皇還要昏庸無能的皇族！好色荒淫！辱我族人！這巫月天下全是被妳們巫月兩家給敗掉的！是老天讓我來除掉昏君、妖男，這是天意！我慕容家族才是天命所歸的皇族！我要把妳和那兩個妖男一起掛在城門口示眾，警醒世人！」

好狠！不過，孤煌少司這對兄弟會更狠！

忽然間，我感覺到無數人正從大殿上飛快掠過，從那快速的速度和微弱的氣息來判斷，是孤煌泗海的暗衛！

我領教過孤煌泗海暗衛的身手，絕對各個能以一敵百，只消看上次我們伏擊孤煌泗海，即使我帶了蘇凝霜、瑾崋、獨狼三名高手，應付白毛的暗衛也相當吃力！

階。

慕容老太君和殿中慕容家族的人們還未察覺暗衛逼近，慕容老太君已經撇著嘴一步一步走上台

「我也來坐坐這個鳳位，我們巫月女兒國的皇位豈能讓男娼給坐去了？哼哼哼哼。」

「男娼男娼，妳說夠了沒？死老太婆！」忽然，分外陰沉的話從孤煌泗海口中而出，驚得慕容老太君在台階上頓住了腳步。

孤煌泗海緩緩直起了身體，雪髮隨他的動作在燭火中流過迷人的流光，陰邪的笑容再次浮上他的嘴角，毫無半絲無力孱弱的模樣，更像是已經磨尖利爪，隨時準備撲向獵物的猛獸！

慕容老太君在孤煌泗海陰邪的笑容中不由身體一顫，之前的神氣揚揚蕩然無存，失去了那紅光的籠罩，老態瞬間顯現，手拄枴杖顫悠悠站在台階之上。

「你、你沒中毒！」慕容老太君大驚失色，左手顫抖地指向孤煌泗海，可見孤煌兄弟是多麼讓人懼怕！

而慕容老太君身後的男女們並未因為孤煌泗海的起身而震驚，依然癡迷地盯著他，宛若已經忘記了叛變之事以及自己的責任！

孤煌泗海鎮定從容地順起了自己雪亮的白髮，眼瞼低垂，下頷微收，美男之姿，讓人心湖蕩漾。

「哼，老太婆，妳剛才說什麼？我們孤煌兄弟靠妳才有今天？」孤煌泗海一邊梳理自己的雪髮，一邊懶懶地說。

慕容老太君踉蹌了一下，眸光瞬間失神，她惶然後退，失聲大喊：

「快！快把這個妖男殺了！快——」

然而，她身後無人應聲，無論是慕容燕還是慕容襲靜那些女人們，此刻的目光只在孤煌泗海異常俊美的臉蛋和他那如絲如媚的眼神。

終於，七人中兩名中年男子回過神，驚然向前扶住了慕容老太君踉蹌的身體，慕容老太君揚起枴杖近乎驚恐地嘶喊：

「快殺了他——快殺了他——不然，就是我們死——今晚不是他死，就是我亡——」

「是！太君！」立刻，兩個中年男子亮出了兵器。

然而孤煌泗海依然不疾不徐地優雅梳理自己的長髮，如坐蓮台的仙子，不染半點塵埃。

孤煌泗海忽然恢復，驚壞了慕容老太君。

之前我還以為慕容老太君有多大的膽量，還敬她幾分，卻在看到孤煌泗海平安無事時變得如此驚慌，果然還是一個欺軟怕硬的貨色。

慕容老太君著急看向慕容燕他們，見他們還在發呆，氣得掄起枴杖就打。

「還在看什麼？還在看什麼？你們這群好色的東西！就快被色字頭上的刀給砍死了、砍死了！」

慕容燕他們這才回神，紛紛亮出了兵刃，卻沒有上前。

慕容襲靜的眼神閃爍了一下，忽然放落兵器，焦急道：

「太君，收手吧，現在求攝政王放過我們還來得及！」

慕容老太君和其餘人驚訝地看向慕容襲靜，慕容老太君雙手扶住枴杖陷入大大的震驚。

「靜兒，妳說什麼？現在收手？」慕容老太君的聲音都顫抖起來：「現在收手一樣是死——妳跟在那妖男身邊那麼久，還不知道他的狠毒嗎？」

「咚咚咚！」慕容老太君氣急地直敲地板，慕容襲靜的面色也在慕容老太君的話中變得蒼白起來。慕容老太君轉身揚起枴杖指向孤煌泗海。

「他現在只有一個，我們有那麼多人，別怕打不過他！」

「對！跟他拚了！」

「咻咻咻」，利劍抽出，馬上朝孤煌泗海衝來，慕容老太君在所有人身後陰冷而笑。

「砰！」忽然，有什麼東西重重撞上殿門，驚得殿內所有人頓住了腳步，緊接著又傳來「砰砰砰」的聲音，一扇扇殿門被重物連續撞擊，但讓人心驚的是，外面毫無半絲人聲，只有那像是人撞在殿門上的撞擊聲：「砰！砰！砰！」

火光掠過殿門，赫然黑色的人影撞上了殿門，滑落之時，琉璃窗上留下一道深深的如同鮮血的痕跡。

「怎麼回事？」慕容燕吃驚地看向外面，慕容老太君的神色立刻發白。

很好，孤煌少司也是傾巢而出，那此刻獨狼他們入攝政王府簡直是如入無人之境！我的嘴角不由上揚，今天這盤棋，我贏定了！

「太君！」慕容香不安地跑到慕容老太君身邊，慕容老太君的雙手開始輕顫起來。轉身立刻朝我和孤煌泗海看來。「快！趁現在快活捉妖男！用作人質——」

「是！」眾人一擁而上。慕容老太君已經察覺到外面有異，已從殺孤煌泗海改成活捉他，好用他來要脅孤煌少司，換他們一條命。

慕容香也抽出利劍飛身而來，看到我時，目露殺意。

「妳這個荒淫的女皇，搶我蘇哥哥，我現在就殺了妳！」說罷，她提劍朝我而來。

我白她一眼。蠢貨，我都懶得救她！

我絲毫不擔心她能殺我，甚至估計她還沒靠近我，就會消失在我眼前！

孤煌泗海之前早已殺氣騰騰，這頭嗜血的猛獸就等著慕容老太君他們自己送上門，而慕容香這白癡女人還想殺我，孤煌泗海這次定會碎了他們！

「找死！」果然，孤煌泗海袍袖掃過桌面，四根金筷已在他手中，甩手之時，金筷已朝慕容香飛去！

「香兒小心！」立時，慕容家族的人抽劍朝金筷而去。

但是他們的速度哪及孤煌泗海那妖男，慕容香聽見提醒轉臉時，已被四根金筷連連擊中，然後殿堂裡響起她痛苦的慘叫：「啊──」

「咚咚咚咚！」四根金筷把她牢牢釘死在大殿的柱子上，驚得群臣紛紛閉起眼睛，鮮血立刻染紅慕容雪的手腕、腳踝，從金碧輝煌的柱子上緩緩流下。

我心中暗暗吃驚，孤煌泗海如此殘忍，他沒有直接殺死慕容香，而是這樣折磨她。現在，我真的有點擔心凝霜了。

「啊──啊──」慕容香痛苦掙扎，越掙扎越痛，她被釘在柱子上的慘狀也讓慕容家族的人憤怒異常。

「香兒……香兒──」慕容老太君身體搖曳了一下，「噹啷」枴杖倒地之時，她也跪落在地，幾乎爬行到慕容香的柱子下，顫顫地摸上慕容香被金筷釘穿的雙腳。

「求夫王放過我們！」慕容襲靜忽然跪在了大殿之下，淚流滿面，頭重重撞在地上，發出「咚咚咚」的聲響。

「求夫王饒了我們，求夫王饒了我們，求夫王饒了我們！」

我終於明白大家為何懼怕孤煌兄弟，不是因為他們殘暴，而是讓你生不如死，求死不能！那才是最讓人恐懼的事！若是死了也就一了百了，不知痛苦。就如椒老爺子。

孤煌泗海不看慕容襲靜，反而伸手將我扶起，緩緩放落他的雙腿，俯下臉揚唇笑看我。

「妳都看到了？」

「嗯……」我軟綿綿地應聲，他邪笑看我：「你想殺了她們，還是留著他們玩？」

我受不了地轉開目光，不想看他，我巫心玉可沒有這種惡趣味。

「你這個妖男——」慕容老太君的哭喊傳來。

我微微蹙眉，這老太婆今天真的是不想活著回去了。

果然，陰寒的氣息瞬間包裹了孤煌泗海的全身，我在他懷中也不禁全身發寒。他緩緩扶開我，拿來靠墊放在我的腦後，純真地笑看我。

「好好休息。」他那含笑的神態像只是出去與慕容老太君閒聊片刻，而不是將其誅殺。

他緩緩起身，纖長的雙手垂於袍邊，寒氣從他鮮紅的衣襬下浮起，他抬手緩緩指向慕容老太君，揚唇而笑，從紅唇之中只吐出一個字：「死！」

倏然，他飄忽離地，那如同已經染滿鮮血的衣襬飛速從我面前長長掠過，長長的衣襬飄飛在我的上空，猶如一片血腥的紅雲沉沉地壓在我的上方。

我真的有點受不了了，群臣還在，他已經把慕容香釘在柱子上，如果獸性大發，現場屠戮，這些朝臣將來誰還敢來上朝？我自己都覺得晦氣！

在那衣襬的末端掠過我上空時，我毫不猶豫起身抓住一把按在了案几上。

「夠了！」

孤煌泗海停落在慕容老太君面前，長長的雪髮如同新娘長長的頭紗，緩緩蓋落，而他的手指卻如尖刀般在她脖頸之前！

慕容襲靜、慕容燕還有其他慕容家族的人吃驚看我，宛如怎麼也沒想到我也沒中毒。

而站在孤煌泗海面前的慕容老太君已經嚇得癱軟在地。

整個大殿因為我的舉動而陷入寂靜。癱軟在筵席上的官員怯怯地睜開眼睛，紛紛吃驚地看向我。

與此同時，詭異的靜謐也從孤煌泗海的身上，開始不斷地蔓延。

空氣中的血腥和慕容香的慘叫讓我再也無法袖手旁觀。我躺了那麼久，即便是運功逼毒也逼乾淨了，不會讓別人想到我是百毒不侵。

我蹙眉重重拉了他一把衣襬。

「這是我大婚的地方！不是你的修羅場！你弄得那麼血腥，我怎麼還有心情跟你回房！」

他微微垂臉，肩膀輕動，似是一笑。他緩緩轉身，如絲如媚的視線朝我勾來，唇角邪邪揚起。

「好，聽妳的，今晚留他們一命。」

慕容老太君已經嚇得三魂丟了七魄。

「謝女皇陛下！」慕容襲靜伏在地上朝我大喊，滿頭的冷汗沾濕了鬢角的髮絲。

我懶得看她一眼，起身甩掉厚重拖地的外衣大步走下台階，群臣的目光集中在我身上，我既已暴露，無需再裝。

我直接走到柱子前，慕容香痛哭流涕地看向我。我受不了地拔下她腳踝的金筷，金殿再次響起她的慘叫：「啊——啊——」

她整個人被手腕兩根金筷掛在柱子上，劇痛讓她全身發抖。

「嗚——嗚——」她痛得哭泣，我握住她手腕的兩根金筷，用力一拔，帶出兩縷血絲的同時，「撲通」一聲，她重重摔落在地。

「小香！」

「香兒！」慕容燕他們立刻圍上，匆匆替她包紮。

慕容香依然全身顫抖，嗚嗚哭泣。

孤煌泗海一身紅衣傲立在旁，嘴角帶笑，雙手放入袍袖之中，轉臉看我：「可解氣了？」

我單手負於身後，俯看慕容老太君，她滿臉蒼白地緩緩回神，抬臉看向我，目露懷恨。

「我不會謝妳的！」

「哼。」我瞥眸輕笑，搖了搖頭，轉回臉俯看她與其他慕容家族成員。

「現在妳又扮演威武不屈了？剛才是誰嚇得腿軟？」

慕容老太君憤憤不平地對我瞪了瞪眼，卻也無法反駁。她不服氣地側開臉，蒼老的容顏上仍寫滿頑固不化。

「我原以為你們慕容家能成事，結果連一個孤煌泗海都拿不下，你們慕容家也太讓我失望了。」

慕容老太君在我的話中一怔，其餘人紛紛別開臉，面露不服。

孤煌泗海在我身邊瞇了瞇眼，眸光劃過一抹深思後，邪邪地笑了。

「原來……是妳推動慕容家族的叛變？」

孤煌泗海的話一出，立時，慕容老太君和其他人一齊驚詫地朝我看來。

我冷冷一笑。

「不錯。你應已猜到，蕭家也是我設計陷害的，蕭家和慕容家是你和孤煌少司的左膀右臂，你說……我能不除嗎？」

我揚笑看他，他瞇眸笑看我片刻，立時仰臉大笑：「哈哈哈——哈哈哈——」

「原來是妳——」慕容老太君吃驚地咬牙切齒朝我指來，憤怒地顫動手指。

我放落目光好笑看她。

「妳恨我做什麼？是妳先對巫月不忠的，借孤煌少司剷除朝中所有異己，多少忠良慘死在你們慕容家族手中，妳的手上又沾了多少忠良的鮮血，妳現在有何資格恨我？」

怒喝從口中而出，響徹大殿。

慕容老太君渾身一怔。

我冷笑一聲，昂首抬臉，目視遠方。

「謀害忠良，結黨營私，圖謀不軌，助紂為虐，條條是死罪！是你們慕容家族自己抹黑了你們先祖，你們不配做三朝元老，享受爵位！別以為我巫心玉在山上，一無所知！哼，在我下山那一刻，已經開始布局徹底剷除你們慕容家，為忠於我們巫月皇族的所有忠良報仇！」

我鏗鏘有力的聲音字字迴響，落地有聲，今日，我巫心玉正式從暗處走向明處，與妖男對戰，護我巫月忠良！也讓對我巫月還存有一絲希望的群臣安心！

我在群臣驚訝的目光和梁秋瑛的笑容中冷冷掃過慕容燕、慕容襲靜，還有其他人，他們的面色顯得蒼白空洞。

我俯身望向慕容老太君失神的雙眸，低語：

「我借慕容香削妳爵位，羞辱慕容燕，逼妳叛變，妳果然沒讓我失望。慕容老太君，妳也算在死前為我巫月盡了一次忠。」

慕容老太君的眼睛瞪到最大看我，我揚唇笑看她，她的眼神開始顫抖失神，最後，她頹然跌坐在旁，笑了起來。

「呵、呵、呵、呵……妳不該上山的……妳不該上山的！若妳是女皇，我慕容家怎會叛變？」

「是嗎？」我緩緩起身，冷冷俯看她：「妳慕容家掌握兵權，早可叛變，卻甘心為妖男效力，今日才反，妳敢說不是因為我是最後一個皇族，妳想一舉兩得一石二鳥將巫月皇族和妖男一起剷除？」

慕容老太君連連搖頭，冷笑。

「哼，現在妳也露餡，還不是要被妖男操控在手？」

「那可未必，至少妳要死了，而我還活著！」

慕容老太君她的家族都朝我吃驚地仰臉看來，我在他們詫異的目光中對孤煌泗海頷首一笑，孤煌泗海也朝我一禮，他臉上甜美的笑容在燈光中美得讓人炫目，雙眸中的深情完全不像要控制我，更像是向我邀寵，甘願做我的裙下臣。

「砰！」忽然，殿門被重重踹開，登時一陣陰風猛然掃入大殿，吹得整個大殿的燈火搖曳，數盞燈在這陣陰風中熄滅，緊接著濃濃的血腥味也在這股猛烈的陰風中捲入，讓人作嘔。

蒼冷的月光也在那一刻傾瀉而入，一個深色的人影從蒼白的冷光中大步入內，他手中的長劍染滿了鮮血，鮮紅的血注正從冷冷的月光中滑落鋒利的長劍，露出那長劍原本的寒光。而他的身後，正有人忙著迅速拖走屍體，傳來屍體與地面摩擦的「沙沙」聲，讓人發寒。

他的黑髮在月光中飛揚，雙目如火如炬，殺氣包裹了他的全身，如一頭巨大的黑狐從森然的月光中躍出，黑色的狐尾在陰風中狂亂飛揚，尖銳的利爪上染滿敵人的血跡和內臟！

「巫心玉！」

我的名字從孤煌少司的口中咬牙切齒地呼出，一雙黑眸此時卻閃爍出腥紅的眸光。

我單手背於身後揚唇含笑看他。來殺我啊，妖男。我巫心玉既然身分曝光了，就不怕你來殺！孤煌少司，從今天開始，我巫心玉正式與你面對面了！

他手中的利劍甩過空氣，切斷月光的同時，鮮血灑落一地，然後，他目光灼灼地緩緩朝我而來，腳步越來越快，越來越快！直到他甩起利劍朝我劈來！

紅影掠過身前，飄忽地朝孤煌少司而去，他幾乎是平貼地面飛行，在月光中如同只有那空空的紅衣在空氣中前進，詭異得讓所有人目露恐懼。

我想，此時此刻，慕容老太君才會真正後悔自己的叛變，莫說他們七個人，我想即使是七十個人，也未必能殺死孤煌泗海。

紅衣滑到孤煌少司面前，緩緩而上抱住了他前行的身體。

「冷靜……哥哥……她現在是你弟妹了……」他緊貼孤煌少司頸項，蒼白的手撫上孤煌少司的臉，輕柔帶啞的聲音，讓人酥麻。

孤煌少司腥紅的眼睛狠狠盯視我許久，如要將我重重撲倒，狠狠撕碎。他的胸膛大大起伏，黑髮在顫動的燭光中飛揚，濃濃的殺氣無論任何人也不敢靠近，只有他的弟弟孤煌泗海。

他深吸一口氣緩緩閉上了眼睛，染有一抹血漬的臉依然緊繃，他緩緩放落手中長劍，靜謐的大殿裡是孤煌少司深深呼吸的聲音，宛如一頭凶猛嗜血的妖獸正在緩緩平靜。

我打從心底佩服這對孤煌兄弟。他們有智有謀，更有萬夫莫敵之勇，最可怕的是，他們不怕死。不像慕容家族的人，常年沒有親歷戰場，孤煌泗海用金筷釘住慕容香，已嚇得腿軟不敢上前，而那慕容香更是一直鬼叫，連叛變也叛得畏畏縮縮。

孤煌少司在孤煌泗海的安撫中漸漸恢復平靜，勉強露出一抹微笑，重新睜開眼睛拍了拍孤煌泗海的後背。孤煌泗海遂放開他，他不再看我，對著周圍冷冷放話：「來人，扶大人們回府！」

孤煌兄弟早已洞悉慕容家族的叛變，但他們並未提前遏止，反而讓它發生。這是在殺雞儆猴，在百官面前徹底粉碎慕容家族的叛亂，血濺皇城，這是在告訴群臣，沒有人能反抗他們孤煌兄弟，即使是曾經的心腹，掌握兵權的慕容家族！

慕容飛雲也是在走險棋，他相信我能救他的家族，還是他這一脈真的不畏生死地忠於巫月？不論是前者還是後者，我必須保住慕容飛雲這一派，作為他助我的回報。

「噠噠噠。」士兵整齊進入，兩人一組，頃刻間扶走了中毒的官員們。同時外面也傳來清洗的聲音，宛如什麼都沒發生過。一切只是群臣中毒後的幻覺。

氣氛漸漸恢復平靜，紅光再次點亮，一切恢復如常！

「他們怎麼還活著？」孤煌少司看到了慕容老太君他們，極其不悅。他臉上陰沉的神情已讓慕容家族的倖存者面露懼色，紛紛低下臉，宛如在躲藏。

孤煌泗海回眸對我一笑，甜美的笑容裡充滿濃濃風情。

「心玉說今天我們大婚，不想太血腥。」說完，他朝我邪邪一笑，視線帶勾地轉回臉看臉色更為陰沉的孤煌少司。

孤煌少司冷冷掃過慕容老太君等人，慕容襲靜忽然爬行到他染有鮮血的黑袍下。

「王！您答應過我的，會放過我們的！」

登時，慕容老太君和慕容燕等人吃驚地看慕容襲靜，這一齣戲倒是真讓我驚訝了，原來是慕容襲靜出賣他們？

「哼。」我輕笑起來，孤煌少司立時蹙眉看向別處，努力克制自己不再看我一眼，我揚起笑。「原來是慕容襲靜出賣了自己家族，烏龍麵，一個女人能為你背叛自己的家族，對你可是真愛啊！」

「我要殺了妳！」孤煌少司立刻再次揮劍而來，紅影急退，落至我的面前，雪髮在我面前如同白紗飄落，帶來妖冶的濃濃玫瑰花香。

「泗海！你讓開！」孤煌少司怒不可遏，殺意再次點燃。手中的長劍浸染了太多鮮血而生出一抹可怕的血光！

「哥，冷靜。」孤煌泗海依然擋在我的面前：「我知你恨她騙你，可是我喜歡她。」

「她也會騙你的！」孤煌少司憤恨而痛苦地說：「不如殺了她，她還是你曾經喜歡過的那人！」

「烏龍麵～～謝謝你真喜歡我，我一直以為你只是哄騙我～～」我笑道。

「巫心玉！」孤煌少司咬牙切齒上前，孤煌泗海立刻撲上，再次緊緊抱住他。

「噓……冷靜，冷靜……她哪裡也逃不掉了，她現在是你弟弟的妻子了……」孤煌泗海輕語。

孤煌少司再次深吸一口氣，放落劍，一把推開孤煌泗海，側開臉。

「看住她！否則我還會殺她！」

「你放心，若是看不住，我會殺她。」孤煌泗海像是保證似地邪邪而語。這句話在我意料之中，安然接受。

他忽地緩緩轉身嘴角含笑看我，那陰邪的笑容卻讓我寒毛直豎，眸光深情。

「然後，我會隨妳而去，不會讓妳孤單上路。」

我怔怔看他，他不是在說笑，他是認真的！

「你還要隨她而去？」孤煌少司搶先一步到孤煌泗海身側，孤煌泗海依然只看我一人。

「是的，因為這個世上，只有她和我是同類。」

孤煌少司憤然甩劍指向我。

「我弟弟對妳用情至深，妳若負他，我孤煌少司發誓必殺光妳身邊所有人，懷幽、瑾崋、蘇凝霜、椒萸！他們家族，我會殺得一人不留！」

我緩緩收緊了目光，別開了臉。

「來人！把這些人帶下去！」隨著孤煌少司沉沉的命令，暗衛跑入大殿，慕容襲靜登時驚慌地爬到孤煌少司袍下，抱住他的腿。

「求王饒我們一命！求王饒我們一命——」

「滾開！」孤煌少司踢開了慕容襲靜，嫌惡地撣了撣衣襬。

被踢開的慕容襲靜惶恐而痛苦，她似是想到了什麼，忽然看向我，目光中露出一絲希望。

慕容襲靜朝我跪行而來，到我身下。

「求女皇陛下饒命！求女皇陛下饒命！」她在我身下不停地磕頭。

在她苦苦哀求我時，慕容燕也跪行到我裙下，緊接著，慕容家其餘幾人也跪行而來，開始磕頭。

「求女皇陛下饒命！求女皇陛下饒命！」

「哼。」孤煌少司冷笑看我一眼：「你們求錯人了，她現在自身難保。」

我想了想，開口：「我今日大婚，不宜殺生。你聞聞這味道，已經夠血腥了！」

孤煌少司冷笑看我：「妳現在想保慕容家了？妳以為他們會感恩於妳嗎？」

我側轉身，揚唇而笑。

「我怎麼會想保慕容家？現在保他們，我豈不是前功盡棄？不過，我是個女人，我心軟，做不出這種斬草除根的事……」

「哈哈哈！」孤煌少司發出三聲冷笑，甩劍狠狠指我：「妳巫心玉還心軟？」

「哥～～」孤煌泗海站到了我的身側，紅袖揚起，攬住了我的肩膀，往他懷裡輕輕一帶，我轉開臉，他拾起我一把長髮。「心玉自然心軟，不然怎會給我療傷？」

「泗海！」孤煌少司甩落長劍，痛定思痛般認真看孤煌泗海。「當初，你勸我不要被巫心玉所迷，但現在呢？」

「那是因為我不知道玉狐是她！」孤煌泗海伸出雙手完全抱住我，又像膏藥般牢牢貼住我，臉埋入我的頸項。「我不知道她是我喜歡的玉狐。我願意為她生，為她死，為她迷。」

「你怎麼不去死。」我咬牙低語。

他埋在我頸側的臉輕輕咬住我的耳垂，親暱的動作被他的雪髮全部藏起。

「因為我說過，我要永遠跟妳在一起。」

我的心再次因為他的話而亂，我怎麼也想不到這個嗜血變態的孤煌泗海會愛得如此癡，如此瘋！

「哎！」大殿裡響起孤煌少司重重的嘆息聲，我費力地帶著孤煌泗海轉身看孤煌少司。「我就不信你會殺他們！既然你已識破我的計謀，你若殺了他們豈非大快我心？我看你現在，也不過就是嚇嚇他們，讓他們日後繼續乖乖聽你的話罷了！」

孤煌少司在我的話中幽幽地笑了，深沉的眸光中劃過一抹暗沉。

「巫心玉，我真的好想殺了妳！那樣，妳就永遠活在我心裡了……」

他的語氣竟是帶出一分讓人害怕的激動和興奮，那嗜血的目光灼灼朝我而來，宛如此刻若非有孤煌泗海護我，他早已撲上前來，把我狠狠掐住，看我在他的雙手之中，漸漸香消玉殞，給他帶來特殊和刺激的快感。

我在他那目光中身體微微一緊，孤煌泗海不悅地看我。

「不准跟我哥哥眉來眼去！現在妳可是我的。」

孤煌少司陰沉而笑，揚起唇角緩緩轉開臉，拂袖身後。

「聽見了沒，攝政王本就不想殺你們，你們安心吧，我會派人給慕容香醫治。」我看向慕容燕他們。

「謝、謝女皇陛下！」

士兵進入，把驚魂未定的慕容老太君、慕容襲靜等人帶了出去，慕容老太君已經完全無法自己行走，雙腿在地面上拖行。

給孤煌少司看看被拖走的慕容老太君，輕笑一聲，轉回臉陰笑看我。

「巫心玉，妳輸了。」

「是的，我輸了。」我冷笑轉開臉。

才怪。今日之事，也早在意料之內。逼反慕容家是兩個目的，一是加大慕容家和孤煌少司的罅隙，二就是為獨狼他們爭取時間。所以，今晚，是我巫心玉贏了。我已經能想像到孤煌少司發現黃金被盜，抓狂又要來殺我的模樣了。

「哈哈哈——哈哈哈——」大殿裡響起孤煌少司張狂的大笑聲，他甩袖朝我大步走來，目光灼灼盯視我的眼睛。到我身旁時，他盯視我片刻，冷哼一聲拂袖繼續往前而去。

他走過倒地的懷幽與阿寶，走上我大婚的筵席，掀袍坐下，把劍隨手插入一旁地板，黑色的袍衫上是絲絲血漬。登時邪氣凜然，威武無比，如同魅王傲然坐於王座之上，他邪魅的眸光掃過下面的懷幽。

「今夜……本王要留在這兒。」

懷幽無法動彈，眸光閃了閃，露出一抹擔心。

我一驚，孤煌泗海放開我揚起嘴角笑看孤煌少司：「哥哥是怕心玉逃出洞房？」

「不錯！」孤煌少司收回看懷幽的目光，再看向阿寶。「給他們兩個餵解藥。巫心玉，妳看我對妳的寵物多好？」

孤煌少司抬眸朝我冷笑看來。

我藏起擔心的目光，垂眸不看懷幽和阿寶，抬手盯著自己纖長的手指和嫣紅的指甲。

「你若真對我好，怎把蘇凝霜給軟禁了？我欠他人情，現在他已無用，你該放了他。」

「哈哈哈——巫心玉，妳別忘了，妳也欠我一個人情，這個人情，我今晚就要！」

他咬牙切齒般的聲音充滿深深的恨意，我抬臉迎視他凶狠的目光。

「說吧，想讓我做什麼？」

他嘴角揚了揚，微微側下臉掃過滿身的血漬，然後緩緩揚起下巴，邪魅的雙眸之中洋溢壞壞的笑意。

「給我沐浴更衣。」

我登時一怔，在他含笑魅惑的目光中發愣，這個人情……還真是不大不小。

「哥。」孤煌泗海走出我的身側，狐媚的眸中是更深的笑意。「前次我讓她給我洗澡，你卻說叔嫂有別，現在，她可是你的弟媳了……」

「泗海。」孤煌少司忽然聲音提高了一些，俯看孤煌泗海。「這人情，是她欠我的，也是她答應我的，妳日後與她朝夕相對，而我只讓她為我沐浴一次，怎就不可？長兄為父，弟媳服侍我這大伯有何不可？」

孤煌泗海抬臉看向他，孤煌少司亦俯落目光看孤煌泗海，他們在空氣中對視良久，宛如任何人也無法切開他們的目光。

倏地，孤煌泗海笑了，嫣然的笑容嫵媚之中染上一抹邪氣。

「哥哥說得是，哥哥待泗海真情真意，無限寵愛集泗海一身，現在，更將自己喜愛女人讓於泗海，心玉理應為哥哥搓背一次。」

我微微蹙眉，這對兄弟，一個弟控，一個兄控！女人什麼的，完全如衣服！

即使我殺他哥哥，他也是先把我殺了，再自戕；而不是幫我殺他哥哥，與我同活。若我們不是敵人，我會敬佩他們這分真摯的兄弟情。那種為了女人而拔刀相向的兄弟，我強烈鄙視。

「泗海，你放心，哥哥我不會碰她。」孤煌少司認真凝視孤煌泗海，宛如發誓。

「我也相信哥哥不會碰心玉。」孤煌泗海揚笑點頭。

孤煌少司垂眸笑了笑，拂袖起身。

「本王要更衣沐浴！今夜住內宮！」孤煌少司狠狠看我，完全是一副要把我生吞活剝的模樣！

「是。」宮外的士兵開始撤退，很快地宮人們入內，扶走了懷幽和阿寶。懷幽和阿寶各自經過我身邊時，朝我投來擔憂的目光。我沒看他們，我與他們的情感聯繫越深，越對他們不利。

孤煌少司黑色的身影如風般掃過我的身旁，揚起了我絲絲長髮，墨髮垂落之時，他接入手中，邪魅地睨向我，嘴角揚起嗜血的笑容。不再是那如同春日般溫暖溫柔的微笑，而是異常冷峻，布滿殺意的死神微笑。

他甩開我的長髮，從我身邊而過，不再回頭，沒有半絲留戀，步履如風，帶著殺伐之氣，黑色衣襬在月光中飛揚飄動，如同一隻巨大黑狐正在遠去。

孤煌泗海跟隨孤煌少司的腳步，走了幾步卻停下，轉身邪笑看我。

「一天疲累，不如等妳給哥哥洗好，我為妳搓背如何？」

我一僵，他緩緩走回俯臉到我耳旁，伸出舌頭輕輕舔過我的耳廓。

「我可是很願意為妳洗澡的哦～～」

「滾！」直接一個字扔向他，甩手就走。

忽然「啪」一聲，甩出的手被他握在了手中。我朝他看去，他對我甜美一笑，牢牢握住我的手，嘴角揚起。

「我不會放開的。」他說。

「隨你。」我蹙眉轉開臉。

我往前之時，他牢牢握住我的手隨我向前，我的心因為他這個舉動而紊亂，他的如絲眼神、他的笑、他的話，還有他的體溫，在我們相連之處不斷地湧現心頭，讓我心煩意亂，無法冷靜。

✣ ✣ ✣

浴殿之中已經熱氣氤氳，當我走入時，紅色的紗簾已經垂落，朦朧的燈光中映出深黑的身影，男侍正在為他脫去血衣。

忽然他揚起手，所有男侍低頭退出，為我掀開紅紗，悶熱的熱氣讓我全身開始冒汗。

我抬步入內，紗簾在我身後緩緩落下時，他緩緩轉身，不再溫柔的目光中是一抹命令。

「為我脫衣。」

他在報復我，雖然這種報復看起來有點幼稚。但是，他以奴役我為樂。

我看他一會，低眸到他身前，抬手抓住了他血衣的衣襟，緩緩向外打開，褪落他的肩膀。隱隱感覺到一束火熱的目光從頭頂而落，燒灼著我的全身，這份灼燙的目光在這溫熱的地方越發熱燙一分，讓人不由渾身汗濕。

染血的黑袍褪落墜地，「撲簌」一聲，立時上面的血漬溶於潮濕的地面，帶出一縷血絲和血腥味，血腥味飄散於空氣之中，讓人不適蹙眉。

當外袍脫落之時，露出了他緊身的衣衫和束緊腰身的黑皮腰帶。

我解開了他黑皮腰帶上金色的腰釦，「啪」一聲，腰帶鬆開，他貼身的中衣也隨即鬆脫，灼熱的視線依然緊緊盯視我的頭頂，他呼出的呼吸也似是染上了浴殿內的溫度，而變得有些灼熱。

腰帶隨手放於地面，立面是大翻領紫色中衣，翻領上是精美的銀色花紋，衣結在他的腋下，我伸入他的腋下，他微微揚手卻撫上了我的長髮。

我的手立時一頓，那隻手灼熱的溫度宛如來自於那些死在他利劍亡魂的熱血。

「怎麼不動了？」他的聲音微微下沉，滿滿的不悅。

我在他的手心下輕輕搖了搖頭，扯開了他紫色的衣結，逐一解開他的衣結之時，他的手也緩緩撫落我的後背，那灼灼熱意透過我厚厚的衣衫熨燙我的後背。

「妳穿那麼多，不熱嗎？」他說。

「那也是我的事。」我扯開他最後的衣結。

「哼！」一聲冷哼傳來，他的手倏然插入我的後脖領，熱燙的手滑過我後背之時，我立刻後退一步戒備看他！

他收回手，指尖輕輕捻了捻，嘴角帶出一抹笑意。

「妳出汗了。」

我抬眸看他：「烏龍麵，你現在是我大伯了，請勿亂碰你弟弟的女人。」

孤煌少司的雙眸立時瞇起，殺氣立刻席捲他的全身。

我再次上前一步為他脫掉了中衣，立時，他絲綢的內單顯露，淡紫色的絲光掠過那上乘的絲滑面料，微微貼身的絲綢隱隱浮現出他身體的曲線和微微鼓起的飽滿胸膛，兩顆明顯凸起的茱萸，讓人臉紅心跳。

我低眸開始為他脫內單。他緩緩俯下臉沿著我的長髮一路往下，輕輕嗅聞，鼻尖劃過我的臉龐。我立時讓開，登時他揚手一把扣住我的脖子，往一旁的牆壁按去。

「砰！」我重重撞在濕熱的牆壁上，手中衣結拉開，絲綢的衣衫立刻鬆開，微微露出他精壯赤裸的身體。

他狠狠把我按在牆上，灼灼看我，殺氣四射：「妳騙我！」

「你也騙我！」我緊緊扣住他掐住我脖子的雙手，狠狠看他。

「但我真的喜歡妳！」他黑色的眸中湧現深深的恨。

我在他的怒喝中一時發怔，竟是啞口無言。我從沒想過要去欺騙別人的感情，因為我不屑用那種方法。

可是，我真的沒想到孤煌少司對我的感情，是真的。

若是前一刻他告訴我，我還不會相信。可是此情此景，我不得不信。

忽然，他俯下臉狠狠吻住了我的唇，火熱的唇裡呼出分外灼燙的氣息，他掐住我脖子的手也越來越緊，下一刻卻又鬆開我的脖子轉過身，長髮掠過我的面前，單手背在身後狠狠捏緊。

我靠在牆上看著他因為努力克制而收緊的後背，悶熱的空氣裡傳來他深深的呼吸聲，像是努力要讓自己平靜。

悶熱潮濕的空氣也彷彿染上了他的怒意，變得越發讓人窒悶。空氣在他深深呼吸中變得沉重，像是要墜落在地上，積起厚厚的血漿。

緩緩地，他放鬆了身體，獨自到水池邊，脫下了絲綢的內單，當淡紫色的內衣滑落他雙臂時，露出了異常結實和性感的後背。

那溫潤儒雅的表面下，卻藏著一具精壯武將的身體，那分明的肌理和在他脫衣時呈現出來的凹凸有致，讓女人在這濕熱的空氣中也會不由自主地心猿意馬。

他甩落內衣之時，黑髮落回後背，遮住了那赤裸的肌膚，然後長褲滑落他的雙腿，結實挺翹的後臀在那長髮後若隱若現。我立刻側開目光，感覺空氣真的有些稀薄，聽見他下水的聲音，我才轉回臉，來到他身後跪坐。

他的長髮已經挽起，露出修長的頸項和赤裸誘人的雙肩，那具性感精壯的身體在入水後，又顯露一分柔美，如儒雅溫婉的書生，身段柔美。

「給我按一下肩膀。」他有些疲憊地說，似是極大的憤怒讓他有些乏力。我靜靜看他片刻，不疾不徐地挽起衣袖，清澈的池水裡映出我因為悶熱而有些潮紅的臉。

雙手按上他的肩膀，手下肌肉分明的身體在放鬆後不顯堅硬，反而帶著一種韌勁的彈性。我不重不輕地按著。

「今晚殺了多少人？」我問得隨意，宛如只是普通的閒聊。

「哼，怎麼？妳內疚了？」他冷笑，不再對我溫柔寵溺。

「慕容家造反，該殺。」我繼續替他按揉。

「該殺？」他微微側臉，幾乎透明的白皙肌膚染上了迷人的紅暈。「妳剛才可是保住他們呢。」

「我只是不殺生。」

「哈哈哈！妳巫心玉不殺生？哈哈哈哈——別笑死人了！」他的話音深沉起來。「妳不是不殺人，妳是借刀殺人！」

我手微微一頓，揚唇一笑：「多謝誇獎！」

「哼……呵呵，哈哈哈——哈哈哈——」

他仰天大笑，手從水中抬起，忽地放落我按在他肩膀的手，濕漉漉的手滿是水溫的熱意。他緊緊握住我的手，目光灼灼，俊美無瑕的臉上寫滿恨意。

「巫心玉！我真想殺了妳！」

「彼此彼此！」我揚笑冷冷看他。

他的眸光越發深沉起來，轉身抬起濕濡濡的手撫上我的臉，水注從他手臂滑落，順著他的肌理匯入水中。

「到底哪個是妳？我的小玉在哪兒？」

痛苦從他的眸中浮現，他近乎癡迷地看著我的臉，心痛地閉上了眼睛，俯臉執起我的手貼上我的手背，輕輕磨蹭。

「把小玉還給我……把我的小玉還給我——」忽然他睜開了布滿殺氣的眼睛，凶狠地怒吼一聲，把我朝他狠狠拽去。我還來不及反應已被他拽入水池之中，「啪」一聲，厚重的衣衫瞬間全部浸濕。

一雙有力的雙手直接按在我的肩膀上，把我按入池底。我立刻內力爆發，將他震開，才要浮起，又被他用力撲入水中。他開始拉扯我的腰帶，我抬腿狠狠蹬在他的胸口，以為脫身之時，又被他扣住腳踝狠狠拽入池底。黑色的身形浮到我的上方，後衣領被他重重拽下，粗暴的力量，把我層層衣領一起拉到肩膀之下，我翻身朝他又是一踹，他立時扣住我的腳朝他身前猛地拉去。

身體在水池裡撞上他的胸膛，浮出水面，大腿被他拉近下身，貼在他的身側，他灼灼俯視我，澈黑的黑眸之中燃起熊熊的怒火。

「我敬妳！愛妳！寵妳！珍惜妳！從不強迫妳！不捨汙了妳的純潔！可妳卻跟我弟弟上了床！妳們女人果然喜歡被強迫是不是！是不是？」

他忽然又把我用力拉近一分，立時下身貼上他已經堅硬的熱鐵。我大吃一驚抬手推掌，掌心用力震在他胸膛上，他立時扣緊我的腿，以幾乎要捏碎我的力度！

一縷血絲從他口中流出，我驚訝地看著那縷血絲順著他的嘴角流過他的頸項、胸前。

他和孤煌泗海一樣，不怕死！

「你們一個是我最愛的女人，一個是我最愛的弟弟，你們對得起我嗎？啊？對得起我嗎？我要殺了妳，殺了妳——」

他的黑瞳赫然腥紅起來，極度的興奮讓他的雙目竟流露出一抹讓人害怕的癡狂。

他抬起另一隻手緩緩撫上我纖細的頸項，黑髮在打鬥中早已鬆散，垂於後背和臉邊，水注順著他的墨髮淌入水中，和那些蜿蜒的墨髮一起，在水中到處游走。

「我說過……別騙我……別逼我……」他放落我的腿，伸手圈住我的腰，緩緩貼上我的身體，埋入我的頸項，而那隻手卻在我的頸項上緩緩握緊。

「是妳逼我的……逼我的……」在他癡癡的話音之中，我感覺到頂在水中的硬挺也開始越來越灼熱，登時一陣寒毛豎起。

這對妖狐，一個喜怒無常，明明陰邪嗜血，卻又天真黏人；而另一個明明看似溫柔溫暖，卻殘暴狠辣。

「哥哥……對不起……」幽幽的，傳來了孤煌泗海的聲音，握緊我脖子的手開始緩緩鬆開，他依然在水中擁緊我的身體，在我耳邊粗重喘息。

「不准負泗海……」他吮住我的耳垂幾乎是呵氣般說出：「否則……妳知道我的手段……」火熱的手掌撫上被他扯落衣領處的肩膀，灼燙的溫度幾乎在我的肩膀上烙出一個印跡！

一身紅衣的孤煌泗海已站在水池邊，手中是一條披衣。

孤煌少司狠狠推開我，朝池邊而去，他「嘩啦」從水池中離開，打亂了水中孤煌泗海紅色的身影。孤煌泗海為孤煌少司披上外衣，孤煌少司抱了抱他，輕輕拍了拍他的後腦，放開他大步離去。

孤煌泗海立於池邊，一頭雪髮在濕熱的空氣中泛出朦朧的水光。他的身上只剩紅色的絲綢長袍，他緩緩抬起雙臂，絲滑的衣袖立刻從他雙臂滑落，露出他那蒼白刺目的膚色。

我拉好衣領準備離開。

「妳敢走？」他站在浴池邊清清冷冷地說：「妳跨出這裡一步，我馬上讓哥哥殺了懷幽和蘇凝霜全家。」

輕描淡寫的語氣，昭示他毫不在意他們的生命。

「你這是作弊！」我憤然看向他分外得意的臉。

「是留下，還是走？」他嘴角高揚邪笑看我。

我恨得咬牙切齒，怒不可遏。

「好！我陪你！」我開始拉扯自己的腰帶，狠狠扔在水池中，外衣徹底敞開，我也脫下甩入水中，厚重的衣衫立時沉到池底，墜入我的腳邊。

我狠狠瞪他，他邪笑看我，白皙的手指緩緩扯開了嫣紅的衣結，如同慢慢打開一件精美的禮物，他的身體也在我的面前緩緩打開。我側開臉，可是池水的倒影中卻是他雪髮微微遮掩的赤裸身體。心跳立刻紊亂，這絲紊亂讓我更加憤怒，已經分不出到底是在恨他拿懷幽和蘇凝霜的性命來要脅我，還是恨自己居然會受制於一隻妖狐。胸膛因為憤怒而起伏不定，心臟也發悶地快要爆炸。

他緩緩入水，走到了我的身後，輕輕環抱我的身體，再次緊緊貼上我的後背。

「我們終於成婚了，我好高興……」他緊貼我的身體，輕輕磨蹭，雙手撫上我的身體，撫入我與他一樣鬆散的紅色衣領，撫上我的肌膚。「我想服侍妳……心玉……讓我服侍妳……」

他如同蠱惑的聲音和他的雪髮一起在我周圍飄蕩，我雙拳緩緩擰緊，呼吸在他的觸摸中漸漸不穩。忽然間，一絲連我自己也無法相信的想法掠過腦間，是不是我跟他做了真正的夫妻就不會再受制於他？他所做的一切，還不是為了想跟我做真正的夫妻。我可以的，我不想再受制於這隻妖孽，我是可以要他的。是的，我是女皇，我有什麼男人不可以要？我要瘋了，我一定是瘋了！我真的好想把這個妖孽狠狠撕碎！讓他不要在我面前囂張！

身體裡的躁熱如同酒癮一般開始燃燒，瘋狂的想法徹底燒光了我的理智。憤怒、不甘、殺意和急於擺脫控制的慾望全部攪在了一起，痛苦地折磨著我，讓我幾欲找人發洩。

我終於受不了地轉身狠狠揪住他的雪髮，在扯下他的臉的同時，我吻上了那張誘人魅惑的紅唇，不再讓他說出那些蠱惑性感的話，讓那些像是魔咒一般的話語徹底消失在我的吻中。

我真的不甘心於那一晚，我巫心玉要把一切都要回來！

他細長帶勾的眸中閃過一抹激動，立刻抱緊我的身體和我在水池中擁吻。火熱的手撫上我濕透的紅袍，一把握住我衣衫下的聳立，瞬間燃燒的身體又如那晚一樣，灼燙得讓人心驚肉跳。

火熱的雙唇在不停地吮吸、啃咬，呼吸和身體被瞬間點燃，膠著難分，他的呼吸開始急促，順著我的頸項重重吻落。他粗喘著忽然把我的身體按在水池邊，火熱的吻從我耳側而下，我的雙眼開始迷濛，失神而語：「既然想服侍……就好好服侍……」

「是……我的女皇陛下……」沙啞性感的聲音在我耳邊響起，他的吻緩緩而下，灼熱的雙臂圈過我的身體，忽然將我從水池中托起，直接隔著濕透的絲綢紅衣含住了我的花蕊，灼熱的空氣，灼燙的雙唇，敏感的花蕊在這火熱舌尖的愛撫中立時綻放。

他將我放落在水池邊，我坐在池畔俯臉看他在我胸口緩緩抬起的臉，細長狐媚的雙眸之中流露出開心還有一絲純真的笑意。我撫上他的雪髮，他如絲的雪髮讓我的視線無法移開。我一點一點撫過他的秀髮，粼粼的水光讓他的雪髮閃爍迷人的金色柔光，讓人癡迷。

他的雙手按在我的雙腿上，我依然目不轉睛地撫摸他的長髮，漸漸地，我感覺到按在我腿上的雙手開始發冷，那透骨的冰涼拉回我的神思，我竟然陷入了癡迷。

我到底怎麼了？

我真的被他魅惑了！

我看向他，他的眸光已經發冷，雙眸之中竟掠過一絲鄙夷的冷，抬手「啪！」一聲，打開了我的手，冷笑而輕鄙地瞥我一眼，如絲的視線裡充滿了無趣和無聊。

「妳不是我喜歡的玉狐，我不想要妳了！」說罷，他竟直接轉身從我身前離開，走到池中將水拍上身體兀自沐浴，瞬間讓我感覺像是被人玩膩後無情丟棄的女寵。從未有過的恥辱感讓我登時怒髮衝冠，緩緩站起，直接躍起朝他的腦袋踹去。

「你這隻矯情的死狐狸！」

腳幾乎要踩上他白色的後腦勺時，他倏然在我面前消失。我看到他沉入水中的身影，我沒有收招，直接踩了下去，終於感覺踩到了他的身體，毫不猶豫地把他直接踩到底！

「我也不想要你！你以為你是什麼東西！」我狠狠再補一腳，立時，他濕滑的身體從我腳下滑脫，「嘩啦」一聲從我身後而起，瞬間抱住我開始拉扯我最後的紅衣，頸邊也貼上他濕濕的再次灼燙的臉，邪惡的話語也隨之而來。

「對！這才是我喜歡的玉狐，這樣我才會興奮！啊——我好想要妳，我要妳——我要妳——」

他不再拉扯我的衣裙，而是按住我的小腹，讓我在水中與他緊貼。腿間登時感覺到巨大的灼熱，他開始強行拉扯我的衣褲！

「死白毛！我一定會閹了你！」我憤怒大喝！

「不，妳捨不得……」他火熱的臉貼住我磨蹭。「妳不僅不會閹了我，妳還會生下我們的孩子……那孩子一定和妳一樣美麗，擁有和我一樣的白髮……」

「你去死吧！」我真的不想跟他硬拚！如果我和他同歸於盡，若是孤煌少司要對懷幽他們不利，我無法保護他們！

這隻死狐狸，我想要他的時候，他居然還鄙夷我，而現在他想要我時，卻不容我反抗！怎會有這麼難懂的男人？

「死白毛！放開我——」

「呼！」忽然，在我怒喊之時，一陣猛烈的風伴隨著熟悉的清幽香味揚起了浴池邊的紅紗，拂起了滿池的熱氣，掀過了我和孤煌泗海。巨大的風力讓人甚至無法睜開眼睛。

這裡四面封閉，怎會突然起大風？

當大風消失，一切恢復平靜之時，我緩緩睜開眼睛，竟看到蘇凝霜立於水面之上！我驚訝地看他，他不是站在水中，而是真的飄浮在水面之上，神情呆滯，胸前的狐仙牌正懸浮在空氣之中。

瞬間，不祥的預感襲上心頭！

「放開她。」冷冷沉沉的聲音，從蘇凝霜口中而出。

「哼！」身後是孤煌泗海陰邪的冷笑：「你真的是蘇凝霜？」

「我讓你放開她——」倏然，巨大的刺耳吼聲從蘇凝霜口中吼出，登時池水震顫，孤煌泗海的雙手立時從我身上鬆開，震顫的池水中映出他捂住雙耳的身影。

我立刻到蘇凝霜身前，他朝我伸出手，我牢牢握住之時，他一把將我直接從水中提起，圈緊我的腰轉身躍上池邊。

孤煌泗海捂住雙耳狠狠看我身邊的蘇凝霜，蘇凝霜冷冷看他一眼，攬住我的腰直接飛離。我揪住他的衣領，既生氣又擔心，周圍景物快速掠過，看不真切，蘇凝霜所過之處只帶起一陣大風，飛沙走石，揚起宮女們的長髮和裙衫，引起驚叫連連。

我看著他木訥的神情，心裡開始隱隱作痛。伸手環上他的脖子，在他的頸邊難過地深深呼吸，哽咽落淚。師兄，我會害了你，還有凝霜……

他停了下來，來到蘇凝霜尋梅殿的後院裡，他依然將我扶在身邊。我緊緊抱住他，心情複雜，一言難盡。

「沒事了，心玉。」輕柔的話音從蘇凝霜口中傳出，卻是流芳師兄溫柔的語氣。

我深吸一口氣，緊緊揪住蘇凝霜身前被我弄濕的衣領，低哽而語：「回去！快回去！」

那衣領簡直要被我揪碎，我完全沒有想到流芳會用附身的方法來保護我。

我的流芳，下山前連人形都還沒修成的流芳師兄，卻冒著仙力枯竭的危險，透過狐仙牌附身在蘇凝霜的身上，這是多麼的危險！

不值得！這一點也不值得！

「蘇凝霜擔心妳。」他說。我生氣地抬臉看他，從月光下蘇凝霜冷酷的容顏可以看出流芳師兄的善良和溫厚，我的眼睛不由濕潤，和他一起擁有的許多回憶一下子湧上心頭，他家人般的溫暖讓我終於無法再支撐下去。

我蹲了下來，撫上額頭時淚水從指尖流下。我可以被孤煌少司威脅，我也可以被孤煌泗海戲耍，但是，我真的承受不住流芳師兄和蘇凝霜這次的犧牲，若有差池，會同時要了他們兩個人的命！

「心玉……」一件溫暖的衣服，帶著蘇凝霜那冷梅一樣的幽香披上了我的身子，流芳師兄緩緩蹲在我的身旁，撫上我的後背。

我無聲落淚，咬唇撇開臉，努力忍住擔心的淚水，不想讓他和蘇凝霜看見。

「你們不能這樣……不能……」我連連搖頭，痛心大喊：「你們真的不能這樣！」

「對不起……」身邊是流芳師兄抱歉的話音。

「這麼說，蘇凝霜是至陰之人？」我抹了抹眼淚，蹲在廊簷下看面前蒼白的月光。

神靈附身需要很多條件，能夠被神靈附身的人必須是陰年陰月陰日陰時陰刻所生，幾年未必有一人。

「是。」流芳師兄略帶一分喜悅的語氣：「心玉，妳不覺得這是天意嗎？」

「天意什麼？」我憤怒不已，憂心家人的安危：「你這是在拿你自己和蘇凝霜的性命開玩笑！」

即使是至陰之人，也不可能永遠被神靈附身，每附身一次，便會減短附身者三年的壽命，有人甚至承受不了神靈附身，猝死都有可能！

而神靈也不能隨意附身，這是違反天規的！若是一次可能還不會被發現，一旦被發現是要受到懲罰的！

我對他們這次的作法真的很生氣！

「可是蘇凝霜真的很擔心妳。」流芳師兄蹲在我身邊，擔心地看我。「妳忘了？是妳把狐仙牌給他戴上的……」

「我要他戴上，是怕孤煌泗海那隻死妖狐害他！不是讓你附身的！」

「但他向我祈願了！」

流芳師兄認真而懇切地打斷了我的話，我怔怔看著月光中他異常認真的神情。

「他祈禱我能保護妳，他告訴我，妳被孤煌兄弟威脅，身陷危險，而他卻無法保護妳。他相信我，他對我產生了相信的力量，所以我才能附身在他身上。」

「流芳……」我驚訝地看著流芳師兄透過蘇凝霜清冷的眸子露出的擔心視線，他憂心地撫上我的臉。

「我也擔心妳，心玉，回狐仙山吧，和我在一起。我已經成人形了，妳不想回來看看嗎？」他目露淚光，顫顫微笑地看著我，他在擔心我，他甚至在祈求我回去，他怕我死……

「流芳……」我撲上他的身體，再次緊緊擁住他，埋入他的頸項。

「心玉……」他也緊緊擁住我，雙手用力到幾乎想把我嵌入他的身體。「不要再做女皇了……」

我一怔，緩緩離開他身前，雙手捧住他的臉，反問：「那你能不做狐仙嗎？」

「能！」他忽然異常堅定地說，我在他的話中怔住了身體。

月光將他的眼睛映照得異常清澈，清清楚楚看到了流芳師兄美麗的銀瞳和溫和的視線。

「我去狐仙山最高興的事就是遇到了妳，沒有妳的狐仙山，什麼都不是……」

我的心在他深情的話語中凝滯，一絲熱意卻讓我心虛地不敢再對視他的眼睛。我轉開了身，他環抱我的身體和孤煌泗海一樣貼上我的身側，輕輕磨蹭我的臉龐。

「心玉，回來吧，妳抵擋不住孤煌泗海的媚惑，他是我們狐族最美豔的狐狸……」

「已經擋不住了……」我嘆氣坐了下來，抱住我的身體立時一怔，陷入僵硬和呆滯。寧靜的月光灑在我和蘇凝霜的身上，讓蘇凝霜雪白的衣衫帶出一絲流芳師兄的銀白色。

「但我想要他的時候，他卻不給！他怎能如此彆扭傲嬌？簡直有病！我真後悔自己居然被他魅惑，還想要他！現在回想起來，只覺噁心！」我生氣道。

我抱住了自己的身體，一陣一陣反胃，孤煌泗海對我的羞辱，我一定會雙倍討回！

在我說完後，整個世界卻忽然靜了，靜得彷彿能聽到月光流淌的聲音。靜靜的月光從空中流瀉而下，鋪滿我面前枯黃的草地和園中兩三棵寒梅之上，尚未開花的樹枝染上月光的銀白色，迷人得像是月宮中的銀樹。

「妳、妳想要他……」身邊幽幽傳來流芳尷尬的、吃驚的、結巴的聲音。

「嗯……」我蹙眉頭痛扶額：「一直以為我只抵擋不住騷狐狸的誘惑，卻沒想到還是抵擋不住孤煌泗海的魅力。流芳，我……是不是很沒用？」

我轉臉有些沮喪地看他，卻見到他正水光盈盈地注視我，即使是蘇凝霜的臉，也依然可以清晰看到流芳那吃驚害羞的神情。

他與我對視之時，眸光越發顫動起來，讓我想起他那雙清澈美麗的銀瞳。那雙像是玻璃珠一樣的銀瞳在夏日會散發出異常迷人的光彩。忽然，他俯臉吻住了我的唇，切斷了我們之間流淌的月光，我呆滯地看著他在月光中輕顫的銀色睫毛。

「我走了……心玉……我也一直喜歡妳，我等妳回來……」

耳邊傳來流芳師兄輕柔話語之時，蘇凝霜也從我面前緩緩倒落，雙唇輕輕擦過我的，留下一縷餘溫，不知是流芳師兄的，還是……蘇凝霜自己的……

狐仙牌也從蘇凝霜胸口垂落，但隱約還散發出常人無法看見的柔光，我知道，流芳師兄還在守護我，用他僅有的神力。

我恍然回神，匆匆去拍蘇凝霜的臉。

「蘇凝霜！蘇凝霜！你給我醒醒！本女皇命令你馬上醒過來！」

他微微蹙眉，眼睛疲倦而無力地睜開一點縫，嘴角扯出他蘇式冷笑。

「哼……你該……怎麼謝我……」

心中萬般感謝讓我情不自禁地捧住他的臉吻上他的唇，遮住了他面前的月光。他清清冷冷的雙眸在月光中立時圓撐，我離開他的唇安心笑看他。

「怎麼樣？這份禮夠不夠？」

「太累了……硬不起來了……」他無力地笑了。

我一愣。

他緩緩睡去，嘴中帶出似有若無的囈語：「不然……肯定……要妳……」

我哭笑不得地搖搖頭，跪坐在他身邊靜靜看著他已經平穩起伏的胸膛。凝霜，謝謝你用生命守護我，你答應瑾崋的事，做到了。

而我……不能一直這樣下去。流芳不可能永遠保護凝霜，這次附身一定消耗了他巨大的神力，近期之內，他無法再附身於蘇凝霜，白毛必會伺機報復，而凝霜絕非白毛的對手，會身陷危險！

正想著，已經感覺到某人接近的氣息。我立刻扶起蘇凝霜。

「凝霜，看來你最近還是消失比較好！」我運功揹起蘇凝霜迅速離開，在月色之中進入密道，終於遠離了那陰邪的氣息。白毛現在必然像猛鬼一樣四處找我！

我該如何打亂他？只有徹底讓他陷入混亂，他才能轉為被動，我才能從受制的情況中解脫。

走過陰暗的過道，蘇凝霜身上的狐仙牌宛如一點微弱的螢光為我照亮前面的道路，看著那和流芳銀髮相似的柔光，我開始慢慢出神。流芳說，他喜歡我很久了……

我和他青梅竹馬一起長大，從他還是一隻狐狸小正太，看著他一點一點長成半人半狐的男子，一直以為我和他之間是家人、是兄妹、是閨蜜……

可是流芳，你喜歡我又怎樣？即使你不做狐仙，你我依然不能相愛，因為你是狐，我是人。我和你就跟師傅一樣，是沒有結果的，我不想再看著自己心愛的人離自己而去，從此天人相隔，然後……告訴我，你只是我的情劫……

我不要做你情劫！我要做你妻子！

所以，自師傅離開後，我便知道我不能再愛上一隻狐，我無法再承受一次別離。流芳……對不起，我可以深深喜歡你，卻無法回應你對我的那種喜歡……

面前終於是自己的密室，我把蘇凝霜輕輕放上密室內的小床，給他蓋上毯子，自己也換上乾衣服。

牆面上掛著我的玉狐面具，我與它久久相對。因為女皇無法自由，所以才有了玉狐。當玉狐和女皇的身分重疊，玉狐如同被困在囚籠中的狐仙，無法再飛向自由天空。現在，我如何讓玉狐脫困？

我摘下面具，回身看了看蘇凝霜，不由一笑。玉狐可以是任何人，不一定是我巫心玉，我怎麼沒早點想到？

我笑了笑，將面具輕輕放落蘇凝霜的臉。

「美人，以後你就是玉狐了。」經此一晚，孤煌泗海對蘇凝霜必有所顧忌，所以蘇凝霜隱藏得越深，孤煌泗海對他的顧忌也會越大，說不準會比找我的時候更瘋狂。

孤煌泗海，那你對我巫心玉到底什麼意思？你說你想永遠跟我在一起，你說你要跟我生死相隨，可是，剛才又是怎麼回事？

你到底是不是真的愛我？只因為我是玉狐，引起了你的好奇和征服慾，所以才對我欲罷不能？

我頭痛地躺在蘇凝霜的身邊。我真是蠢，我居然還對他……我居然！

好後悔，我不會再對他動心動情，不會，絕對不會了！

我閉上了眼睛，今晚，將會是個漫長的夜晚，孤煌泗海會不會和孤煌少司一起滿宮尋找我？那樣更好，又可以為獨狼他們爭取時間了。

我揚唇而笑，眼前宛如出現了獨狼和月傾城他們在月光下飛馳的身影。他們帶上椒莢做的工具，由獨狼躍上房樑，裝好繩索，兩邊垂下繪有星辰的黑布，遮天蓋月，無人能夠察覺夜幕中的黑布，而將獨狼他們隱於黑布之後。

獨狼輕功很好，又冷靜沉穩，我不用擔心。

他會依照我的計畫從房樑倒掛而下，不接觸瓦片，用刀打開窗進入，然後其他人順繩索爬上，進入孤煌少司的金庫，再用繩索和輪軸運出裝有黃金的鐵箱！

月傾城坑我一次，不過，我相信在那次之後，他知道聽我的話有多麼重要！而這個權力，我現在交給了獨狼。所以，我相信這一次月傾城會全力配合，聽從獨狼的吩咐！

而他孤煌少司把黃金存放在箱子裡更是少了我裝黃金的工夫。至於繩索的另一端，正是蕭家的樓閣，那間……記錄著我和孤煌泗海那一晚的樓閣……

殺意開始不斷湧現胸口，好想燒了那座罪孽深重的樓！等黃金運走就燒！我想，這也是蕭玉明的希望！

那一晚的景象又不斷湧現眼前，那在月光中震顫的雪髮時時刻刻擾亂我的心。我吃驚地發現，是我在為孤煌泗海寢食難安，輾轉難眠！

我的情緒總是被他牽制，我的心情也因他而起伏，我竟時時刻刻在想著孤煌泗海，如同、如同戀人一般……

渾身起了一層冷汗，我無法面對這個事實，我不想承認……

我緩緩躺在了蘇凝霜的身邊，單手敷在額頭。我輸了，我為孤煌泗海動心了……

我很慶幸現在我把一切交給了獨狼，以我現在的狀態，也不再適合去領導他們，因為我對孤煌泗海的判斷，已經被自己的感情所左右。

這一夜，我注定失眠，孤煌泗海也是，還有，孤煌少司。

這一夜之後，格局將會徹底改變。

幽暗的燭火在無風的密室裡漸漸熄滅，眼前的景象被黑暗徹底覆蓋，只有蘇凝霜胸前的狐仙牌隱隱發光。我抬手放落狐仙牌。

「流芳，好好休息，我不會再要孤煌泗海了，下一次，我會直接殺了他。」

狐仙牌在黑暗的密室中漸漸失去光亮，流芳終於可以安心休息，他一直在擔心我，擔心那個情劫。難道是孤煌泗海？是他殺了我？

流芳一直希望我回狐仙山，也是為了躲避情劫。可是，我有三條命，他孤煌泗海殺我一次又怎樣？如果，那一次是能和他同歸於盡，我願意！我死也要把這妖孽拖去地獄，去他該去的地方，不再為禍人間，迷惑人心，擾亂我的心。

我愣愣看著眼前密不透風的黑暗，為什麼……我又在想孤煌泗海？我的腦子裡，難道真的只有他嗎？

我應該想想獨狼他們是不是已經結束了，接下去，他會打開我的第一個錦囊，知道我下一步的安排！

不錯，一旦孤煌少司發現黃金不見了，必會全城封鎖，嚴查來往貨運，因為那麼多的黃金，那麼重的鐵箱，想要運出去，決然不易！又是在如此嚴密的封鎖中，可謂連一塊肉都別想從孤煌少司眼皮子底下溜走。

但是有一個地方，他無法封鎖，就是明月湖。

明月湖並非是巫月都城的內湖，它直通城外東棲港，港口有貨運。但是，黃金不能運到港口，所以要走明月湖離開。

我給獨狼的第一個錦囊是讓他把黃金分裝。蕭家大宅發還蕭玉明後，黃金還可以繼續藏在他家一段時間。然後，一半黃金裝木箱，並放入灌入空氣的牛皮水囊，以減輕黃金的沉力。然後，用繩子連結這些裝有黃金和木塊的木箱，連在船的底部，讓它們半沉於湖中，由船直接拖走！

這麼做，即使官兵上船搜查，也找不到黃金的蹤跡。而黃金木箱中灌有空氣的牛皮囊也加大箱子的浮力，不會拖累船隻，也不會浮於水面，好讓船隻以最快的速度，把黃金運走！

而這需要梁子律的商隊。

梁子律常年經商，他不僅有一支陸地的貨運隊，在東棲港更有他的船隊。只要把黃金從明月湖運出都城，之後的事，就無需再擔心了。

如果我猜得不錯，梁子律會用畫舫運出去。因為明月湖上畫舫最多，而這些畫舫也常年出城，因為京城的美人常常受富商邀請出城。以梁子律的聰明，我不寫他也會用這個辦法。

至於剩下的一半黃金反而不急著運走，會在盤查鬆懈後，一點一點運入北城給月傾城，這些黃金我會另作他用。

「聽說……昨天有人經受不住妖男的誘惑，想寵幸他？」忽然間，身邊傳來了蘇凝霜略帶一絲輕蔑鄙夷的冷笑聲。伸手不見五指的黑暗裡，看不到彼此的神情，他也就看不到我在他的話語後羞愧到無地自容的臉紅表情。

我轉身背對他，頭再次隱隱作痛。

「哼……」他冷冷一笑，靜謐的密室中傳來衣袖擦過我後背衣衫的磨蹭聲。「看來昨晚是我多管閒事了。」

他似是抬起手，輕輕擦過我的後背就停住。

「妳把什麼東西放我臉上了？」他坐了起來。

我也隨即坐起，面紅耳燙，努力保持冷靜。

「是我的玉狐面具，以後你不要離開密室，我會讓懷幽給你送飯。」我說罷起身。

「哼，怎麼連妳也軟禁我？我不要待在這破密室，我要回我的梅園！」不透光的密室裡傳來他下床的聲音。

「這是在保護你！」我著急地轉向他的方向，雙手推在他胸膛上，感受到他微微停滯一拍的心跳。

黑暗之中，他的胸膛開始大幅度起伏。

「巫心玉！我是蘇凝霜！妳讓我躲在這裡做縮頭烏龜，我寧可死！」他拂開我推在他胸膛的手，直接起身從我身邊走過，帶著他一貫的傲氣。

「站住！」我在黑暗中看往他腳步的方向：「你能不能冷靜點，這不是讓你做縮頭烏龜，而是讓你進入暗處！我已經身分暴露了，我需要一個玉狐！」

他沒有作聲，也沒有動，忽然，他猛地轉身，在我面前帶起一陣猛烈的風，一步到我面前，幾乎與我前胸相貼。

「妳讓我冷靜？哼！」他冷笑道：「如果我知道昨晚妳是那麼想要那個妖男，我絕不會求狐仙來救妳！」

「我！」我的臉再次紅起來，我啞口無言。我知道，在這件事上，我百口莫辯。

我在他身前默默低下了頭。

「怎麼不說話了？哼。」蘇凝霜揚起輕鄙的冷笑：「在妳巫心玉的心裡，我蘇凝霜算什麼，瑾崋又算什麼，懷幽更不算什麼，現在，只有孤煌泗海了吧！」

「不是的！」我徹底失去了冷靜：「是的，是的、是的、是的！一開始，你、瑾崋、懷幽都只是我的棋子，只是我用來對付孤煌少司和孤煌泗海的棋子，我對你們應該是沒有感情的，我也以為在這一切結束後大家會分道揚鑣，從此不再往來。可是、可是我發現在和你們的相處中，我無法再把你們當作棋子，我會擔心你們、牽掛你們，凡事優先考慮你們的安危，我知道這是第一大禁忌，可是我必須要保全你們，這是我唯一能為你們做的，也是我唯一能感謝你們為我做的！所以凝霜，別鬧脾氣了，乖乖待在這裡好嗎？」

「所以……妳對我們有感情是嗎？」他往前又走了一步，我在他的欺近中後退了一步。

「是的。」

「妳對棋子有了感情……妳還能下好這盤棋嗎？」他又朝我上前一步，我再次後退一步，明知他看不到我的神情，我依然鄭重點頭。

「能！」

「不再被妖男迷惑？」

「這個我不保證。」我也不吞吞吐吐，直接說出實話。

「什麼？」他顯得有些吃驚。我側開臉，面帶抱歉。

「人皆愛美，我也不例外。凝霜，我不是神，我只是個凡人，我只能答應你，我不會愛上孤煌泗海，但是……我不保證我能抵擋他的魅惑，我擋不住的時候我會……」

「要他？」他幾乎快要笑出聲：「可是昨天不是被拒絕了嗎？哈哈哈哈——哈哈哈——」

整個密室登時爆發出他蘇凝霜清朗豪爽的大笑聲，笑得我無比胸悶，我會讓孤煌泗海跪下來求我要他！

「哈哈哈——好！巫心玉，我真是越來越喜歡妳了，妳敢作敢當敢承認自己好色！我喜歡妳！」

聽著他的笑聲，我簡直無法去面對他。他的話更像是嘲笑，偏偏又讓我生出一絲感動。

忽然，面前有陣風落下，飄來他身上寒梅幽香之時，柔軟的唇也落在了我的側臉上，似是因黑暗無法看清而落在了那裡。

我微微一怔，他的手在黑暗上慢慢摸上了我的手臂，臉上的唇也緩緩落下，滑到我的耳邊。

「在妳想孤煌泗海的時候……來找我怎樣？」他輕輕地說。

我一怔。

「我可以讓妳暫時忘記他……」他忽然舌尖勾過我的耳垂。

我緩緩轉回臉，呼吸與他相觸，他熱熱的呼吸也燒灼了我的。真的可以這樣嗎？用一個男人的身體，去忘記另一個男人的身體，真的可以這樣對待蘇凝霜嗎？

不，不可以。

我不能用蘇凝霜做這種事……

他火熱的呼吸吐在了我的唇上，在他擁緊我吻落時，我還是推開了他。他往後踉蹌了兩步，傳來兩聲冷笑。

「哼，怎麼，看不上我？」

「不，因為太熟了，不好下手。」我轉開臉，整個密室因為我的話再次陷入安靜。「凝霜，曾經我是有過這樣的想法，但是，在你屢屢救我之後，你在我的心裡已經不一樣了。你不再是我的棋子，我可以隨意用你，像你答應我的那樣。雖然，你現在仍然這樣做，可是我……已經沒辦法再這麼做了。你是我的朋友、是我的臣，現在，更是我的依靠、我的家人，我沒辦法對家人、對朋友做這種事情。凝霜，我需要你……」

我走向他，伸手抱住了他微熱的身體，貼上他心跳劇烈的胸膛。

「你們安全了，我才能安心專注對付孤煌兄弟。原本我離開的時候只想帶走懷幽，現在，我想把你也帶走，把你帶回狐仙山，讓你見見流芳，你們會是很好的朋友，他也很喜歡你……」

他立在黑暗之中不發一語，靜靜地立在我的身前，任由我抱著他，可是耳邊的心跳卻沒有平靜的趨勢，反而越來越劇烈，「咚咚咚咚」！

我微微一愣，伸手摸了摸他的手，發現也很灼熱，立時離開他的胸膛仰臉看他。

「該不會是你自己想要吧！你真的想要嗎？這種事不能忍的。」

「誰想要！」他立刻從我手中抽離了手，語氣卻帶出一絲可疑的心虛。

無奈此刻伸手不見五指，無法窺見他的表情。

「我蘇凝霜最討厭的就是跟女人睡覺！妳們這些女人永遠餵不飽，慾求不滿，想吸乾我們每一絲精力！」

「噗哧！」我低臉一笑：「那我就當你答應我乖乖待在這兒。」

「知道了。」他顯得有些煩躁。他蘇凝霜縱情縱性已經習慣，讓他從此關在這密不透風的密室裡，他確實難受。

「你也可以在密道裡多走走，幫我完成地圖。」

「嗯，也可以嚇唬嚇唬那個妖男。」

「對。流芳在你身上附身，對他已經造成了威脅，所以，他現在對你有所顧忌。我上去了，現在應該已經差不多天亮了。」

我往前走去，他突然拉住了我的手臂，傳來了他認真的話音：「小心。」

「我會的。」

「不要逼急那對妖男。」

我聽出他話音中的擔心，他擔心我把孤煌少司和孤煌泗海惹得太過，他們照樣殺了我。他們需要一個皇族的女人生孩子，但如果我太不聽話，超出他們的掌控，說不定……

「我明白了，我會跑的。」我說這句話是為了讓蘇凝霜放心。

他放開了我的手臂，我走上出口的台階。我知道我今後將要面對的不僅僅是孤煌兄弟，還有自己的心。我不能再因孤煌泗海而亂，陷入這樣的被動境地！

絲絲的風從門的另一邊而來，充滿玫瑰花濃郁的香味，面前是被懷幽精心裝點成大紅喜房的寢殿，昨晚孤煌泗海一人獨守新房不知是怎樣的心情？或許，他也沒在那間新房裡，他只會發瘋似地滿宮殿找我。

不錯，這才是那妖孽會做出來的事。

皇宮四周全是孤煌少司的暗衛，即使是一隻蒼蠅從皇宮裡飛出去，他們也會察覺到。而昨晚，我沒有出宮，我就在這宮裡，所以，孤煌兄弟一定找瘋了。

哼。

我能感覺到，面前的新房是那麼的冷冷清清，宛如無人問津的偏僻庭院，比那冷宮更冷一分。面前的這間寢殿，將是今後我與孤煌泗海的房間，我們已經是夫妻了。

有時候不想接受的現實還是要接受，這是人生的無常和無奈。既然躲不過，逃避反會使自己被動，只有迎面而上，才能與自己的敵人繼續對弈，用自己的眼睛看到他的瞬息萬變。

緩緩推開面前的門，當淡淡的晨光從櫥門的縫隙進入時，我聞到了那濃郁玫瑰花香以外的清新空氣。塵埃如同快樂的精靈正在門縫那縷晨光中跳躍，如同迎接我的回歸。

我深吸一口氣，從櫥門而出，面前是安安靜靜的婚房。

滿目的紅色本是讓新婚夫妻耳鬢廝磨，甜蜜交纏的地方，空氣中的玫瑰芬芳更是點燃激情的助燃劑。

紅色的紗帳，繡著金鳳的大紅綢毯，鴛鴦紅枕，龍鳳喜被，紗帳上的紅絲流蘇和同心結，每一樣都是經過懷幽的手精心挑選而出。

繁花似錦的嶄新屏風，新的桌布，新的地墊，新的玉女酒壺和新的紅釉酒杯，在這新房裡，沒有一樣東西是舊的。

這裡的每一樣東西，我都能感覺到懷幽身上的絲絲暖意，握住酒杯宛如握住了他溫暖的手，讓我漸漸平靜。

打開後窗，宛如我是從那裡回來。然後換上新衣，自己洗漱了一下，這個寧靜的早晨我只想一個人享受。

最後，我打開了寢殿的大門，當清新的空氣迎面撲來之時，殿門前是驚呆的桃香她們，還有阿寶。

「女皇陛下！」阿寶驚訝地回神，匆匆跑到我的面前：「您怎麼才回來！夫王正在打懷御前！」

「什麼？」一瞬間一個晴天霹靂落在我的頭頂，險些再次失去了我好不容易找回的冷靜。

「您再不回來，懷御前肯定要被夫王打死了！」阿寶著急看我。

還沒等阿寶說完，我已經從他身邊大步走出。孤煌泗海，你夠狠！打我的懷幽！

女皇大婚後的第一天，後宮的寧靜就被一聲聲棍杖聲打破。

「砰！」

「砰！」

「砰！」

悶悶的響聲在這寧靜的清晨格外清晰，也聲聲打在我的心上，讓我的腳步越發沉重！我的每一步都踩在那悶沉的棍杖聲中前進。

眼前是原本讓人賞玩的御花園，而此刻，淡淡的花香中卻飄出了一絲濃濃的血腥味。不遠處的御花園花亭中，一身紅衣的孤煌泗海端坐亭中，在我進入御花園的那一刻，他的視線已經穿過樹枝朝我而來。狐媚的眼角帶出他一抹陰邪的冷笑和一絲得意。

「女皇陛下……」阿寶有些害怕地躲在我身後輕拉我的衣袖。

我與孤煌泗海遠遠對視，在他帶著一抹喜悅的目光中緩緩前進，視線一直相連，從未斷裂，直到我走到他的亭前，他臉上的笑容才在陽光中透出一分純真。

「妳來了？」

他如一朵妖豔的紅梅在亭中獨領風騷，滿頭的雪髮在翠玉髮簪的裝點下，更是燦燦生輝，光彩奪目。

小雲和其他宮女跪在他的身旁，不敢抬頭。

我掃視周圍，行刑的竟是文庭。

在巫月，男人入宮，只要是侍夫以上，便可帶一個曾經親信的侍者入宮服侍。

文庭愣愣看著我，他匆匆下跪：「文庭拜見女皇陛下。」

我沒有看他，入目是懷幽深褐的衣衫和蒼白的臉，滿頭的汗水已經浸濕了他的髮絲，清秀的眉宇間依然帶著一絲不屈不撓。他昏昏沉沉地抬眸無力朝我看來，似是看到了我的身影，嘴角終於露出一抹微笑，然後雙眼才緩緩閉上，陷入了昏迷。

我的心早已揪痛無比，傷在君身，痛在我心。

我走到懷幽身邊，他的手已經因為陷入昏迷而滑落刑台，他的身上、地上都有水漬，看來懷幽已經不只暈過去一次，而是被人屢屢潑醒。

懷幽不像瑾崋和蘇凝霜，他只是一個文弱書生，怎禁得起這樣的棍杖！

而他的下襬，褲子被退到腿根，臀部早已血肉模糊一片，雪水順著他腿邊唯一的雪白處正源源不斷滑落。

我伸手在他腿邊接起一把汙血，文庭見狀匆匆扔了手中的棍杖取出了綢帕跪行到我面前。

「女皇陛下，別讓汙血髒了您的手！」

我沒有看他，抬眸看向亭中穩穩而坐的孤煌泗海，他之前的笑容再次被一絲陰邪覆蓋，執杯垂首，悠然喝茶。

「一大早就這麼重口味，真的好嗎？」我抬起手，血水從手心中淌下，整個御花園從一大早就鴉雀無聲，氣壓驟降，連平日嬉鬧的飛鳥也不敢再經過。

孤煌泗海放落茶杯，抬眸看我，豔絕無雙的臉上揚起清澈的笑容。

「心玉，妳昨晚沒回房。」

「我沒回房怪誰？」我好笑反問，隨手拿起文庭手中的綢帕低臉擦起了手。「昨晚我本想與你共寢，是你把我趕了出來。現在，你卻為此而打我的寵侍，是誰過分？」

我把綢帕扔還給文庭，他雙手接在手中，垂臉依然跪在我的裙邊。

孤煌泗海瞥了懷幽一眼，冷冷一笑，目光微垂之時，帶出一抹陰邪之氣。

「懷幽這奴才，本該打。」

「本該打？哼。」我提裙不疾不徐走到他身前，他抬眸微微仰臉朝我瞥眸看來，風情無限的眸中，是和師傅一樣的風騷嫵媚，他即使冷，也冷得那麼勾人。

「懷幽幾時說過要忠於你們孤煌兄弟？」我俯臉看他。

一抹冷光劃過孤煌泗海的眼底，他收回目光，我提裙坐到了石桌另一邊，看著下方昏迷的懷幽。

「孤煌泗海，我說過，我是想好好跟你做夫妻的，是你不願。」

「我沒有不願，我想要妳愛我！」他赫然大吼起身，紅影來到我面前，雪髮隨著他的身形揚起，然後緩緩墜落。

他雙手撐在我身邊，俯下臉灼灼盯視我的眼睛，狹長帶勾的眼中流露出邪氣和一絲強烈的渴望！

他帶著渾身的妖氣緩緩貼上我的臉，微閉雙眸。

「巫心玉，我要妳愛我，我不要妳和別的女人一樣，用那種讓我噁心的癡迷目光盯著我……我要的，是妳的心……」

沙啞的低語在我耳邊如同蠱惑般響起，我在他的話中微微一怔，他說……他討厭我昨晚看他的癡迷目光……

他伸手緊緊擁住了我身體。

「我愛妳，巫心玉……我也想要妳的愛……我想要妳愛我，真心的愛我……」他的雙手撫上我的後背，貼在我的耳側伸出舌頭重重舔過我的耳垂，宛如要把我徹底吞下。

我擰了蹙眉，面無表情地坐在原位。

「你現在把我的寵侍打了個半死，你讓我怎麼喜歡你？」強忍心中劇烈的揪痛，只為繼續保持我的冷靜。我不能在懷幽身邊哭哭啼啼，因為我是女皇，必須保持穩重和威嚴。我不能再因孤煌泗海所做的任何事而亂，只能把憤怒和對懷幽的擔憂，強忍在心底。

他微微一怔，緩緩退開身形。

「是誰答應我把我的寵物留在身邊陪我，現在我的寵物半死不活，我很不高興。」我沉沉看著前方。

他在我身前登時拂袖轉身：「送懷幽回去醫治！」

「是！」文庭立刻起身，命令男侍將懷幽揹走。

我起身，蹙眉轉身。

「一大早就那麼血腥，真讓人倒胃口。」說罷，我拂袖離開。在甩袖之時，忽然，「啪」一聲，手又被他握在手中，冰涼的手沒有半絲人的溫度。他的手指強行插入我的指間，在袍袖中與我十指牢牢相扣，在我抬步之時，他也緊跟而來，嘴角微微揚起，半垂臉龐，笑意盈盈。

在孤煌泗海的眼中，人命都不算什麼，更何況只是重傷的懷幽？他不會明白他今天傷懷幽有多深，我的心就多痛，而對他的恨，也更甚。

「巫心玉，我愛妳，妳會不會愛我？」他拉住我，像是個孩子般純真地問。那清澈純然的聲音讓人完全無法與剛才那個冷漠旁觀杖責的冷酷男子聯繫在一起。

我冷冷看著地上我們相疊的身影：「你別再做我討厭的事，我可以盡量試試。」

看著我們的影子，他貼上我的身體，將我環抱，舒舒服服地枕在我的頸邊，雪髮滑落我的身前，耳邊是他輕輕的笑聲。

「巫心玉，我心裡只有妳，我愛妳，我要永遠和妳在一起。」

我微微側臉，看向漸漸清澈的天空，原來他昨晚拒絕我，是因為看到我被他魅惑而露出癡迷的目光，也是我萬分後悔，懊悔到吐的目光。而他，竟不稀罕那樣的「愛」，他要的是乾淨的、沒有慾望的愛。

明明是世上最無情嗜血的人，卻渴望我真正的純愛，哼，怎麼可能？我只會恨他，而且，越來越恨他。

「蘇凝霜呢？」他忽然問，繼續緊緊抱著我，臉靠在我頸邊，像是怕一鬆手，我會再次被狐仙帶走。

「怎麼，怕？」我冷冷一笑。

他沒有回答，但是身上的殺氣越來越冷。

「我說過，我要和妳在一起，即使萬劫不復，天劫滅頂，我也不會放開妳！我絕不會再讓狐仙把妳帶走！」他的聲音發了狠，宛如下一次流芳再出現，他必要與他同歸於盡！

「哼……」我輕笑一聲，往上仰望藍天白雲：「放心，只要你答應我不傷害蘇凝霜，我可以讓狐仙不再來。」

流芳，別再來了，為了孤煌泗海而犯下天規，真的，不值得！

「好，我答應妳。」這一次，他毫不猶豫地答應了。面前一陣冷風掠過，帶來了絲絲冬的寒意，吹涼了我的臉的同時，也吹冷了我的心。即使孤煌泗海有多愛我，我巫心玉也不會再看他一眼。

就在這時，御花園的盡頭出現了一抹黑影，就在他看到我的那一刻，他急速而來，強烈的殺氣甚至捲走了兩邊樹枝的花瓣，黑色的如同狐妖的身影快速帶起那些花瓣，寒光劃過面前之時，腰間被人圈緊，飄忽後退。

雪髮在我臉邊揚起，而面前是孤煌少司憤怒的眼睛和他的利劍！

他的劍尖依然緊追我不放，腰間的手只是微微一轉，便將我輕巧地轉到身後護起。

紅衣落地，雪髮飄揚，我轉身站在他的身後，揚唇而笑。

「泗海！你讓開！」身後已傳來孤煌少司憤怒至極的話語，渾身的殺氣幾乎讓空氣也變得緊繃寒冷。

「哥？怎麼了？我們說好的，你不再傷害心玉。」

「是她逼我的！是她逼我的！她把黃金運走了！」

我不疾不徐地拂袖於後，轉身走出孤煌泗海的身後，孤煌少司的劍立刻指向我，在那一刻，孤煌泗海的紅袖也在我面前揚起，立時，「嘶啦」一聲，利劍劃破紅袖，也帶出了一抹鮮紅的血絲。

「泗海！」孤煌少司立刻丟了劍握住孤煌泗海的手臂，接住那破裂墜落的紅袖，快速包住了孤煌泗海雪白的手腕。眸中的殺氣被痛惜替代，黑澈的眼中只有孤煌泗海受傷的手臂。

「烏龍麵，你在說什麼？我聽不懂。」我旁若無睹地站在一旁。

孤煌少司擔憂的面容立時一緊，再次被憤怒覆蓋，他緩緩放落孤煌泗海的手臂，孤煌泗海立刻再次揚起手臂攔在孤煌少司的面前。

「哥！心玉是我的，不准妳動她！」

孤煌少司緊擰雙拳，隔著孤煌泗海的手臂狠狠看向我。

「昨晚有人盜走我攝政王府的黃金，妳真的不知道嗎？還有我弟弟為護妳而傷，妳不該關心他一下嗎？」

「哈！」我覺得好笑，仍然不看孤煌泗海的手臂：「昨晚我跟泗海大婚，怎會知道？」

「巫心玉——」咬牙切齒的大吼從孤煌少司的口中而出。

「錢財乃身外之物，烏龍麵，看開點。國庫都是你的。」我揚唇笑看他。

他狠狠瞪視我許久，揚天大吼：「啊——」

立時驚起無數飛鳥，飛過陰翳的皇宮上空。

那一聲發洩般的大喊，夾雜著憤怒、心痛和太多太多複雜的糾葛，孤煌少司緩緩垂下了臉，嘴角帶起一絲苦笑。

「我真心愛妳、寵妳，最後卻被一騙再騙，我孤煌少司何曾如此蠢過？呵，呵呵……報應，真是報應……」

他苦笑地搖頭，疼惜地看向孤煌泗海受傷的手臂，眸光漸漸從痛苦之中抽離，所有折磨他的苦痛被他硬生生埋入那一片深沉似海之中。

嘴角再次揚起，溫柔之中帶著一抹冷，緩緩抬眸筆直朝我看來。

「很好，小玉，妳想玩？我孤煌少司陪妳……」

一抹痛再次劃過他的眸底，化作了一片無情的冰霜。

「玩到底！」說罷，他撿起劍拂袖離去，黑色長髮在他轉身的那一刻也在冰冷刺骨的風中甩起，隨著他大大的腳步飄飛，如同黑色的狐尾飛揚在他的身後。

我在那一刻也冷冷轉身。

「妳要去哪兒？」孤煌泗海伸手拉住了我，被劍割斷的袍袖下是被紅布包裹的手臂，雪白的皮膚上殘留著鮮紅的血漬。

我移開目光，看向前方，淡淡說：「去看懷幽。」

「我不准妳去看他！」他一把抓緊我的手臂，語氣中帶出了狠勁。

我轉身看向他陰沉陰邪的目光：「泗海，你還是你嗎？」

他微微一怔，嫵媚的雙眸從雪白的瀏海下朝我看來。

我好想此刻與他同歸於盡，可是，大業未成，我巫心玉也不能死，即使有三條命也不能如此濫用！

更何況，孤煌泗海是妖啊！鬼知道他是不是也有三條命！

我努力平復了一下殺意，盡量痛心地看他。

「既要與我下棋，你緣何入宮為夫王？現在，你已非你，我也非我，孤煌泗海，我們現在正在下一盤世界上最差的棋！」

孤煌泗海的眸光閃了閃，如同觸電般放開我，轉過身時，雪髮微微滑落他忽然閃現一抹驚慌的側臉，絲絲縷縷的雪髮在他的臉邊形成柔美的弧度，除去了他一身的妖氣，多出了一分出塵脫俗。

他變得沉默，我再次轉身。

「我覺得你也應該好好冷靜一下，不然，輸的不是我，也不是你，而是我們。至少，我不想就這樣結束我的棋局，我巫心玉還沒輸！」
我微微側臉看向身後的紅影。孤煌泗海，你活著，到底是為了什麼？
有人是為了活而活，有人是為了權力而活，有人是為了金錢而活。而孤煌泗海，什麼都不是。他殺人時的恣意，他綢繆時的快意，他享受其中，他要的就是這種運籌帷幄，高高在上的感覺。他甚至並不是為了讓人臣服於他，若是那樣，在別人哀求他放過時，他依然毫不猶豫地殺了對方，甚至不看對方一眼。
他要的不是人臣服於他，而是一種掌控他人命運，凌駕於神，高高在上的感覺。
不錯，孤煌泗海是妖，不是人，不能用人的思維來判斷他。
就像他可以不眨眼的殺人，卻又能露出那樣純粹純淨的微笑，因為在他的世界裡，殺人和我們吃飯一樣，並無愧疚感。所以，他才會那麼恬不知恥地來追求我，不斷說著愛我。因為在他的心裡，他從未做過對不起我的事。
同樣，他喜歡跟我下棋，因為他說過，只有我是他同類，他喜歡與我角逐的感覺，所以他護我，不准孤煌少司動我。一旦我消失了，他孤煌泗海又會變成一個人，成為這個世界最孤獨的人。
希望我的話能激起他再次與我角逐，當他意識到我已經脫離他掌控時，若我沒有猜錯，他會與我再次保持距離。這就是我的目的，他最近真的太黏了，讓我舉步像是踩中焦油一樣，無法前進。
是的，他已經在意了，他既然想要神的感覺，那他不會忽視現在他混亂的狀態。
原來，亂的不只是我……
孤煌少司也亂了，因我騙他、害他而亂，而這份亂來自於他對我的愛。他真心愛我，他是想把我作為他女人寵愛的，可是我騙了他，欺騙他的感情，也讓他感覺到自己的蠢笨，這關乎他的尊嚴，他怎能不恨我？

現在，孤煌泗海也亂了，這份亂也是對我的愛，因為愛我而妒，他在嫉妒我身邊的男人，因為他們可以得到我的關心和關愛，而我對他……除了之前的那一絲錯亂慾望，什麼都沒有。至少，他希望能得到的那份感情，我沒有。

孤煌兄弟不能亂，因為他們太變態。他們會因為憤怒而殺人，會遷怒更多無辜者，那些我想保護的人。

他們如同野獸，野獸瘋了，只會異常血腥屠戮。

孤煌泗海在我那句問話後，沒有跟來，說明他真的開始在意了。只有小雲她們跟上。我先回寢殿取了藥箱，在無人時，我敲了敲密室的門。

「你可以出來，若是無人注意，就出宮去找月傾城吧，替我繼續做玉狐。」說罷，我手提藥箱轉身離去。

等事態平息之後，以凝霜的本事應該能夠離開皇宮。但懷幽不行。不說懷幽現在重傷，即使沒有發生這件事，他也有家人。

懷幽的家人是安分守己的小戶人家，太容易被孤煌少司控制了。

懷幽我只能帶在身邊，但是，我沒有保護好他。這點也讓我明白，真的不能惹毛孤煌泗海，他會瘋的。瘋子不會按常理出牌，太不受控制了！

進入懷幽的房間時，已經聞到了濃濃的血腥味。宮中的御醫和醫侍正在給懷幽清理。

我匆匆走入，眾人見狀，立刻下拜：「拜見女皇陛下。」

我看著他們滿手的血，觸目驚心。方才為繼續保持冷靜而強行忍下的感情瞬間湧出，大腦嗡嗡作響。

「懷御前怎樣？」

「哎……太慘了，太慘了……老臣無能，懷御前只怕……」老御醫連連搖頭。

「只怕什麼？」我著急追問。

「只怕以後不能生育了。」

「什麼？」我立刻看向昏迷的懷幽，心痛閉眸，跪坐而下……

「女皇陛下請放心，懷御前尚能人道。」老御醫急急補充。

「下去吧……」我痛心低語：「這件事先不要讓懷御前知道……」

「是……」眾人靜靜退出了房間，房門被輕輕關上。

我執起懷幽冰涼的手放在臉邊，淚水滑落他的手背，懷幽，我怎麼還你的孩子……我還不起……

我真的還不起……

我深吸一口氣，放落懷幽的手，擦了擦眼淚。我不能再被這越來越多的恨干擾，我是能殺掉孤煌兄弟的，只要我保持冷靜，我可以的。

我打開藥箱，取出師傅留下的藥膏。這些藥膏可以快速止血生肌，甚至不用清洗，也不會腐爛，不用擔心傷口沾黏或是留疤。

我一點一點抹在懷幽被打爛的皮肉裡，心像被一把一把尖刀割過，淚水再次模糊了眼睛，他昏迷了也好，就不會痛了……

巫心玉，妳要冷靜，妳一定能殺掉孤煌兄弟，為懷幽報仇的，一定可以的……

手指上已是懷幽的血和一些被打爛的皮肉，雙手開始顫抖，恨和殺意開始充斥大腦，雙手甚至因為想殺人而顫抖起來，我緊緊捏住了雙拳，不行，我必須冷靜。我現在更不能恨孤煌兄弟，我要做到心如止水，才能掌控大局，最後將他們一擊潰敗！

雙手放入水盆中，立時清水變成了血水，我呆呆看著許久，做帝王何其悲哀，不能好好去愛，也不能好好去恨，為了那個比殺了孤煌兄弟更重要的任務——復興巫月，唯有繼續忍耐。

巫月派系叢生，不僅僅只有慕容家族野心勃勃，還有許多許多一直潛伏的家族伺機而動。現在正是皇族力量最薄弱的時候。

巫月周圍三個大國也並非吃素，早對巫月虎視眈眈。他們還未妄動也是因為彼此牽制，以及巫月不弱的兵力和良將！

「唔……」輕輕的呻吟從床榻而來，我立刻擦淨雙手看向懷幽，他蒼白的臉上沒有半絲血色，紅潤的雙唇已失去平日那暖暖的色彩，蒼白如紙，讓人心痛得無法呼吸。

「懷幽……」

我撫上他的臉，他虛弱地睜開眼睛，在看到他充滿疼惜的眼神時，我再也無法控制情緒，淚水奪眶而出，捧住他的臉抵上他的額頭哭泣。

「懷幽……對不起……對不起……我一定會為你報仇的……我一定會為你報仇……」

「不……」他虛弱的氣息吐在了我的臉邊，伸手輕輕地撫上我的臉。「我沒事……不要為我……

報仇……快走……快走……」

「懷幽……」我淚濕雙眸，他卻對我柔柔微笑。

「懷幽……已經很幸運了……背叛攝政王……沒人……能活……沒人能活……」

他吃力地抬起手指，拭去我的眼淚。

「女皇陛下為懷幽……落淚……懷幽……已經死而無憾……」

「懷幽……」我握住他擦拭我眼淚的手，哽咽心痛地說：「說過多少次了……不要叫我……女皇陛下……」

他笑了笑，再次虛弱地閉上眼睛。

「心玉……快走……我不想看妳……跟那妖男……同床共……枕……」

他虛弱的話音消失在幾乎不動的蒼白唇中，我緊緊握住他的手，淚水凝固在雙眸之中。

「懷幽，我巫心玉對你發誓，一定會讓他們生不如死！」我收斂眸光，把所有的殺氣凝固成沒有一絲感情的冰錐，狠狠釘入妖狐的心！

「女皇陛下……」阿寶輕輕推門入內，小心翼翼看我一眼，把我身邊的血水盆換走。

「阿寶。」我握著懷幽的手沉沉道。

「是，女皇陛下。」阿寶端著水盆跪在了地上。

「這段時間你照顧懷幽，這樣，你也比較安全。」見阿寶微微一怔，我對他說：「我知道你是為我而來。」

他手中的水盆登時顫了顫，險些落地。他微垂臉龐，不與我對視。

「但是，只要是孤煌兄弟的敵人，就是我巫心玉的朋友。所以，請你暫時放下你的目的，和我聯手，我們先除掉孤煌兄弟！」我繼續說道。

他靜靜跪在那裡，一動不動。

我起身離去。阿寶是個聰明人，今天被我一下子戳穿，他會很快判斷出自己的處境，做出正確的決定。

曾經，我也想把他放在身邊，慢慢玩。但是，現在時間來不及了。而且，我已經沒有可以信任的人幫我照顧懷幽。

把藥留給阿寶，囑咐他看顧懷幽和幫他換藥。

手提藥箱回到寢殿，卻看見孤煌泗海再次戴上他的面具雙腿盤坐在紅床之上。他身上的紅裝與紅床的一切融在了一起，只有那頭刺目的白髮，如同一片雪花墜落在血池之中般醒目。

在我進入之時，那個詭異的面具朝我轉了過來，他面具後的目光一直隨我而動，不聲不響，靜得如同神廟裡的狐仙雕塑。

我放好藥箱面無表情地坐到紅床上，一直背對他，我能感覺到他一直在看我。

「懷幽不能生育了。」靜謐無聲的房間裡，是我淡淡的話音。

「所以我是不是又做了讓妳討厭的事？」

「是。」

他沉默了片刻：「但無論妳做什麼，我都喜歡妳。」

我蹙眉，閉上眼睛。

「別說了，我想睡了。你就這樣一直看著我嗎？」

「是的，我不想再做讓妳討厭的事情，我要妳真心喜歡我。」他說得篤定，語氣中流露出一絲屬於他的自負。

我躺了下來，他的目光也隨我而落，依然坐在一旁一直靜靜看我。我在他那漸漸歡喜的目光中閉上了眼睛。懷幽，我無法答應你不與妖男在一起，因為最危險的就是枕邊人，而現在，我要做孤煌泗海的枕邊人。

女皇大婚，慕容家族叛變，攝政王府黃金被盜，瞬間，整個京都轟動了。無論是街頭巷尾，還是酒樓茶館無不在說攝政王府黃金被盜的事情，即使我在深宮之中，也會從宮女侍者們的小聲討論中聽到這些事情。

孤煌少司如我所料的第一刻封鎖了全城，也把整個京城翻了個遍，也查不出任何蛛絲馬跡。

蕭家依然貼著封條，蕭玉明最近一直住在連未央家裡，等他審完案子，發還蕭家也需要一些時間。依照梁子律那雷厲風行的辦事效率，很可能在我大婚那晚，已經運走了一批黃金。後面只要用我的方法，就能躲過孤煌少司的盤查。

慕容飛雲受到慕容老太君叛變的連累已經被押入大牢，京都裡除卻皇族，最大的慕容家族一夜傾覆，讓其他家族也開始夾緊尾巴，人心惶惶。

孤煌少司也不再入宮，專心追查黃金的下落。不管外面鬧得雞飛狗跳，宮內依然安靜。

孤煌泗海一直戴著他的面具，在面具後靜靜觀察我，他忽然定下了心，似是想從我的身上看到更多他想知道的事情。

我不知道他想從我身上知道什麼，或是黃金的線索，或是我接下去的計畫。

他總是靜靜跟在我身旁，拉住我的手，我到哪兒，他到哪兒。

我登高遠眺，他靜立一旁，面具正對前方，雪髮在風中飛揚。

我坐亭餵魚，他靜坐身邊，一直始終看著我，面具下的視線會隨著我餵魚的手來來回回。

我夜間就寢，他也靜靜盤坐在我身邊；醒來時，他也還是坐著，只是那面具會轉向我，目光之中帶出一絲喜悅。

他喜歡看我入睡，再看我甦醒。他像是一個初到人間的天神，好奇地看著一個正常人的作息。

「你這樣看著我有意思嗎？」我手執書卷，坐於書桌後。

他雙手放於袍袖端坐在床榻上，換回平日的白衣，戴著那詭異的面具遠遠看我，面具後的目光顯露越來越濃的笑意。

「很有意思。」他從袍袖中緩緩抽出一隻手，微微歪臉似在找一個角度，然後他的手在空氣中慢慢撫落，宛若在撫摸我的臉龐。「我喜歡看陽光落在妳身上的樣子。」

我繼續看手中的書：「那你也該多曬曬太陽，你身上血腥味太濃。」

他看落自己的雙手，輕笑一聲，再次抬起面具遠遠看我。

「巫心玉，我喜歡妳。」

「你不是應該喜歡玉狐嗎？」我微微蹙眉。

「現在都喜歡。」他清清朗朗的聲音清冽得如同甘泉。「妳把蘇凝霜藏得真好，莫非這皇宮裡有密道？」

看來，他最近真的冷靜下來了。

「你猜。」我面對書卷揚唇一笑。

他定定看我片刻，面具微抬，上面詭異的笑容在陽光中變得燦爛。

「我會找出來的，還有黃金。」

我淡淡而笑，他會找出來的，以他的聰慧，一旦冷靜下來，他是一個可怕的對手。

桃香和小雲入內，給我送來了午後的茶點，輕輕放下後，桃香好奇地看孤煌泗海一眼，孤煌泗海面具後的目光立刻變冷。

「你長得好看，還不准人看嘛？」我淡淡道。

桃香嚇得趕緊縮回目光，小雲輕輕掐了她一把，趕緊拖她出去。

「我不喜歡。我只想挖出她們的眼珠子！」孤煌泗海側躺下來，單手支臉，渾身的邪氣之中透出一絲慵懶，他雪白的長髮在陽光中染上了絲絲的金色，我被那劃過眼角的金色吸引，陷入長長久久的美好回憶。

師傅也總是這樣慵懶地側躺在地上，滿頭金髮鋪滿蠟光閃閃的地面，讓我用密梳為他梳理長髮，他會享受地閉上眼睛，唇角微微揚起，帶勾的眼角風騷嫵媚，時時勾引你的心。

「巫心玉，妳能只看我一人嗎？」他忽然說。

我緩緩回神收回目光，拿起糕點：「你不是不喜歡被女人盯著看嗎？」

「但妳是我喜歡的女人，我希望能被妳一直看著。」略帶一絲醉啞的聲音猶如在撒嬌。

立時，一陣雞皮疙瘩迅速爬滿全身，這種讓人近乎溺死在蜂蜜裡的肉麻，快要打破我的冰層，淹沒我的心。

我有點受不了地拿起茶盞，打開，茶香撲鼻而來。我輕吹茶葉，端起輕抿，在水面傾斜之時，忽然在茶杯一側看到一排極其細小的字：「赦令未下」。

我眸光閃了閃，放落茶杯，那排字蜷縮在了一起，藏入茶杯的花紋之中。只有當茶水傾斜到一定程度時，它們才會被拉長看清。

茶杯有弧度，加了水，水傾斜，產生了一種類似老花鏡片的功能。

我放落茶杯，抬眸：「來人。」

小雲站到門口：「女皇陛下有何吩咐？」

「讓白內侍官來一趟。」

「是。」

小雲退出。

在懷幽重傷之後，白殤秋接下了御前一半的工作，包括安排我的飲食起居，只是不隨行我身邊。其他的事，他都做了。而且，這還是孤煌少司的安排。

白殤秋是孤煌少司的人。

但是，女皇每日所用的器皿卻是由御前安排。

莫要小看這些器皿，宮中規矩，女皇每日用的器皿需不同，且是套裝，所以，他人不可能把這個茶杯送到我的面前。

那麼，只有一個可能——白殤秋是無間道，是梁秋瑛的人！

原來他才是梁秋瑛的線人，難怪我一直沒有想到。

白殤秋是內侍官，自然對宮內的事瞭若指掌，但因為他不是御前，所以他對我的事並不清楚，也只能捕風捉影，這也解釋了梁秋瑛一開始對我的了解並不比宮人們多的原因。

白殤秋亦可以隨意出宮，輕鬆傳遞消息。並且，他們白家還是孤煌少司的人，孤煌少司更加不會懷疑他。

巫月的未來，果然在這些新生代的手中。白殤秋比他的家族，更有膽識！

「妳找白殤秋做什麼？」孤煌泗海慵懶地躺在床上問。

我拿起糕點。

「我知道他是你的人，他現在暫代懷幽的工作，所以，我讓他做一下應該是懷幽做的事。」

孤煌泗海坐了起來，面具正對我，目光開始陰冷：「妳想讓他做御前？」

「哼。」我好笑轉臉看他：「他是你的人，我怎麼可能讓他待在我身邊？自然是一些原本懷幽負責跑腿的事。」

面具下的視線仍有些狐疑，他微微歪起臉細細看我，宛如想看穿我的心思，想知道我又想布哪一步棋。

梁秋瑛這顆棋子送來的真是時候，讓我整盤棋又活了！

「赦令未下」應該是指女皇大婚大赦天下的赦令，也就是在我大婚後一天，應該下赦令，釋放天牢中的普通犯人，而那些人中，大多是忠良和他們的家族。

所以，赦令未下，梁秋瑛急了。

她是因為這樣，而催促她的人想辦法傳遞訊息給我，但她真的是送了一顆活棋過來。想必傳遞這訊息也費了白殤秋不少心思。

白殤秋提袍匆匆進來時，我把茶杯推到一邊。他垂臉跪在了我的書桌前。

「拜見女皇陛下、夫王。」他再朝孤煌泗海的方向一拜，才規矩地跪坐於地板上。

「懷幽養傷，最近真是辛苦你了。」我看向他。

這段時間我也沒再去看懷幽，孤煌泗海如此觀察我，我更要保護懷幽。只從阿寶的彙報裡，知道懷幽已經醒了，可以進食，恢復得很好。這樣我就放心了。

「這是奴才分內的事。」白殤秋面帶三分笑，不卑也不亢。「懷御前做事細心認真，女皇陛下的起居喜好紛紛記錄在冊，如今日女皇陛下須用這國泰民安茶具……」

他尋常的話語卻讓我心裡越發確定，他繼續說著：

「銀針茶配芙蓉糕，有懷御前這些紀錄在，奴才才能不出差錯。」

他微笑說完，似是把懷幽給誇讚了一番。即使孤煌泗海在此，也聽不出任何可疑之處。只有我這喝茶之人才懂這其中玄機。我點點頭。

「懷幽之前還會替我傳一些口訊，今日，你替他去吧。」

「是。」

「你去一趟梁府，告訴梁秋瑛：『是你。』」我說道。

白殤秋一怔，重複：「是你？」

「不錯，就兩個字：『是你。』去吧。」

白殤秋面露疑惑，偷偷轉臉看向床上的孤煌泗海。孤煌泗海雙手插在袍袖中，看他一會兒，點點頭。

即使孤煌泗海不同意，也無所謂，梁秋瑛的訊息已經傳到，我只是想再見見白殤秋以確定心裡的判斷。

「奴才遵命。」白殤秋領命。

「茶涼了，你帶出去吧，不用再送來了，我要出宮一趟。」我隨口道。

「是。」白殤秋躬身到我桌前，清秀俊美的臉上是如常的神情，他拿起茶杯時，手心在陽光中泛出一層淡淡的水光。他出汗了，雖然他表面很平靜。

他拿起茶點退出了寢殿。

我起身，是時候去牢裡看看老朋友了。

「什麼意思？」孤煌泗海雙手插在袍袖裡問，端坐在床上靜靜看我。

「你猜。告訴你就沒意思了。」我對他一笑。

他歪過臉想了想。

「也是，我喜歡跟妳下棋。」他轉回臉用詭異的面具看我，面具下的目光裡帶著笑意。

我脫下了繁重的鳳袍，換上輕便的外衣。

「妳要出宮？」他從床上而下，飄忽到我的身旁，雪髮飛揚。

「嗯，去天牢。」

「做什麼？」

「我要去看看慕容老太婆，順便……」我瞥眸看孤煌泗海：「看看你哥哥有沒有把天牢裡的人釋放。」

「他們很煩，為什麼要放他們出去。」孤煌泗海忽然說出了一句很奇怪的話。

「很煩？」我疑惑看他。

他陰冷的目光在面具後沒有半絲感情：「他們不守規矩，不遵從我的秩序。」

「你的秩序？你的什麼秩序？」我覺得好笑。

「聽話。」他只說出兩個字。我微微一怔，輕笑搖頭。雖然僅僅兩個字，卻是人最難做到的。

「他們太吵了。」他清清冷冷，冷冷淡淡說：「整天反對哥哥，自己卻又沒本事，這種人，我覺得活在世上多餘又聒噪。」

「但他們是我的子民！」我忍不住大聲道。他看向我，面具後的目光反而露出一抹奇怪。

「巫心玉，他們與妳無關，妳為何要管他們？」

我看向那張詭異面具後的眼睛，努力讓自己恢復平靜。

「所以，在你的世界裡，只有你哥哥是嗎？」

「不，現在還有妳。」他朝我邁進一步，目光之中又帶出了他的一分純真，他朝我伸出手，手臂上是一道淡淡的快要痊癒的疤痕。我扭頭拍開了他的手，「啪。」

見他微微一怔，我轉身道：「你沒有感情，所以不關心其他人死活。」

「我怎會沒有感情？」他顯得有些焦急：「我愛妳啊，我關心妳！」

我搖搖頭：「你不會明白的，你不會明白的……沒有一個人活在世上是多餘的！」

即使是孤煌兄弟，他們也是老天的棋子，放在巫月考驗著巫月。

孤煌泗海，你不是人，你真的是隻妖。所以，你沒有人心人性，因為沒有，所以對生死麻木，沒有任何七情六慾的感覺。

「既然你覺得他們無用，放了對你也無礙，關在天牢浪費糧食，也容易滋生瘟疫。」我拂袖離去。

「啪！」他又在我甩手要走時，拉住了我的手，如同一個孩子，緊緊拉住自己的母親。

「我要跟妳一起，我要一直看著妳。」

「我還想去看看你哥哥。」我蹙眉。

立時，他鬆開了手。

「那我還是不去了。哥哥在生我的氣。他打不過妳，我不擔心。可是讓文庭跟妳去。」他說完轉身回到床上，再次盤腿而坐，安靜得如同一座雕像。

我看看他，他的面具正對我，詭異的面具上流露出一抹戀戀不捨，讓那原本讓人感覺可怕的面具竟多了一分俏皮。如同一隻剛剛離開山林的孤單小狐狸，躲在面具後，好奇地、歡喜地、偷偷地看著你，渴望你盡快回來，陪牠再次一同玩耍。

師傅，我覺得你錯了，孤煌泗海他們下山不是因為他們抵擋不住人間的誘惑，而是老天爺給巫月設下的天劫。你可還記得我與你說的紂王與妲己的故事，我想，孤煌兄弟便是。

✤ ✤ ✤

天牢依然和上一次來一樣，潮濕、陰森，飄散著令人快要作嘔的難聞臭味。

文庭快步走在我的身前，呵斥來迎接我的獄卒。

「快拿乾淨的布來！你們想讓女皇陛下走在這麼骯髒的地面上嗎？」

文庭生氣地看他們，獄卒臉色蒼白地團團轉，我還來不及說不用，獄卒竟直接脫了衣服墊在我的腳下。隨著我前進迅速把後面的衣服再拿到前面。

「女皇陛下小心。」文庭輕扶我的手，我看著哈腰弓背的他，他看地面的目光格外認真，宛如不放過任何坑坑窪窪或是汙漬之處。即便懷幽，也未像他這樣把我當作聖女似的，不願任何汙穢汙了我的雙腳。但是懷幽很細心，會遞上香帕。

抑或文庭已經聞慣了這裡的血腥味，所以沒有察覺。

孤煌泗海不跟來，卻讓心腹文庭隨行，這是一張密不透風的網，是一個行動的牢籠。看似給了我自由，但如那籠中鳥兒，不過是成了主人的玩物。

現在，他們應該看我看得很爽，我無論做什麼都在他們的監控之中，如看耍猴戲。

天牢裡的人因為我的到來，再次站立到了兩邊。我看向那黑壓壓的人和臉。

我曾跟子律說過，第二個錦囊需在大赦後，大家入北城再打開。而現在，赦令遲遲不下，多半是孤煌少司不想赦了這些人。正如孤煌泗海所說，這些人「很煩」，很不聽話。孤煌少司又怎會放這些讓他討厭的人出去？

梁秋瑛著急，是擔心這些人的安危，一天不赦，他們多一天被殺的危險。

而這些人一天不入北城，梁子律一天無法開啟我第二個錦囊。看來，梁子律是向他的母親攤牌了！說明他也心急了。梁秋瑛才冒那麼大的風險，動用了原本在宮中隱藏極好的這顆棋子。

如果孤煌少司真的有意不放這些人，那我也不好救。

我一眼先看到了慕容燕和慕容襲靜。他們就在右側第一個大的牢籠裡，一身髒汙的白衣，披頭散髮，曾經顯赫的三朝元老、護國公爵，今日成了階下囚，而且，還被關在自己陷害的忠良對面，他們不知有何感想。

慕容家族的人看見我立時目露驚訝，慕容襲靜和慕容燕第一刻跑到牢門邊跪下。在牢房深處，我看見躺著兩人，分別是慕容老太君和慕容香。她們身下的稻草已經潮濕不堪，變成一種讓人噁心的黑色，還泛著一種汙濁的油光。

慕容飛雲靜靜坐在一旁，雪白的眸子裡神情非常平靜，宛如很坦然接受現在的一切，也似是這個結果他也早已預料。

他的身邊也坐有一批慕容家族的人，有老有少，有男有女，小小的牢籠也能看出一個大家族中的派系。

他們朝我看一眼，對我一禮，繼續靜坐在慕容飛雲的身旁，有人對慕容飛雲輕輕耳語，慕容飛雲抬起雪白的眸子看往我的方向，久久不動。

我從他那雙雪白的眸中看到了一絲相信，他相信我，我不會辜負他們對巫月的忠心。

我走到慕容襲靜和慕容燕的面前，獄卒匆匆在我身後擺好座椅。在我坐下時，其他牢房裡的人開始敲打起牢門。

「喔！喔！喔！喔！」

「咚！咚！咚！咚！」

既像是起鬨，又像是嘲諷。

「歡迎女皇陛下大駕光臨～～」響亮的喊聲從那些起鬨聲中傳來。

「女皇陛下～～妳看我長得怎樣？我洗乾淨也是個美男子～～帶我回宮吧～～」

「哈哈哈——」

「放肆！」文庭一聲厲喝，卻絲毫沒有把那些放肆的聲音壓下去，反而起鬨更甚。

「哦～～文管家，看來你是女皇陛下的新寵啊～～恭喜恭喜——」

「哈哈哈——」

哄笑聲四起，我緩緩揚起了手，立時，那些喧鬧聲慢慢靜了下來，文庭面露吃驚。我不看其他人，慢慢放落手，沉沉俯看慕容襲靜和慕容燕。

「你們住在這裡有何感想？」

慕容襲靜和慕容燕低著頭，沒有說話。

「很好——」從牢房深處，傳來慕容老太君氣息微弱的聲音。「巫心玉，這個世界沒有人能贏攝政王——妳放心，我老太婆！一定要活下去，看看妳這丫頭到底能不能贏——」

她的嘶喊讓黑暗中的人驚訝抽氣，竊竊私語。

「老太婆瘋了吧……」

「是啊，她到底在說什麼……」

「噓！聽下去！」

我在牢門內陣陣輕微驚語中揚唇而笑。

「老太君，妳的身子可真夠硬的，妳放心，攝政王很快會放妳出去。」

「哼……妳毀我慕容家，我慕容英最後竟輸在一個丫頭片子手裡，我可憐的香兒……」

她的聲音顫抖起來，立時，慕容香身邊的人也低臉哭泣。

「也被妳害得終身殘廢了……」

「老太君，妳有何資格哭？有何資格喊屈？這裡被妳害得家破人亡的人還少嗎？若是我現在把他們放出來，我相信他們定能把妳撕成碎片。」我垂眸冷冷一笑。

「巫心玉——」慕容老太君像是用盡最後的力氣大吼一聲：「妳別想嚇唬我！我知道！妳想把我氣死——我就是不死——就是不死——咳咳咳——」

「老太君！」眾人急急圍到她的身邊。

「想我慕容英，當年隨先皇征戰南北，打下這巫月江山！」

慕容老太君氣息喘喘地開始痛訴革命家史。

「培育將才，守護你們巫月天下，讓外面的男人也不敢欺我巫月半分！沒想到……沒想到啊——最後落得如此田地——先皇啊——」

「這便是所謂的一失足成千古恨。」我淡淡的話音讓慕容家的人怒視我。

「扶我，扶我起來！我要看清她的嘴臉——」老太君揮起了手臂。

眾人匆匆扶起老太君，她滿頭華髮失去了光澤，變得乾枯不堪。她恨恨朝我看來。

「巫心玉！妳不會贏的！」

我淡淡而笑，微微昂首。

「妳最好希望我贏，我贏了，頂多只是依法辦妳陷害忠良，結黨營私之罪。其他慕容家族之人，我會依法處置，不會冤枉任何一個無辜之人，也不會放過任何一個有罪之人。」

慕容飛雲在我的話音中緩緩垂下了臉，其他人看他一眼也紛紛垂臉，和他繼續靜坐。

「但是，若我輸了，我想孤煌少司是不會放過曾經反過他的人的。」我看向慕容老太君，她蒼老的目光中驚詫地閃爍不已。

孤煌少司的脾性，她應該比我更清楚，他寧可錯殺一千，也不會放過一個！尤其，是曾經背叛過他的人。所以，懷幽才說自己只是被打了一頓，已是萬分幸運了。

慕容老太君倏然瞇起了憤恨的目光。

「巫心玉，我果然小看妳了！哼，妳現在也處處受制，自身難保！被人時時監視，如同軟禁，妳還敢在這裡大放厥詞！」

慕容老太君瞥眸看我身邊的文庭一眼，冷笑一聲。

「我看妳怎麼脫困！」

我揚唇而笑。

「我不覺自己是被軟禁，我吃好喝好，還有大房子住，睡得舒舒服服，孤煌少司還送人來給我使喚……」

我指向身邊文庭。

「出行還有無數暗衛守護……」

我抬手劃過上方，烏龍麵知道我厲害，派了無數暗衛只為監視我一人。

「烏龍麵對我真的極好，不像妳，在這裡受苦，還整天被自己的仇人盯視，啊……不知道我把這些人放了，會不會氣死妳呢？」

慕容老太君瞇起了眸光，胸口大幅度起伏，臉色發白，咬牙切齒道：

「先皇若是知道，絕不會原諒……」

「先皇若是知道今日妳會背叛她，當年斷不會給妳加官進爵！」我厲聲打斷了慕容老太君的話，朗朗的話音在幽靜的天牢裡迴盪，慕容老太君怔住了神情，雙目開始失神。

我沉沉看她。

「不錯，妳曾經受人敬重，因妳忠於巫月，忠於先皇。但是，妳沒能堅持住，妳開始自負，開始好大喜功，開始沉迷於權力，所以，忠臣難覓，我想妳的體會比我更深。妳這三朝元老也會背叛，也不怪現在那些趨炎附勢的官員了。」

我淡淡說完，微微抬臉，身後傳來那熟悉的氣息。孤煌少司，你終於來了，真是等你好久了。暗衛時時監視彙報我的一舉一動，何需關我？稍有不尋常的動靜，孤煌少司便會出現，及時扼殺我的任何行動。

「烏龍麵，這慕容家族背叛我巫月皇族，也背叛你這攝政王，你留著他們，真的好嗎？」我冷冷的聲音在監牢中迴盪。

慕容襲靜和慕容燕聞言立刻抬臉看向我身後：「王！」

慕容老太君也急急辯解：「攝政王！不要聽那丫頭片子的挑撥，您是知道的！她陷害了蕭家，陷害了我！我不是想反您的，是想殺了她！殺了她——」

慕容老太君氣急敗壞地朝我指來。

身邊緩緩走來那深沉的深色身影，雖然沒有半分殺氣，但可以感覺到他與我之間那層厚厚的牆壁。他站於牢房門前，昏暗的燭光中是他重新微笑的臉，他雙眸微瞇，含笑看我。

「小玉這是……要排除異己？」他以為我是來殺慕容老太婆的。

我抬眸看他，冷冷一笑。

「是啊，事情過去那麼久，你不放，又不殺，什麼意思？」

我不能直接質問他為何不下赦令，那會讓他知道宮內還有通風報信之人，會讓白殤秋陷入危難。正好，這句話也可用在慕容家族叛亂的事上。

孤煌少司垂眸一笑，溫和的神情裡露出一絲寒意。

「慕容家族對巫月有功，這次的事就算是功過相抵，很快馬賊犯境，我也想給他們一個將功補過的機會，慕容家將才難得，殺了，可惜。」

「是是是，謝攝政王給我家族將功補過的機會！」

「謝謝王！」

「謝謝王！」

慕容家族的人紛紛叩首感恩，慕容飛雲等人也靜靜跪拜。

孤煌少司所說的馬賊不是普通的馬賊，他們駐紮在蒼霄與巫月邊境之間的孤海荒漠。之所以叫孤海荒漠，是因為那一片荒漠大如汪洋大海，如邊境之間的一片孤海，從而得名。

而那為數眾多的馬賊正是盤踞在那片荒漠裡，自立為王，數量驚人，各個驍勇善戰，每到入冬，必會擄劫巫月和蒼霄邊境小鎮，搶奪食物財物和女人。

他們對荒漠地形非常熟悉，蒼霄與巫月屢屢出兵也無法將其剿滅，反而迷失在荒漠之中，被荒漠野狼圍攻，傷亡無數。

後來，蒼霄和巫月每年只在他們要來犯境之時，出兵保護，不敢再貿然踏入荒漠。所以，這群馬賊，可謂是荒漠鬼軍！

「小玉，妳跟梁相又在玩什麼把戲？」孤煌少司微笑瞇眸而問。

對不起，梁相，最近我被兩隻狐狸盯太緊，需要他們開一下小差。

「曾與她玩過一個謎題，你若擔心她和我之間的事對你造成威脅，你大可抓了她。」我微微而笑。

「抓她？哼，那我孤煌少司也太膽小了。」孤煌少司的溫柔之中帶出了自負的冷意。「妳讓白殤秋傳話給梁秋瑛，還是在我弟弟的面前，妳真以為我們那麼好戲耍？妳這是為了轉移我的注意力，好做別的盤算！」

嗯？被看穿了。

也好，做那麼明顯是為了兩個目的，一是轉移孤煌少司對我的注意力，若被看穿，便是保住了梁秋瑛和白殤秋，並且還是轉移了他的注意力，是對黃金的注意力，至少，他現在不會一心只找黃金，又會在我身上分心。

下棋被困之時，有時也會東下一顆，西放一步，有時是廢招，只為轉移對方視線。而在這些廢招之中，藏有一顆能連活棋路的棋子。虛虛實實，將敵人再次慢慢引入自己的迷局之中。

我不再多言，目的之一已經達成，對我有利。

他俯身雙手撐在我座椅的扶手，唇角微揚含笑看我雙眸，低低而語：

「小玉……看妳這樣做困獸掙扎，嘶……我真是於心不忍啊……真想看看妳在我的手心裡，還能變出什麼花樣來娛樂我。」

他的笑容猙獰起來，帶著自負的得意和他攝政王的狂妄。

孤煌少司現在以捉放我為樂，如同貓在吃老鼠前，捉捉放放，尋求享用美餐前更大的樂趣。不得不說，這是只有高智商並且極度自負的人，才能也才敢玩的遊戲。因為，他們有信心自己手中的獵物不會逃走。而孤煌兄弟，正是這樣的人。

我對孤煌少司邪魅狂傲的笑臉咧嘴一笑，登時，他神情怔了怔，立時因我這純真的笑容而怒，冷哼起身，身影再次布滿了寒氣。

我在那濃濃的殺氣中鎮定從容地看向慕容老太君。

「此行還有一件事想問慕容老太君。」

「哼，不敢~~」慕容老太君撇開臉。

我繼續道：「聽聞父親當年死因可疑，老太君是不是知道些什麼？」

慕容老太君一怔，朝我看來：「這麼說，妳已經知道當年先皇想立妳為皇太女之事？」

立時，眾人面露驚訝，慕容飛雲吃驚朝我看來，連孤煌少司溫柔的目光中也劃過一抹狐疑。

我抿唇點頭。

慕容老太君立時得意起來，宛如只有她才知道所有事情的真相。

「巫心玉，不要以為當年先皇有意立妳為皇太女，妳就是天生的女皇命了！哈哈哈——妳別自作多情了！賤民的女兒就是賤民的女兒，成不了鳳凰的山雞！當年的事，老太婆我年紀太大，記不清了！哈哈哈——」

慕容老太君仰天大笑，自從孤煌少司來了之後，她明顯有了靠山，越發囂張。

她是不打算告訴我當年的真相了。不過從她口口聲聲賤民的女兒，也可推斷出當年的朝臣有多麼反對母皇立我為皇太女。

父親之死，與我被送上神廟必然有所聯繫。

「這裡太臭了。」我垂眸起身，轉身看向幽深天牢中黑壓壓的囚犯：「不是說大赦天下嗎？為何他們還在這裡？」

「因為……」孤煌少司緩緩走到我身邊，俯身而下，黑髮滑落我身邊時，傳來他輕悠卻讓所有人都能聽見的狠語：「我想斬了他們！」

果然，孤煌少司要殺這些人出氣。因為他殺不了我，他需要找人發洩，來出這口悶氣。

我輕輕一笑，轉臉笑看他俯落我臉邊的臉，咫尺的距離，他的嘴角依然掛著冷冷的微笑。

「不就是丟了一點黃金，至於氣成這樣嗎？」

我笑看他，他俊美的側臉明顯抽搐了一下，緩緩起身，我繼續說道：

「我是女皇，一字千金，說好大赦天下，就要赦。我知道你是在氣我，這樣吧，你放了他們，我隨你怎樣。」

「我能把妳怎樣？」他胸悶地反問，咬了咬牙關，露出一抹冷笑。「好，既然妳開出這樣的條件，我也不想浪費，容我想想。」

他揚起唇角，深沉的目光落在別處，單手背到身後思索片刻，微微而笑，轉回目光看我。

「這樣，妳御駕親征，剿滅荒漠馬賊，平定邊境！」

我眨眨眼，沉默垂臉，孤煌少司想殺我。

他最終還是決定殺了我。

「不如殺了她，她還是你曾經喜歡過的那人……」

孤煌少司的話音在耳邊響起，我傷他至深，於情，我確實負於他。

而現在，他更擔心我辜負他的弟弟孤煌泗海，害他和他一樣，心被我所傷。於是，他更要殺了我。讓他自己解脫的同時，也讓孤煌泗海解脫。

那就……如他所願吧。

「怎麼？不敢？」孤煌少司冷笑而語：「別浪費了妳一身本事！有妳領兵，我相信馬賊可除！」

「好！我答應你。」

「女皇別去！」第一次，監獄裡有人這樣喊，一張張黑漆漆的臉上是一對閃亮的眼睛。如同黑夜中點點星光，照在我的臉上。

「女皇別去……」一聲聲微弱的聲音傳來：「孤海荒漠沒有人能回來……」

「別去……」

「太危險了……」

我淡淡而笑，轉身沉沉看孤煌少司：「放人！」

孤煌少司輕輕一笑，揚手，獄卒立刻跑向兩邊，寂靜的牢中傳來獄卒開門的聲音。孤煌少司側立一旁不看我，嘴角始終保持著輕鄙的微笑。他的笑容充滿得意與自負。今日他答應我放人，他日他又可把這些人捉回，我所做的一切，在他的眼中不過是徒勞。

我知道他這心思，但是，我不會如他所願。

我昂首看向前方，朗朗而語：「所有人，跟我走！」

我抬步向前，走過孤煌少司時，他微微一笑，頷首一禮，宛如真的相當敬重我這個女皇陛下。

「巫心玉——我就不信妳能剿滅孤海馬賊——」慕容老太君在我身後嘶吼，像是在激我。

我揚唇冷冷一笑，毫不猶豫地大步向前！

天牢大門就此大開，我帶領所有人踏出天牢大門的那一刻，陽光灑落在我們身上，他們紛紛抬手遮蔽刺目的陽光，孩子開心得抱住了自己的母親，遠遠的路人無不驚訝地朝這裡看來，靜靜佇立。

我們在寂靜之中緩緩前行，理應是最喧鬧的晌午，卻因為我們這支特殊的隊伍而變得分外寧靜。行人駐足，商販停止了買賣，酒樓裡的人紛紛湧出酒樓或是探出目光，臉上的表情無不肅穆正經，如同致敬一般用目光護送我們前行。

我帶領身後長長的隊伍走向北城，人群之中，也看到了阿峰和鍾靈，他們吃驚地站在人群中，如同一對普通的夫妻遠遠觀瞧。

終於，我站在了北城的入口前，大大的石門門洞上是「北城」二字，石柱之下，是威武的兩隻石鳳昂首站立。

門內的百姓衣衫襤褸，或是灰頭土臉，或是面黃肌瘦。物品也是隨地放置，凌亂而顯得擁擠。他們呆呆地朝我看來，擦了擦手漸漸站在了石門之後，那明明沒有門的門卻在他們心裡形成了一道巨大的地位之門。

「爹！」有人驚呼起來，從人群中跑出，驚喜地看向我的身後，立刻熱淚盈眶。

「叔叔！」立刻一個孩子從我身後跑出撲向了他，他激動地抱住。

人們一個接著一個從北城而出，一個又接著一個跑入北城。人流從我身側穿過，直到不再有人。

面前是家人團聚的感人景象，令人感動落淚。

我垂眸轉身，孤煌少司的身影已經映入眼簾，他的身後是豪華的馬車和恭敬站立的文庭。

「小玉，妳該回宮了。」他依然對我溫柔微笑，只是不再露出那寵溺的眸光，深沉似海的眼中，只有那深深藏起的恨。

我走向他。

「女皇陛下！不要去！」忽然身後響起了焦急的呼喊，我頓了頓腳步，毅然向前而去，赫然間，身後傳來整齊跪地的聲音，我的心在他們膝蓋落地時猛然一顫，如同被鼓錘狠狠敲了一下，帶出一絲哽痛，眼眶不由發熱濕潤。

我繼續向前，整個世界忽然靜了，靜得彷彿只有我一個人的腳步聲，我一步一步地向前，始終沒有聽見他們起身的聲音，而他們目送我的目光感覺是那樣的清晰。

我走過了孤煌少司，他微微一笑，輕輕而語：「現在得人心，是不是有些晚了？」

我不看他，也是揚唇一笑。

「只要我還活著，什麼都不晚。」說罷，我大步上了馬車。

孤煌少司冷哼一聲，拂袖轉身：「送女皇回宮！」

「女皇陛下——」赫然間，整齊一致的呼喊聲響徹了天空，周圍不知情的人面露困惑與不解，宛如不明白他們為何要跪我這個荒淫無道的女皇。

我默默閉上了眼睛，揚起臉深深呼吸皇城空氣中那一絲涼意，睜開眼睛時，頭也不回地進入了華車，靜靜坐在最深之處。

孤煌少司也走了進來，坐在我的身邊，壓住了我的衣裙，在馬車開動時他抬手朝我的臉撫來。我直接揚手拍開。

「啪！」他立時用力握在手中，我轉臉冷冷看他，他半眯雙眸溫柔微笑。

「小玉，最近這些天，我一直在想妳……」他握住我的手放到唇邊，熱熱的呼吸吹拂上我的手背。「在想我們曾經一起安睡的那個夜晚……在想妳身上的……味道……」

「別噁心了！」我想抽回手，卻被他握得更緊，幾乎要捏碎我手的力量捏痛了我的手，他一下子俯身而來，欺近了我，在我的耳邊輕輕嗅聞。

「小玉……我每晚……每晚都在想像妳在我身下……沉迷於情慾的模樣……然後……看著妳慢慢在我身下失去血色……」

「你真變態！」登時內力爆發，翻身扣住他脖子之時，也跨坐在他的腿上，被他扣住的手按在了他的心口，挑眉看他微笑的臉龐。「孤煌少司，現在你弟弟才是我男人！如果你也想做我男人，可以，去問問你弟弟！」

「哼……」他的嘴角越發上揚：「妳怎麼不殺我？」

他抬起了下巴，修長頸子在我的手中拉長，喉結在我手心裡隨著他的話語滾動，他深沉的黑眸之中閃耀出了情慾的火焰，如同野獸一般毫不掩飾自己的獸慾，他也把自己完全暴露在我的面前。

灼熱的手緩緩撫上我兩側的腰線，他灼熱的視線直直燒上了我的唇。

「最初的時候，我確實很喜歡那個單純可愛的妳，妳就像一張白紙，乾淨、純潔。我寵妳，我愛妳，我甚至想一直留著妳……可是，妳騙了我！」

他忽然撲了上來，要咬我的唇，我手中用力，把他再次按回，他仰天笑了起來。

「哈哈哈——可是……我沒想到現在的妳更讓我興奮！怎麼辦？小玉，我真的好興奮！能遇到妳這樣的對手讓我癡迷到瘋狂！我這幾天終於想明白泗海為何如此沉迷於妳！巫心玉！我真的很想要妳！真的很想看妳在我身下的模樣！」

他的眸光瞬間燃燒起來，嗜血的目光和情慾糾纏在一起，他內力勃發，朝我再次撲來。我手中用力，他用內力護住了脖子，灼熱的手倏然襲向我的胸口，我立刻抬手拂開，放開他脖子的同時，也迅速後退，半蹲在車廂中戒備看他。

他的臉上再次恢復溫柔的微笑，雙手緩緩放回身前，動作依然保持著他一貫的優雅和迷人。

他朝我伸出右手：「來。」

我緩緩坐下，離他遠遠的：「想都別想！」

他瞇眸而笑，黑眸之中劃過一抹狠絕：「我給妳最後一次機會，妳來不來？」

「你現在是在勾引弟妹嗎？」我好笑看他。

他睜了睜眼睛，嘴角揚起一抹冷笑。

「妳和泗海本是叔嫂！」他厲聲而出，立時閉眸深深呼吸，讓自己再次恢復平靜，揚起微笑，溫柔看我。「妳偶爾來一下攝政王府與我會面，泗海不會知道。」

「那可未必。你知道你弟弟的嗅覺有多靈敏嗎？他一定會在我的身上聞出你的味道。」我瞇眸看他。

孤煌少司笑容開始凝滯，雙眉緩緩擰緊。

「我說了，你想入宮，問你弟弟。這也是後宮的規矩，別的男人要入宮，需經夫王首肯。怎麼？原來你們兄弟關係並不如我想像得那麼好？你弟弟不想你入宮做我的男人嗎？」我揚唇一笑。

孤煌少司的表情越發陰沉，深沉的眸光之中已有了最後的決定。那是他給我最後一次活命的機會。

雖然這樣的機會豔福不淺，讓人饞涎欲滴，在得到所有女人想要的男人的同時，卻又擁有另一個讓女人神魂顛倒的男人，放棄如此美味的機會，我也覺得頗可惜。

馬車緩緩停下，我對他咧嘴一笑。

「我在宮裡等你哦～～」說罷，我轉身跳下了車。朱紅厚重的宮門內，一身白衣的孤煌泗海已經靜立等候，雪髮在陽光中染成了金色，在風中如金色的絲線般輕輕飛揚。

他抽出了放在袍袖中的右手，朝我伸來。我走向他，他的面具隨我轉動，面具後的目光帶著天真的笑意。我移開了目光，他的手在風中微微一落，我走過他，他再次拉住了我的手，透著涼的手，沒有半絲溫度。

「哥哥，我知道心玉把黃金藏在何處了。」他無比清澈動聽的聲音卻讓我的心跳一滯。我頓住了腳步，站在他身側轉臉看他詭異的面具。這一刻，他沒有再看我，而是牢牢拉住我的手臂。

「弟弟果然聰明。」身後是孤煌少司含笑的聲音。

我想了想，立刻道：「孤煌泗海，我要去孤海荒漠殺馬賊了！」

「巫心玉，妳說什麼？」登時，他朝我驚詫看來。他扯起我的手臂，連帶他自己的手也揚起，白色衣袖滑落他的手臂，露出了那一抹淡淡的為我而傷的紅痕。

我撇開目光，因為每每看到這抹傷疤，腦中總會不受控制地浮現他自己塗抹傷藥的畫面，我不願想起任何關於他的畫面，不想讓他停駐在我腦中徘徊不去。

我在他帶有一絲焦急的目光中冷冷揚笑：「你可以去問你哥哥。」

他吃驚地看向我的身後，捏緊我的手腕：「哥，我不准你讓心玉去孤海荒漠！」

在孤煌泗海命令般的話語過後，身後是長久的安靜，冰冷的風掃過我們三人之間，即使陽光也無法溫暖我們三人間的空氣。

「泗海，黃金在哪兒？」長久的靜默後，孤煌少司問，刻意避開了話題。

孤煌泗海面具下的目光看他許久，忽然轉身拉起我就走。

「你讓心玉去孤海荒漠，我不告訴你黃金在哪兒。」

孤煌泗海生氣了！

他一直拉著我往前走，我怔怔看著他在風中飛揚的雪髮，他竟任性至此！

他完全像個孩子般任性，好像你弄壞我的玩具，我就不跟你好的那種幼稚。他已經任性到不顧孤煌少司，不顧他們的大局！他是不是也察覺到了孤煌少司的目的？所以，他生氣了。他居然為此不告訴孤煌少司黃金的下落。

「哎！」身後傳來孤煌少司無奈的嘆息。

孤煌泗海護我，不讓我去孤海荒漠，但這是我的機會！是我蓄謀已久，一直找不到方法提起的機會！

現在這個機會，孤煌少司親自送到我的手中，我怎能讓它溜走？

我立刻甩開孤煌泗海的手，孤煌泗海怔住了身體，轉臉看向我，面具下是他疑惑的瞳眸。

我痛恨地冷冷看他：「跟你在宮裡，我寧可去孤海荒漠！」

孤煌泗海因為我這句狠話而怔住了身體，雪髮在冰涼的風中揚起，掃過他面具後方憤怒又帶著一抹痛的目光！

他越來越憤怒，越來越陰沉，雪髮垂落，連風也帶不起半縷髮絲，詭異的靜謐再次籠罩他的全身，他揚起陰邪的詭笑。

「是嗎？那我不管妳死活了！」他冷笑說完，拂袖而去。

看著他憤怒的身影，我不知為何心頭掠過一抹不想承認的痛。我不斷地告訴自己，孤煌泗海滿手鮮血，是巫月的妖魔！

可是他偏偏對我百般維護，只疼惜癡愛我一人，為了得到我的喜歡，他一再破戒，一再破壞他自己的規則，一再為我而改變，只希望我能好好看他一眼。

他白色的身影在我的視線中越來越遠，如果我們的開始不是這樣，他不是我的敵人，也不殺人、不陷害忠良，他只是一個有點清高傲慢，脾氣乖張的傾世公子，我會不會……喜歡他……

我希望他能就此離去，生我的氣，再也不回頭，不再看我一眼，儘管恨我、氣我、想殺我，讓我們的關係回到最初的時候，這樣……該有多好……

忽的，他在走出十米開外後，停住了腳步。

我的心因為他腳步停頓而下沉，他在飛沙走石的風中猛然轉身，大幅度的轉身帶起了他白色的衣襬和長長的雪髮。

他遠遠看我一眼，又氣呼呼地朝我大步走來，停在我面前的那一刻，我的目光再也無法從他生氣的面具上移開，那面具後的目光裡依然是未消的怒意。

「呼啦」一聲，白色的袍袖掠過我的面前，他摘下了面具，豔絕無雙的臉上是對我的怒氣，他伸手「啪」一聲再次握住了我的右手，拉起我一起轉身，陰沉而執拗地看孤煌少司。

「我也要去！我要跟心玉在一起！」

孤煌少司的神情瞬間變得無奈而沉重，他閉上了眼睛，長長嘆氣，緊鎖的眉間是解不開的痛與哀愁。

他緩緩睜開眼睛，四周已經靜得空氣凝固，旁人早早迴避，連孤煌兄弟的心腹文庭也遠遠躲避，不敢靠近我們三人。

「女皇出征，夫王需留在皇都主持朝政，這是巫月的規矩。」孤煌少司認真地看孤煌泗海。

孤煌泗海瞇了瞇如同狐狸般嫵媚的眼睛。

「哥，你現在是攝政王，一樣可以主持朝政！我隨心玉出征，你留在皇都。」

「胡鬧！」孤煌少司憤然厲喝，大步上前，深沉的身影帶來強烈的壓迫感，他的身形比孤煌泗海要健碩一分，他沉臉站於孤煌泗海面前，語重心長地看他。

「泗海，別任性了！小玉的本事你比我更清楚，荒漠馬賊年年犯境，越來越張狂囂張，搶掠的城鎮也是越來越深入巫月，得寸進尺！必須剿滅，否則我巫月國威何在？」

孤煌泗海始終陰沉懷疑地看孤煌少司，孤煌少司雙手按上孤煌泗海的肩膀，鄭重看他。

「泗海，你在擔心什麼？我又不是讓小玉進入孤海荒漠討伐孤海馬賊，而是讓她在邊境等他們前來把他們一舉剿滅！我還會讓慕容將軍、聞人將軍他們隨行，聽小玉號令，小玉不會有危險的。」

孤煌泗海看了一會兒孤煌少司，臉上的陰沉漸漸消散，露出一抹柔和。

「真的？」

「當然。」孤煌少司認真點頭。

一抹笑意浮現孤煌泗海的唇角，如媚的眸光撇過孤煌少司認真的臉龐，轉臉含笑看向我。

「心玉，我們玩牌去。」

我面無表情地撇開臉，孤煌泗海幾時那麼好騙了？他真的信了孤煌少司的鬼話？

在京城裡，孤煌少司知道無法殺我，所以一定要把我弄出城，離開孤煌泗海的視線。這麼巧，這也是我現在最想做的——離開孤煌泗海，擺脫他的糾纏。

「泗海！黃金！」孤煌少司在我們身後焦急追問。

孤煌泗海轉身對他揚唇一笑。

「哥，來不及了，黃金早被人運走了，那點錢有何好在乎的？整個國庫都是你的～～」

孤煌泗海笑著揮揮手，轉回身緊握我的手，拉起我歡快地奔跑起來，輕快的腳步如同回到自己的自由天地。

我看著他奔跑的白色背影，喜悅也從心底而生，嘴角不由自主地開始上揚。孤煌少司，你會後悔趕我巫心玉離開。你今日之計正好應了我出城之事！子律的第三個錦囊，終於可以打開。真乃天意啊天意！

我在奔跑中仰臉看天，老天爺，你這麼幫我，真的好嗎？哼……

「玉兒，妳如何脫身？」師傅手執棋子落於玉盤，我對他揚唇而笑。

「孤海馬賊連年犯境，我是女皇，不該御駕親征一次嗎？」

師傅風騷嫵媚地笑了起來，單手托腮，甜膩膩地對我拋來媚眼。

「沒准到時會有人趕妳出城呢～」

師傅那刻的話浮現腦海，原來，他早已算到孤煌少司會趕我出城。師傅既然早知一切，告訴我該有多好。不過，這天機洩露，師傅恐怕就無法升仙。

師傅若是無法升仙……似乎……也不錯。

面前是長長的矮桌，徐徐的風中飄著一絲梅的清香。寒霜未落，梅香先來，今年這梅開得早了。厚實的地毯不會讓你感覺到地面的冰冷，粉色的帳篷給這御花園添了一分春意。

孤煌泗海取來了我做的牌，興致勃勃，此刻他似乎心情頗好。

「我要玩。」他把面具放落一邊看我。

我看了看：「人太少。而且，這個遊戲笨的人玩起來無趣。」

他側下臉，面具後的目光閃了閃，再次看我：「讓妳的老鼠出來。」

老鼠？莫非是指蘇凝霜。

「凝霜的下落我也不知。」我淡淡看他。

「他一定在。」他篤定地說：「我可以把他熏出來。」

他如絲的眸光自信地瞥向我。

「我找到妳寢殿裡的入口了，藏得確實好。」

第一次我們那麼心平氣和地坐下來彼此交談，我看著他豔絕無雙的臉許久，心底是對他的一抹真心的欽佩。我將離開，我倆不會再見。待巫溪雪登基之時，便是他孤煌泗海喪命之刻，為懷幽、為所有人報了仇。

可是，為何這一刻……我想放下所有的一切，只想和他好好比一場？

我為自己此刻這突然的想法而驚慌，難道還是因為他眸中對我的深情，以及他那豔絕無雙，與師傅有一分神似的面容？抑或那一分的敬才、愛才和一縷惺惺相惜？

這一別，將是永別，而且，是陰陽相隔。

我與他這段孽緣，終於結束。

我落下目光，他已經揚起了手。

「去把蘇凝霜熏出來！」他淡淡的命令，如同只是想找一個人來陪他玩。

「不用，兩個人也可以玩。」我垂下眼瞼，心亂如麻。「我忽然不想有別人來打擾我們。」

跟這種任性的人玩牌，我擔心蘇凝霜有生命危險。

遠遠的，走來了白殤秋。

他跪在了地毯外，柔美的臉上依然是對孤煌泗海的恭敬。

「女皇陛下、夫王，奴才回來了。」

孤煌泗海繼續看牌，對白殤秋似是並不在意。

「梁相怎麼說？」我看向白殤秋。

白殤秋轉向孤煌泗海，如同是對他回報：

「梁相說：『是。』梁相還說，她想辭官，以保家族安泰，請女皇陛下勿再傳話，以免讓人誤會。」

「我不過是與她玩個遊戲，她也要迴避我嗎？」我故作心寒。

「哼，人就是這樣，只為自己～～」孤煌泗海一邊理牌，一邊清清冷冷地說：「妳一暴露，他們便紛紛自保，怎還會效忠於妳？」

孤煌泗海瞥眸看我，眸光中宛如是對世間凡人的不屑。

「梁秋瑛那個女人雖然聰明，但膽小怯懦，雖不攀附我們，但也不效力皇族，一直中立，只為自保，妳怎會想用她？」他的語氣像是不相信我會用梁秋瑛那種人。

「我還尚未用她，不過只是試探。」我再次心寒嘆氣。

「妳這一試探，逼得她只好辭官～～」他收回目光，媚眼如絲，嘴角揚笑，頗是得意。「朝中若全是我們的人，也無趣，原本留著她可以時不時作弄一番，現在妳把她嚇跑了，今後這朝堂更加沉悶了。」

他放落卡牌，抽出了自己的牌和我的牌放在了一起。

「現在妳可知只有我愛妳護妳了？」他將他的牌和我的牌推到我的面前，狐媚帶勾的雙眸之中顯露出一抹純真的笑。

我看向自己和他的牌，兩張牌緊緊貼在一起，正好面對，猶如相知相惜的愛侶，深情對視。

「開牌吧。」我掃亂了面前的牌。梁秋瑛安全了，只有她安全，梁子律才真正的安全。

若有似無的梅香之中，我和孤煌泗海開始打牌。他和我的牌屬於神牌，放於外，這次不用。

白殤秋悄然退下，我看更像是逃跑。

小雲她們端上了一盤盤小食，我看了看，皆是我愛吃的。

「心玉，吃。」孤煌泗海拿起一塊梅脯放到我的嘴前，單手托腮笑意盈盈看我，白色的袍袖滑落他的手臂，再次露出了那條紅痕。

「吃啊，我知道這是妳最愛吃的。」

我抬眸看他，伸手揮開他的手臂：「不吃。」

「為何？這不是妳最愛吃的嗎？」

「你送我，我就不吃。」我低臉淡淡說。

但是，他的手依然沒有離開我的面前，繼續固執地拿著梅脯。

我微微蹙眉，提醒：「你要輸了。」

「妳吃。」他卻不顧牌局，反而依然催我吃。

「你不在乎輸贏了嗎？」我有些疑惑地看他。

「我就是想讓妳吃。」他單手托腮揚唇而笑，眸中是毫不掩飾的濃情蜜意。

我的心在他那歡喜而純真的目光中而煩亂，「啪！」我扔了牌。

「你喜歡我不就是因為只有我能陪你玩？只有我能與你爭個高下？我現在和你認真玩牌，你卻這樣敷衍，孤煌泗海，難道你不想贏我了嗎？」

他的眸光顫動了一下，純然的笑容漸漸消逝，他沉下了臉，看落自己的牌，纖眉略挑，取出了蕭成國的卡牌。

「妳陷害蕭家其實有兩個目的……一，除掉我哥哥的左膀右臂！」他把蕭成國的牌翻轉。「二，清空蕭家，讓蕭家六層望月樓成為妳暫放黃金之處。」

他拿起果盤放落我的面前，隨手開始疊放一塊又一塊黃色的富貴糕，如一塊又一塊黃金。

我靜靜看他，默不作聲，隨手拿過一個更高的果盤，放在他取來的果盤一邊。

「不錯。此計為連環計，環環相扣，不可錯失一步。」

「哼。」他輕輕一笑，唇角揚起的同時，也朝我再次撇來狐媚攝魂的目光，如同美人嬌嗔一般，讓人心跳凝滯。

孤煌泗海的媚帶著一種特殊的無法解釋的乾淨，不像風騷的狐媚，卻依然能勾人心魄。如師傅的騷，卻是騷得恰到好處，不讓人噁心，反而為之如癡如醉。

「連環計？我喜歡這個名字。」孤煌泗海燦笑盈盈地瞥回目光，依然媚眼如絲，純淨如蓮，神情之中透出了一絲慵懶，媚人的慵態讓人心動。

他輕拾袍袖拿起銀筷放於兩個果盤之上。

「妳用繩索利用兩座樓閣的高低落差，運出了黃金，但我卻不明白何以無人看到？即使那日妳利用慕容老太婆叛變引開我哥哥的注意力，但攝政王府裡依然有僕人和衛兵留守，怎會沒有發現？」

我淡淡一笑，取出絲帕在兩根銀筷上一蓋。

「這樣，就沒人看到了。」

孤煌泗海看著在風中輕輕一揚的絲帕，眸光掠過一抹沉思後，揚唇而笑，抬起眼瞼朝我看來。

「黑布？」

「不錯。」我扯去了絲帕：「而且，還是一塊畫滿星辰的黑布。」

「這……有意思了。」他的聲音流露出一抹迷人的醉，瞥眸朝我看來，舌尖舔過嫣紅的唇瓣，垂眸靜坐了片刻，拿起玉壺，給我倒了一杯酒，然後挪到了我的身旁。在我想移開時，他倒落在我的大腿之上，滿頭的白髮鋪滿我的衣裙，如絲如雲。

他側躺在我的身上，伸手取下酒壺與玉杯，自斟自飲。

「我與哥哥輸在未將妳放在眼中。」他仰臉飲下杯中酒，酒香開始在空氣中瀰漫，沁人的酒香讓人尚未品嚐已然心醉。

我也執起酒杯飲下，甘冽的酒順喉嚨而下，清涼似雪，齒頰留香。他與孤煌少司不是小看我，而是最初根本未將我放入眼中。

他再執玉杯，目光落在酒中。

「妳自小被送上狐仙山，居於神廟為巫女，無人探望，也無友人往來，我們自然當妳不知山下世事，不過是一個無知少女，卻未想，真的迎來一隻狐仙……」

他半瞇雙眸，在我腿上翻身仰天，玉杯倒落，一注酒流入他嫣紅的唇中，一縷殘酒溢出他的唇角，緩緩滑入他修長白皙的頸項，流進他雪白的衣領之中。

他微閉雙眸，抿起紅唇含入口中甜酒，紅舌舔過嘴角，浮起一絲醉意的微笑。

「等我與哥哥把妳放在眼裡之時，妳卻已經進入我們的心。巫心玉，巫月那些朝臣趨炎附勢，膽小懦弱，百姓更是愚昧不知，又有多少人知道妳在為他們努力？妳何需救他們？何必管他們？不如與我從此逍遙人間，做一對神仙眷侶，從此狐仙與狐妖永不分離～～」

他緩緩睜開雙眸，帶著一分醉意的如絲目光朝我撇來，我手中的酒在他的目光中一頓。這魅人的妖孽，果然還是殺了好！

他對我魅惑一笑，緩緩起身，執杯含入一口酒，朝我俯來。我怔怔看他，他原本已經嫵媚動人的眼睛此刻染上了酒醉的水光，盈盈的水光讓他的視線變得迷離醉人，他癡醉的目光越來越動人。他雙手撐到了我的身邊，雪髮漸漸蓋落我的臉側，讓我的眼中只有他，只有他孤煌泗海如桃花綻放的薄紅臉龐。

他的唇落在了我的唇上，我驚然回神，想轉開臉時被他扣回，雙唇重重落下，酒流入我的唇中，帶著孤煌泗海的熱意。酒溢出了我的嘴角，他伸出軟舌一點一點舔著，順著那緩緩滑落的酒舔上了我的頸項，鑽入我的衣領之內。

雙手被他按在身邊，指間插入他已帶上熱意的手指。他再緩緩舔上，含住了我的耳垂，火熱的唇開始燃燒我的意志。

「心玉……我不想看妳……跟那妖男……同床共……枕……」

懷幽虛弱的話語隨風吹入我的腦中，也吹入了我的心底。我從孤煌泗海的手下抽回自己的手，緩緩撫上他的後腦、他的長髮，他立時抱緊了我的身體狠狠吮吻我的耳垂。

在那一刻，我狠狠地推開了他。「撲通！」一聲，他跌坐在案桌邊。

我起身冷冷俯看他，他不解地抬臉看向我，視線帶著一分醉意的迷離和火熱。他看我許久，冰涼的風漸漸吹散了他臉上的酒紅，他緩緩垂下臉，雪髮蓋住了他閃過一抹苦笑的臉。

「巫心玉……我到底該做什麼才能讓妳喜歡我！」

我拂袖側身，深吸一口氣：「除非你不是孤煌泗海。」

「哼……所以無論我怎麼討好妳，妳也不會喜歡我……」他緩緩起身，衣衫摩挲。

我靜立片刻，垂臉道：「是。」

身側是長時間的靜默，然後他有些無力地伸手重重落在放於桌面的面具上，然後拿起，再次戴在了自己的臉上。接著緩緩起身，不發一言地踉蹌走出了帳篷，身體微微一倒，扶住了帳篷的支架，雪髮在寒風之中輕揚。

「即使妳不喜歡我，我也不會離開妳。」冷風之中，傳來了他輕笑的話語：「我就是妳的孽緣！我會一輩子纏著妳、黏著妳。巫心玉，我們注定死也要在一起！」

陰沉冷笑的話出口之時，他猛地揮袖，氣勁掃過我四周，只避開了我，粉色的紗帳在他離去的那一刻同時斷裂，飄落在我周圍。

我蹙眉側臉，閉眸嘆息，死也要在一起嗎……

回到寢殿時，赫然看見密道的櫥門大開，不見孤煌泗海的身影。

不好！凝霜，這變態受了刺激，該不會要殺凝霜吧！

我立刻衝入，密道的燈火因為空氣的進入已經點燃，密室裡也空無一人，但通往密道的石門已經大開，我迅速進入其中。

「孤煌泗海——你答應過我的——不傷害蘇凝霜的——」我在密道中大喊，忽然從一條過道中飄來熟悉的香味。我心中一驚，立刻進入，馬上看見了懸浮在空中的孤煌泗海，似是被人狠狠掐住脖子，以及同樣飄浮在空中的蘇凝霜！

凝霜胸口的狐仙牌正在飄蕩，他抬手如掐別人的脖子般掐住空氣，我立時大驚失色。

「流芳！住手！」

蘇凝霜一怔，鬆手之時，孤煌泗海從空中直直墜落在地。

「撲通！」孤煌泗海的雪髮鋪滿了陰濕的地面，白衣也染上了汙垢。他撫上自己的脖子緩緩坐起冷冷而笑。

「殺我啊……怎麼不殺我！哈哈哈哈——」他越發張狂地大笑，沙啞的話音如同蠱惑：「我終於把你給引出來了！你怎麼不敢殺我？啊？原來你們做神仙的連殺個人都不敢嗎？那還做什麼神仙！毫無自由可言！」

他狠狠看向飄浮在空中面無表情的蘇凝霜，詭異的面具上是陰森的邪氣，如同入魔的天神！凝霜的長髮在昏暗的密道中飛揚，眸光之中是流芳從未有過的冷漠。

「我跟心玉夜夜同眠，紅床暖枕，她的身體……」孤煌泗海踉蹌起身，詭異的面具後是陰沉的冷笑。「真是讓我銷魂……」

「住口——」瞬間流芳師兄的怒吼混合著蘇凝霜的聲音一起衝出，他再次揚手，殺氣迎面而來。我驚然躍到孤煌泗海身前，撐開雙臂。

「流芳！不要上當！」孤煌泗海真是膽大包天，居然敢跟神仙挑釁，他瘋了！他真是個瘋子！

就在我大喊之時，蘇凝霜的臉上倏然劃過一抹痛苦，還來不及出手已經筆直從空中墜落。我驚然飛身接住了他的身體，他的臉色開始蒼白，緊緊握住了我的手，吃力蹙眉。

「他們、他們發現了……」

「那你還不快回去！」我著急地扣住他的肩膀：「孤煌泗海是故意激你殺他！你快走！帶蘇凝霜去獨狼那裡，不要再附身管我的事了！」

他點點頭，在我的攙扶中吃力起身。流芳一而再，再而三附身，勢必會被發現，若他再動殺念，必遭天譴。剛才那突然的虛弱恐怕正是從上面而來的一次警告！他畢竟還在修煉之中，又怎禁得起天譴！

「哼……」孤煌泗海已經站直身體，雙手插入袍袖之中，用他詭異的面具笑對流芳，這是對流芳的挑釁和嘲笑。「不殺我了嗎？我可是還會跟心玉生下好多……好多……屬於我們的孩子……」

孤煌泗海繼續刺激流芳。

我緊緊握住流芳的手，對他搖頭：「我沒跟他睡過。」至少……現在……

流芳的目光閃了閃，變得平靜，看向孤煌泗海時，揚起一抹冷笑。

「你和心玉是不會有孩子的。」

孤煌泗海一怔，眸光驟然陰邪：「你說什麼？」

「哼……」流芳輕笑起來：「你身體裡的妖氣與心玉的仙氣相剋，你們永遠都不會有孩子！心玉可以和世上任何男人生子，只有你孤煌泗海不行！」

登時，陰邪的靜謐開始纏繞孤煌泗海的身體，倏然，他伸出手朝流芳撲來：「你胡說——」

「流芳快走！」我推了一把流芳，立時運起仙力迎上發狂的孤煌泗海，抬掌直擊他的心口。

「心玉，小心，我走了！」身後的氣息倏然消失，我的手掌也直接打在了孤煌泗海的心口，他竟然……沒有躲。

我使用了仙力，若他不躲……

我驚訝地看著他突然凝滯的身體和那張露出孤獨寂寞的面具，「噗！」一口血從面具下噴出，瞬間染紅了他的衣領和胸前的雪髮。

他踉蹌地退了一步，我的手在空氣中緩緩垂落。

「你為什麼不躲？」

他搖了搖頭，面具遮住了他的臉，看不清他任何神情，只有面具下的那雙眼睛染滿了孤寂與失落。

血絲滑落他白皙的頸項，他踉蹌轉身，忽地往前撲倒，我的腳步不受控制地朝他邁了一步。我心中一驚，一時心慌意亂，立時收住腳步，看著他在我身前再次踉蹌起身，往前而去。

「我知道……妳一直恨那個地方……我去幫妳……燒了它……咳……」

低啞孱弱的聲音從他口中而出，他往一側又再次倒落，靠在了牆上，喘息片刻，緩緩扶牆前行。

「算是……我送妳的……生日禮物……」

我的心在他的話中顫動，我垂下了臉：「孤煌泗海，你為什麼喜歡我？」

「哼……」他輕笑一聲：「或許……妳該去問老天……」

巫月國攝政王
孤煌少司

他緩緩前行，聲音變得越來越微弱。

「一直以來……我以為我只會在乎我的哥哥……可是……妳出現了……妳巫心玉……出現了……我為什麼會那麼喜歡妳……喜歡到……可以為了妳……欺騙我的哥哥……為什麼……為什麼……」

比我似是更為疑惑的聲音漸漸消失在昏暗的過道，淡淡的血腥味瀰漫在空氣之中，莫名地扯痛了我的心。

這一晚，蕭家的望月樓大火，火光沖天，幾乎染紅了巫月半邊天空。我站在皇宮的觀星台上，看得分外清晰，猶如在徹底燒毀我們所有的回憶，我的、他的，全部都燒毀，不留分毫。

那熊熊的火光似是在證明什麼，又什麼都證明不了。他為我燒了樓，幫我燒毀了那一晚所有的記憶，卻在我的心底留下了永遠無法磨滅的一點星光，那抹星光裡，是他飛揚的雪髮和純真的笑容。

✣ ✣ ✣

我靜靜坐在懷幽的床邊，看著他已經恢復血色的臉，他已經可以仰躺，不用再趴著。

月光從窗外靜靜灑了進來，照在他微蹙雙眉的臉上。

我走到窗邊，為他關上了窗。

「女皇陛下？」

我在懷幽的輕喚中轉身，暗沉的房內，是他閃亮的眼睛，他立刻起身到我面前，長髮散落在他單薄的衣衫上。

「妳為什麼還不走？」他著急地握緊了我的手臂：「我不會有事的，妳快走！」

我在黑暗之中感動地深深注視他，無論何時，他都把我的安危放在第一位。曾經力求自保，努力生活在罅隙中的懷幽，曾經那個有點怯懦、畏懼孤煌少司的懷幽，現在卻只想著我的安全。

我伸手抱住了他，他的身體在黑暗之中發怔。我深深地抱緊他，靠在他的胸前，劇烈的心跳似在我的臉邊跳動，震顫著這並不厚實卻能給我帶來溫暖的胸膛。

「懷幽，我要走了。」

他在長時間發怔後，倏然回神。

「太好了！」他欣喜地說，雙手揚起，卻又有些失措地落下。

懷幽還不知我這離開，是去孤海荒漠，他若知道，又會不安了。

「我最不放心的就是你。」耳邊傳來他漸漸平穩的心跳。

「我、我不會有事的！」他再次安慰我。

他一個文弱的御前，連半點功夫都不會，又怎能自保？這一切不過是他在安慰我的話。

我緩緩離開他的胸口，抬臉看他。

「凝霜已經走了，你把這狐仙牌戴上。」

我取出了狐仙牌，伸手要為他套上。他眸光閃了閃，匆匆低下頭，雙手掠過他的耳邊，把狐仙牌套在了他的身上。我拾起落在懷幽胸口的狐仙牌，靜靜地看。

「孤煌泗海對狐仙牌有所顧忌，你要小心。我會讓白殤秋把你貶去西宮，希望能讓你淡出孤煌泗海的視線。還有，小心阿寶，我不信任他。」

「嗯。」他低臉輕輕應聲。

「等我回來，我帶你離開。」我放落狐仙牌。

我認真看他，他側著臉，呼吸在昏暗之中變得綿長。

寂靜覆蓋了整個房間，我轉身離去。

倏地，身體被他從後面緊緊抱住，雙臂緊緊環住了我的腰身，我的後背貼在了他柔軟的胸膛之上。

他在我的身後深深呼吸，卻始終不言。

「懷幽？」

「請讓我……再抱一會兒……」他的臉埋入我的頸項，耳邊是他綿長的呼吸聲，那帶著一絲哽咽的呼吸如同永別。

我輕輕撫上他環抱在我腰間的手，他在我的頸邊低低而語：

「女皇陛下，懷幽永遠是您的人，願服侍您一輩子……」

心因為懷幽的話而暖，在懷幽身邊總是能除去我心中的煩惱，掃去那總是縈繞心頭的絲絲雪髮和那與師傅相似的美眸……

整個後宮在月光下變得寧靜，走過它的每一處，和大家一起演戲的美好時光時時浮現腦海。

御花園的涼亭裡，裝作行屍走肉的瑾崋總是坐在那裡對著湖發呆。涼亭上，是總愛單腿交疊躺在那裡曬太陽的蘇凝霜。懷幽總是站在亭前，端茶送水，恭恭敬敬。

會心的笑容在嘴角揚起。下山之時，我以為自己只會把他們當作棋子，若有必要，會毫不猶豫地犧牲。可是最後，卻跟他們有了感情，戀戀不捨，心心念念。

我巫心玉，果然還是凡人一枚。

走過花園走廊，站在自己寢殿之前，看著那暗沉的寢殿，煩意再次襲上心頭。那漆黑的，充滿壓抑感的房間讓我腳步發沉。

我提裙走上台階，小雲和桃香匆匆迎上。

「女皇陛下。」她們跪在我的兩邊，為我脫去繡鞋。

「夫王回來了嗎？」

「回來了。」小雲輕輕稟報。

我點點頭，邁步入內。

走廊裡燈火通明，照在炫麗的琉璃窗上色彩斑斕。可是那間深處的寢殿，卻沒有半絲燈光，宛如被黑暗徹底吞沒，無法感覺到任何生物的存在。

那像是陷入冥域的房間讓宮女們遠遠躲避，不敢靠近。

小雲和桃香早早停止腳步，不敢再隨我靠近內室。

輕輕推開面前的門，立時一股寒氣迎面而來，呼吸之間，能在昏暗之中看見自己的呵氣。這就是孤煌泗海身上那股陰邪的內力嗎？

我轉身關上了門，整個房間的溫度遠遠低於外面的，月光之中，孤煌泗海盤腿坐於床上，月光灑落在他身上，他的雪髮閃現出一種如同冰霜的淺淺熒藍，如同點點冰藍的寒霜在他身周凝結。

我走入他的寒氣之內，他的衣領上依然是深色的血漬，而白衣上是一些灰黑，他閉眸調息，靜謐無聲。我看了他一會兒，靜靜坐到他身邊，拾起他那沾上灰黑的衣襬，上面還殘留著一股火焰的氣味。

他深吸一口氣，緩緩吐出，豔絕無雙的臉上第一次沒有任何表情，猶如那精緻的人偶。

「妳去看懷幽了？」他緩緩睜開了眼睛，沒有任何神采的雙眸讓他看上去更像是一件死物，給人一種不真實感。

「是，我去跟他道別。」我放落他染黑的衣衫。

他微微垂眸，不再說話，房間再次安靜，我和衣而睡。

「我燒了那個地方，妳開心了嗎？」他忽然問。

我看向他月光中低垂的沒有表情的側臉：「嗯。」

他的嘴角在月光中慢慢揚起，銀色的月光籠罩他全身，讓他的雪髮如同冰山雪蓮一般迷人。他忽然轉身朝我俯來，我立刻轉身背對他。雪髮如銀絲的絲線滑落我的眼前，他雙手撐落我的兩旁，一個吻，輕輕落在了我的面頰之上。

「妳開心就好。」他在我耳邊開心地說：「雖然我知道，如果我被燒死在那裡妳更開心，但是我說過，我要永遠和妳在一起，我不會死的。」

我閉上了眼睛，心煩蹙眉。

「妳睡吧。」他輕輕撫過我的臉，離開我上方。我睜開眼睛，他為我輕輕蓋好了被子並壓實，坐在我身邊繼續調息療傷。

我睜開眼睛，扭頭偷偷瞧他一眼，他立刻轉頭看我，帶勾的雙眸在月光中格外閃亮，狡黠的眸光裡是絲絲笑意。

我立刻轉回臉，閉緊眼睛。

「巫心玉。」他的聲音恢復了清冽：「下次不要打傷我，若我傷了，誰來護妳？」

「你出去，你渾身的寒氣讓我不舒服。」我心煩地說。

身後一陣安靜，但寒氣在漸漸消退。

「我不出去，我就要這樣看著妳。」他清澈的聲音裡是一絲笑意和執拗：「巫心玉，我們重新開始好不好？」

我不搭理他。

身後的床微微一沉，他躺落在我身後，伸手輕撫我的髮絲。

「巫心玉，妳為何不喜歡我？是因我殺人太多？我不過是讓他們早些解脫，有何不好？」

我的頭開始脹痛，妖有妖的理念，無法與他溝通。

「別說了！我想睡了！」

「好。」他伸手連帶被子一起抱住了我。「我們一起睡，巫心玉，我們是可以重新開始的。」

說完，他不再說話，片刻後已響起他沉沉的呼吸聲，沉重的呼吸顯示他的內傷並未痊癒。

我轉身把他推開，他仰天熟睡，蒼白的臉在月光之中美豔得不真實，幾縷雪髮散落在他因為內傷而沒有恢復血色的雙唇上，更讓他像一個被人隨意丟棄在床上、沒有受到照顧的娃娃。

我的手緩緩按落他的心口，他的胸膛在我手心下平穩起伏。他對我真的不設防，如同完全信任你的狐狸，四腳朝天躺下，把自己的肚皮暴露在你面前，渴望你能摸兩下，讓他享受那特殊的舒服感。

眼中忽然映入他被鮮血染紅的衣領，刺目的痛讓我逃避般地移開了目光，收回手再次躺下。心煩地拉出被子蓋住了他胸口的血漬，轉身背對他而睡。

「孤煌泗海，我們是不可能重新開始的！除非，你不是孤煌泗海。」我閉上了眼睛，他不可能不是孤煌泗海，所以這輩子，注定我們會死在彼此手中，不是他死，就是我亡！

但是，我有三條命，到時再活過來，活活氣死他的靈魂！鬼才要跟他死在一起呢！

迷迷糊糊之中，我再次來到一片仙境，腳下是清澈的湖面，上一次，我就是在這裡遇見了師傅。

「師傅！師傅！」我趴在湖面大聲呼喊，如鏡的湖面漸漸出現師傅平靜的面容。我欣喜地看著他，他的眸中卻浮出了絲絲歉意。

他緩緩伸出手，金光環繞的手伸出平靜的湖面，撫上我的臉，我閉上雙眸貼在他溫暖的手心。

「師傅……」

「玉兒……妳不要再戴狐仙牌了。」

我一怔，驚然睜開眼睛，他收回手，雙手放入寬大華美的袍袖裡，金瞳之中是滿滿的凝重，我立刻問：「是不是流芳出事了？」

他抿唇點了點頭。

「流芳附身是小事，但他未稟明在先已是觸犯仙規，後又動了殺念，更是罪加一等。」

聽到此處，我已心驚肉跳，心懸在喉，內疚懊悔。

忽然師傅又風騷嫵媚地笑了起來，那一刻，我的眼中卻掠過孤煌泗海的笑眸，登時心慌意亂。

「幸好妳讓他及時回了神廟領罪，這次只是禁足。我的玉兒就是魅力大～哎……流芳那孩子怎過得了這情劫吶～」

師傅的話音變得清閒，如同等著看流芳師兄的天劫。

「師傅，你怎麼跟孤煌泗海一樣，唯恐天下不亂？」我收起煩亂的心思，生氣看他。

師傅的金瞳立時一瞪，風騷嫵媚地白了我一眼，帶勾的視線如絲如媚，讓我再次陷入失神。這一窩，果然是親兄弟！我之前怎沒發現師傅和孤煌泗海一樣惡劣！

「妳怎能拿我跟那妖狐相比？天劫未必是壞事，若度了，可直接升仙，免去那長年累月的苦悶修仙，師傅我還羨慕流芳這孩子呢～」

「師傅……」我無語看他，心中疑惑：「那你怎就升仙了？你應是替那孤煌兄弟做了狐仙，孤煌兄弟下山才多少年？你入住神廟也不過這數十年，怎就功成？」

師傅在湖面之下勾唇狡黠一笑，抬手劃過自己的臉：「誰讓妳師傅我豔絕無雙呢？」

「難道成仙也要看臉？」我目瞪口呆看他。

他嫵媚風騷而笑。

「記住，莫再戴狐仙牌，讓流芳擔心。他若再惹出禍端，便是天劫，師傅我也救不了他。」

我認真點頭，師傅朝我招招手，我當他要面授天機，匆匆俯下身，貼於清澈湖面之上。忽然，他探出了臉，絕美的臉浮出湖面的那一刻也吻上了我的唇。

我吃驚看他，他雙眸之中卻是劃過一抹失落。

「玉兒，妳心裡有別人了，果然還是應了情劫……」

他失落轉身，漸漸消失在湖面，金髮化作點點星光一一浮出湖面飄散在我的四周。我茫然看著空無一物的湖面之下，我的心裡……有別人了……是誰……

睜開眼時，看到了點點金光，我朦朧的視線裡是絲絲金髮。

師傅……

我情不自禁地撫上髮絲，熟悉的觸感漸漸將我喚醒，手指在那絲絲金髮之中停頓，是他……

他的雪髮被金色晨光染成了金色，我的心再次煩亂，難道我真的因為他與師傅相像，而把他當作了天九君的替身？

「喜歡嗎？」忽然，面前傳來他的話音。

我一怔，立刻放手，他卻探身到我面前，枕在了我的手臂上，狹長帶勾的眼睛在晨光中狐媚而笑。

「我喜歡妳摸我頭髮，即使妳不喜歡我這個人，若是我的頭髮能讓妳喜歡也好。」說罷，他閉上眼睛，宛如等候享受我的撫摸。

我想抽回手，他卻握住我的手放在他的雪髮上。

「摸我，不然等妳離開，我就殺了懷幽！」他命令的話帶著一分孩子氣。

我憋悶地放落手，開始輕輕撫摸他的長髮。他鬆開了握住我的手，閉眸揚唇而笑，臉上的神情像是很享受。

狐狸，始終是狐狸，果然喜歡被摸……

✣ ✣ ✣

巫月，冬。

女皇御駕親征，剿滅馬賊，欽點慕容襲靜為帥，慕容燕為將，慕容飛雲、聞人胤為左右先鋒，出征無人能回的孤海荒漠。

我出城的那天，是大寒。天陰沉沉的，似要下雪。

早市尚未開始，街上寂靜無人，我們安靜出征。這次沒想到慕容老太君會派慕容飛雲出征，他本是瞎眼，這是明著讓他去送死。

而同為將門的聞人家族，也是派出了聞人胤，出征孤海荒漠擺明是去送死，聞人家族裡無人敢去。

再加上聞人家族也是孤煌少司一派，想必是知道什麼了。

我沒有穿甲冑，因為那個太沉，此去遙遙萬里，從沒穿過甲冑的我，會被磨破皮膚。身披白色狐裘，不像是去征戰，反倒像是出遊。

先領兵一千，是京城護軍也是慕容家族的精騎，再到駐軍的巫雲關領兵三十萬，出關迎戰。此行離西山礦山，非常之近。

兵符在慕容襲靜手中，我不過是個擺設。

孤煌泗海騎馬在我身邊，送我到城外，也是一身白色的狐裘，雪髮融入狐裘之中，臉上戴著那個詭異的面具。

他從狐裘中取出一個長長的精緻銀盒，放到我面前：「給。」

看著那像是情人定情信物的銀盒，我冷冷推開：「不要。」

「拿著！」他聲音放冷，見我不拿，強行塞入我的手中。「妳要出征，這是我為妳訂製的兵器！」

「我有了！」我拿出獨狼給我的碧月劍，他直接一把搶過，看也不看地扔在了地上！

「用我的！」幾乎是命令的語氣，傲嬌至極。

「你！」我氣悶地看他，看落地面的碧月劍。

聞人胤看看地上的碧月劍，慕容飛雲已經放落盲杖，準確無誤地挑起，接在了手中。

孤煌泗海只是看我，面具後的眸光裡帶著笑意：「打開看看。」

我拗不過他，低臉打開銀盒，裡面竟是我的流星追月！他和孤煌少司把它修好了。

「喜歡嗎？」他問。

「嗯。」我隨意應了一聲，其實在戰場上，這個並不適用。

靜靜的傳來馬蹄聲，孤煌少司黑色的狐裘披蓋在他身下黑色的駿馬之上，他溫柔地看我。

「小玉，一路小心。」他溫柔的臉龐在陰沉的天空下讓人感覺不到絲毫的暖意。孤煌少司，是一隻笑面狐狸。溫柔一笑如春風，哪知利刃藏其中。女人們就是被這微笑中藏起的刀給一刀一刀殺死，而且還是在毫無察覺和心甘情願的情況下。

寒風刮過城外枯林，拂起了孤煌泗海絲絲雪髮，他不知為何始終沒有看孤煌少司，面具對著別處，藏起他的眼神和心思。

孤煌少司溫柔地看向孤煌泗海：「弟弟，回去了。」

孤煌泗海微微垂臉，抓住韁繩一轉，白色的馬在我面前轉身，他的面具依然朝向我，面具後的眸光閃耀，一直看著我。我奇怪地看他，他眸中似是有笑意，但我不明白他此刻笑意從何而來。

他笑盈盈地撇我一眼，我感覺到了他那如絲的媚波。他轉回臉，策馬而去，雪髮和白馬的長尾一起飛揚，如枯林中飄忽而過的精靈。

孤煌少司對我微笑點頭，也轉身朝孤煌泗海追去。孤煌少司留了下來，多半是為看住孤煌泗海。

「女皇陛下，我們該走了。」慕容襲靜到我身邊催促。我點點頭，落下馬鞭時，隆隆的馬蹄聲震顫了大地，也響徹了天空。枯葉從空中震顫而落，在陰翳的天空下如枯蝶飛舞，送我們前行。

日夜兼程，半個月後到巫雲關領兵三十萬，朝巫月最西的關卡西鳳關行進。樹林漸漸稀少，黃沙隨冷冽的寒風撲面而來，比皇都明顯寒冷一分。

七日後，全軍在西鳳關境外紮營。

我坐於帳篷之中，慕容襲靜和慕容燕分坐兩旁，面前是大大的地圖。

「女皇陛下，此去向西便是孤海荒漠。」慕容襲靜指向西。

我看了看，反問：「攝政王不是讓我紮營此處等候孤海馬賊？」

「馬賊狡猾，怎會自投羅網？」慕容燕毫不客氣地說：「女皇陛下，戰場瞬息萬變，您從未出征，經驗不足，還是聽我等諫言，領兵出征，直擊馬賊巢穴，將其剿滅！」

我靜靜聽著，目光落在桌邊的兵符木盒上。

「女皇陛下，馬賊年年擾我邊境，並非只闖此路，他們會沿我巫月邊境而下，一路搶奪，方向不定，我們難以追擊，故而，還是直取馬賊巢穴最為有效！」

慕容襲靜指向孤海荒漠中心。

「根據可靠消息，他們的巢穴應該就在此處！」

我從兵符上收回目光，點點頭：「好，二位說得有理，就依你們所言，明日出征孤海荒漠！」

「是！」慕容襲靜和慕容燕對我一拱手，取走兵符退出營帳。

孤煌少司果然讓慕容襲靜和慕容燕誘我進入孤海荒漠，我也該抓緊時間，在他們殺我之前布好下一步棋局。

狂猛的風「呼呼」吹在我帳篷之上，我走出帳篷，寒冷的風如鋼刀般割在我的臉上，萬里漆黑的天空中飄起了星星點點的白雪，被風吹亂的白雪飛舞在火光之中，寸草不生的地面帶出絲絲寒意。

現在京都應該已經陷入騷亂，北城瘟疫搞得人心惶惶，也會讓孤煌少司的人遠離北城。

我的髮絲和斗篷飄飛在狂風飄雪之中，單手負在身後遙望巫月皇都，身旁是黑壓壓的大軍，安靜覆蓋了這裡的每一處。

大赦天下，囚犯放歸北城後，梁子律會打開第二個錦囊。

第二個錦囊會讓他嚇一跳，因為我讓他下毒。

這毒不是下在敵人身上，而是自己人身上。

此毒在花娘裡可以買到，塗抹之後，皮膚會長滿紅色水泡，可怕至極。先是一人，然後二人，再是數十人，如同瘟疫蔓延，需要有一批人為此而犧牲，雖不會死，但毒發時也是萬分難受。

加上老鼠亂竄，會讓瘟疫更加可信。孤煌少司必會派人封鎖北城，不讓人進出，這才是我的目的。北城內的人，反而會變得更加安全。

這是第一步，封鎖北城，無人敢入北城，將北城徹底從皇都隔離，才不會有人知道北城之內的任何事。

於是，在我出城之後，第三個錦囊會被開啟。

第三個錦囊至關重要，除眼線，造兵器，準備裡應外合！

北城內雖多為貧民，但也有孤煌少司的眼線。北城封鎖之後，這些眼線也被困於北城之內，我相信以子律的才智很快便會找出他們，直接剷除。然後開始造兵器。

北城貧窮，自然沒有那麼多鐵器打造兵器，這就是為何我留一半黃金在城內的原因，我們要打造史上最昂貴的兵器！

北城最缺的是兵器，而用銅鐵鍛造也不夠，所以，要把黃金摻進去，增加製造兵器的數量，雖然硬度不夠，拿在手裡嚇嚇人還是可以的。事成之後，所有摻有黃金的兵器再入熔爐分離，又是一塊塊黃金，這才是真正的移形換影之法。

孤煌少司再怎麼聰明，也不會想到我偷他黃金是為打造兵器。

但要走到最後一步，還需要把兵送到巫溪雪手上，讓她從西山起兵，直擊皇城！

曾經獨狼問我如何拿到兵？我說，自會有人送來。

那時，我的計畫是自己提議出征孤海荒漠，從孤煌少司那裡取兵，卻未想到他真的把兵送給我了，而且還那麼大方，浩浩蕩蕩三十萬！

我給巫溪雪的密函裡，只說會給她帶去的精兵不會少於十萬，現在，整整多出二十萬。少司，你怎待我如此之好？讓我怎好意思？

輕輕的腳步聲在我身後響起，我沒有轉身，因為我聽到了盲杖的聲音。

「你被慕容老太君發現了？」我問。

慕容飛雲緩緩走到我的身旁，身上是一件墨綠色的厚實斗篷，俊挺的容顏深埋斗篷之內，只有髮絲從裡面飄出，在細細的白雪中飛揚。

「沒有。」他靜靜答。

我有些吃驚，看向他：「那你為何來送死？」

他陷入安靜，從荒漠而來的大風之中白雪紛飛，火把搖曳，隱隱照出他忽明忽暗的臉。

他在斗篷下微微俯臉看我，雪白的眼睛在黑夜中如兩點白色的鬼火。

「家父說，既忠於妳，就要誓死守護妳。蘇凝霜、瑾崋都已離妳而去，我想，妳身邊需要有人相助。」

我深深看他，心中感激他和他父親的深明大義。

我看了看四周，風雪之夜安靜的只有呼呼的風聲：「飛雲……」

「妳快走吧。」我話音未落，他已搶先出口，雪白的眸子認真盯視在我的臉上：「攝政王要害妳，妳快走！」

「我早知他要害我，但我不能走。」我笑了。

「為什麼？」此番輪到他困惑不已。

我再次看了看四周，朝他走近一步，踮腳到他耳邊。

「飛雲，我要你帶兵去西山，接應巫溪雪！」

他的身體在風雪之中怔住，側臉吃驚朝我看來。

我退回原位，認真看他。

「孤煌少司知殺我不易，必是讓慕容襲靜和慕容燕誘我進入他們埋伏之內，所以，那是你盜取兵符，帶兵離開的最好時候！」

「那妳怎麼辦？」他擔心焦急地問。

我搖搖頭：「不必擔心我，你只需在我把慕容襲靜他們引開之時，與聞人胤速速拿了兵符，即刻啟程，莫要耽擱時間，我脫險後自會與你們會合。」

慕容飛雲擔憂地久久看我，雙眉在沾雪的帽簷下緊擰。細小的雪花翻飛在我和他之間，很快被荒漠狂風撕碎，消失在搖曳的火光之中。

慕容飛雲久久看我，白眸在那一層薄衣之下顫動。

「妳當真能自保？」

我認真點頭。他又擔心地看我一會，從斗篷之中拿出了我的碧月劍，放到我的面前。

我看了一會兒，接過：「之後的事，就靠你和聞人了！」

他放落帽簷，單膝跪落堅硬蒼白的地面，細細的雪花很快覆蓋在他的墨髮之上，他鄭重而語：

「臣，領旨！」

這是背水一戰，也是我和孤煌少司之間注定的一戰，此戰定輸贏，也定下了巫月的未來！

清晨，整隊準備出征。

慕容襲靜入我帳內：「女皇陛下，發現敵情！請隨襲靜前往高處查看！」

「好！」我拿了劍立刻與她離開營帳。走出陣營之時，慕容飛雲和聞人胤遠遠牽馬而來，聞人胤遠遠看見我立刻拉住自己和慕容飛雲的韁繩，對慕容飛雲耳語。

慕容飛雲立時朝我這個方向看來，我對聞人胤點點頭，立刻收回目光緊跟慕容襲靜身後。

「是馬賊嗎？」我故意找話。

慕容襲靜悶頭走在前頭。

「或許是，又或許只是荒漠迷路的商隊，所以想請女皇陛下定奪。」她帶我走上一旁的高山。

西鳳關外，是一座連綿千里環繞巫月的禿鷲山，禿鷲山最西邊靠近荒漠的一邊是光禿禿的山與懸崖，而綿延千里的部分正好往北而去，成了巫月的一處天險。

慕容襲靜帶我爬上了山頂，一邊正是斷崖，遠眺出去便是一望無際的孤海荒漠，居高遠眺，那小小的荒蕪山頭像是一個個土包排列在地面之上，放眼望去，並未見到任何人影。

「敵人呢？」我轉身問，卻看見慕容襲靜已經慢慢後退。立時，黑壓壓的弓箭兵從她身後飛速而出，單膝跪地，抽出弓箭正對我巫心玉，為首的正是慕容燕。

一層又一層精銳的弓箭兵把我圍在懸崖邊，荒漠的冷風再次掀起了點點雪花，我緩緩揚起臉，看著從天而降的雪花，陰沉的高空灰雲滾動。

「巫心玉！今天就是妳的死期！」慕容燕發狠地說。

我緩緩低下臉，冷笑看著他和慕容襲靜：「你們會後悔。」

「不殺妳才後悔！」慕容襲靜此刻終於露出了憤恨的目光：「妳陷害老太君，害香兒終身殘疾，辜負少司對妳之情，妳早該死了！」

尖銳的聲音像是對我的聲聲控訴！

「巫心玉！我要讓妳後悔侮辱我和我們家族的人！」慕容燕陰狠的表情在風雪之中抽搐。他赫然揚手，立時，弓箭兵齊齊張弓，對準我一人！

我緩緩抽出了碧月，慕容燕卻退了一步，我冷笑看他：「怎麼，怕殺不了我？」

「巫心玉，死到臨頭還這麼猖狂！」慕容襲靜立時奪過一把弓箭，毫不猶豫地朝我一箭射來。利箭帶著嘯鳴衝破風雪，筆直朝我而來，隨即弓箭兵一一鬆開弓弦，箭矢如暴雨般朝我狠狠砸來！

我立刻揮劍，準備迎戰之時，倏然白影和雪花一起飄落面前，緊接著，陰寒巨大的內力迸射而出！

所有箭矢被他巨大的內勁震落，我立刻用內勁護住自己，但身體還是因為離他太近，被他巨大的內勁震飛起來。他立時轉身伸手插入我的手指之間，我們的十指在風雪中相扣，我怔怔看著他那雪髮飛揚下的白狐面具。

我緩緩落下，他拉住我的手，面具下的雙眸寒氣逼人，陰寒的邪氣在他袍下溢出，又如那晚般形成詭異的白霧。

「二、二公子！」驚呼從慕容襲靜口中傳來，面前的人緩緩放開了我的手，利劍從他雪白的狐裘中而出時，他飄忽的身影已衝進黑色的人群之中，立刻紅色的血珠在飄雪中飛濺，和飛雪一起墜落地面，在地上綻放出一朵又一朵豔麗的紅梅！

一劍劈開染成紅色的雪花，慕容燕徹底呆愣在他的面前，瞬間整個世界靜了，慕容燕的頭顱開始緩緩移落頸項，和第一排弓箭兵一起墜落在染血的地面之上。

「啊——哥——哥——」慕容襲靜抱住慕容燕墜落的身體嚎啕大哭。

他的速度如此之快，如同鬼魅，眨眼之間，慕容燕已命喪他的劍下。他再次揚起利劍朝看呆的士兵而去，我立刻大喊：「泗海！住手！」

他的手立時頓在空氣之中，雪白的狐裘上已是點點血痕。

我的心因他出現而亂，他為什麼要來？為什麼？

「他們殺我也是你哥哥的命令！不要再濫殺無辜了！」我心痛地看著他染血的背影，他純真的笑容不斷浮現我的腦海，那曾經純淨真摯的目光讓我的心在那點點鮮血中深深揪痛。

他身上陰邪的氣息緩緩逝去，立時轉身看向我，面具後的眼睛閃爍著喜悅的光芒。

「心玉，妳叫我泗海了，妳第一次叫我泗海。」

「這根本不是重點！我叫你不要再殺人了！」我的心真的很痛，我不明白自己的心為何而痛？我不明白，我真的不明白，我明明恨他恨得要死！恨不得讓他生不如死！為何此刻卻為他心痛？

「我不想看你為我殺人……」我給自己找了一個自己也無法認可的理由，頭痛欲裂，視線在雪花之中開始模糊。我撫上脹痛的額頭，眼前是滿地的鮮血，他為什麼要插手我的事？他為什麼要管我！

我的計畫那麼周全，為什麼偏偏要殺出一個他！

頭越來越痛，我抱住了自己的頭，點點鮮血刺痛了我的眼睛，也刺痛了我的心！

「嗖！」倏然，恍惚之間聽到了一聲箭的嘯鳴，我立刻抬臉，雪髮掠過我的面前，他白色的狐裘在飛雪之中揚起，躍落我的面前，面具之下是他微微一閉的眼睛。我心驚地看他，他在面具下緊閉的眼睛緩緩睜開，含笑看我。

「下次別再傷我，不然真的沒人護妳。」

「二公子，您怎能負你哥哥！您怎麼對得起他——」慕容襲靜含恨大喊，淚水滾落眼角，手中正是一把沒有了箭矢的弓箭，那支箭呢？

孤煌泗海站在我的面前，緩緩伸手到後背，眸光閃了閃，劃過一抹狠意時，我聽到了「啪！」一聲，箭矢被折斷的聲音，我的心隨著那一聲也徹底停滯，百感交集地看著面前蒼白的面具，面具眼角的血淚在他含笑的目光中讓我痛到無法呼吸。

「心玉，我不能負我哥哥……」他抬手緩緩撫上我的臉，另一隻手裡是染血的斷箭，鮮紅的血沿著箭矢一滴一滴落在蒼白的地面上，染紅了那層薄薄的白雪。

我閉眸垂臉，深深呼吸。

「我也不能讓他們殺了妳……」他深深地俯下臉，用他同樣冰涼的面具蹭上我的臉。我側開臉，淚水染濕了眼眶，我卻不想讓他看見。「所以呢……」

他靠在了我的肩膀上，他伸手環住了我的腰。

「對不起，心玉……」他朝我緩緩壓來，抬手甩出手中的斷箭時，他抱緊我撲出了懸崖……

斷箭刺穿了慕容襲靜的心臟，她在飄雪中緩緩跪落，淚水風乾在寒風之中，我隨孤煌泗海一起墜落，雪髮和他身上的白色狐裘飛揚起來，我看到了染紅的髮絲和狐裘上一大片紅色的鮮血。

白雪靜靜飄落在我們身周，整個世界變得如此安靜，他緊緊抱住了我，我撫上了他狐裘下的後背，觸手的斷箭讓我的心開始顫抖。我狠狠地抓緊，卻始終無法狠心拔出。

這支箭本該是射中我的……

只因……

我喚了他一聲泗海……

他分神了……

「為什麼要為我擋箭？」我抱緊他哽咽地說。

「殺妳的人……只能是我……」他深深埋入我的頸項：「可是……我還是捨不得讓妳死。」

倏然，他在空中翻了身。

「孤煌泗海！你瘋了嗎？」

他按緊我的後腦不再說話，眼前是飛速靠近的枯林，「啪啪啪啪！」他抱緊我直直下墜，渾身陰邪的妖力圍繞我們四周，他染血的後背不斷撞斷粗大的樹枝，最後「砰！」一聲巨響，在他墜地的同時，也震碎了我眼前的世界，我陷入了無聲的黑暗……

不知過了多久，我緩緩醒過來，面前是他了無生氣的面具。

他的手終於從我身上鬆開，可是這一刻，我卻希望他依然能緊緊握住我的手，緊緊抱住我。

我被撞得暈了過去，更何況是他，即使他不是凡人，有妖力護體，也禁不住這樣的撞擊！

「泗海！泗海！」我立刻摘掉他的面具，失控地大喊起來：「孤煌泗海！我命令你醒過來！我不准你死！死白毛你給我醒過來──」

他的睫毛在雪中顫了顫，我立刻扯開他的衣服，他的雙眉開始緊擰，我用力翻過他的身體，那支斷箭已經深入他的皮肉！

我一把握住，毫不猶豫地直接拔出！

「噗」一聲，血絲和皮肉被箭頭一起帶出，觸目驚心！

我不知道自己為什麼要救他，明明現在只要把他丟棄在這裡，他就可以徹底消失在這世上。他是應該死的！他害了那麼多人，殺了那麼多人，他孤煌泗海雙手沾滿鮮血，他應該死！可是，為什麼我的眼淚還是從眼眶中流出，滴落在他滿是鮮血的後背上……

我抓起雪按在他的傷口上，為什麼……我的雙手不受控制地想要救治他……為什麼，我的淚水還是不斷地滴落……

「心玉……」一絲微弱的聲音從他口中而出，輕得幾乎要被寒風淹沒：「妳開心了嗎……我要死了……」

「不開心！我很不開心！」我痛苦地捂住臉：「我不要欠你情！我不要你為我而死！我會把你救活，再親手殺了你，那樣我才開心！」

我起身甩手而去，淚水控制不住地湧出雙眼，徹底模糊了我的視線……

我跪在枯樹之下，抹去源源不斷流出的眼淚，刨開積雪，開始翻找草藥。指尖被尖利的石頭劃破，染紅了一旁的白雪，我雙拳狠狠砸入雪中。巫心玉！妳到底怎麼了！妳到底在哭什麼？妳到底在痛什麼？

我深吸一口氣，我恨他！不能讓他那麼便宜就死了，而且，還是因為救我而死！我巫心玉絕不能欠這個妖孽任何情！我現在就還他！馬上還給他！

我從雪中找出了草藥，回到孤煌泗海身邊，他已經徹底昏迷，赤裸的身體在白雪之中變得更加蒼白，但並沒泛出常人凍僵的青色，他的身體似是更喜歡雪的冰涼。

忽的，我看到他的右手和右腿的衣衫也被鮮血染濕，我心中立時一驚，立刻輕輕觸摸檢查，觸手的斷骨讓我心顫。

我閉上了眼睛，深深呼吸，再次睜開眼睛，開始檢查後背有沒有摔斷。摸了一會兒，發現沒有斷骨，鬆了口氣，尤其是脊椎，看來他用盡所有的內力護住了身體主要部位。

血因為白雪和嚴寒已經凝住，我咬碎草藥開始敷在他傷口上，撕碎裙衫為他包紮。看他蒼白昏迷的臉一眼，把他的斷骨緩緩推回皮肉之內，握住他的斷骨一鼓作氣接回！

死白毛，幸好你昏迷了，可以讓你不知疼痛。

掰斷樹枝固定斷骨，再用布紮緊，重新拉好他的衣袖和衣衫。

看了看四周，揮起碧月，砍斷枯樹，扯下我和他的腰帶把斷木綁在一起，做了一張簡易的擔架，並脫下自己的狐裘鋪於擔架，輕輕抱起他放落其上，蓋上他自己的狐裘，再用腰帶綁緊。

做完這一切，我坐在他身邊陷入長時間的呆愣，腦中和眼前茫茫的白雪一樣空洞。我揚起臉，冰涼細小的雪花飄落在我的臉上，如同他冰涼的手指輕輕點落在我的雙頰。恍恍惚惚間，那些細小的雪花幻化出他的輪廓，絲絲雪髮隨風飛揚。我伸手朝他摸去時，忽然一陣寒風吹過，吹散了那個虛幻的身影，如同靈魂破碎般消失在空氣之中。

我垂下臉，看見了那個面具，我撿起，看了一會兒戴在自己的臉上，眼前的世界忽然變小了，透過面具再看他，整個世界、整個眼裡，只有他……

我的玉狐面具可以看見一切，而他的淚狐面具卻只看見……你……

靜靜看著孤煌泗海昏迷的臉。孤煌泗海，為什麼你偏偏是孤煌泗海……

輕輕地把狐裘蓋在他的臉上，從腰間取出了流星追月，開始失神。白色的絲帶如他白色的雪髮，絲滑的觸感把我帶回了巫月皇宮。他總是伏在我的腿上，我一下一下摸著他的雪髮，然後他會抬起臉媚眼如絲地瞥眸看我一眼，再次伏回我的雙腿，享受我的觸摸。

他還是來了，他知道孤煌少司在騙他……

他不想負他哥哥，所以抱著我一起死……孤煌泗海啊孤煌泗海，你為什麼到最後改變了主意又讓我活下來？那你……不就還是負了你哥哥？

我把冰蠶絲綁在了擔架上，起身揹起。孤煌泗海，我巫心玉不想欠你人情，我會救活你，然後把你和你哥哥光明正大地繩之以法，讓你們得到應有的制裁！給巫月百姓一個交代！

大漠飄雪，孤影獨行。

我拖起他走出崖下枯林，面前便是無邊無境的孤海荒漠。

我們墜落的山崖雖在巫月邊境，但現在變成一山之隔，懸崖峭壁已經高不可攀，想回到巫月需要向南繞行。我可以沿著荒漠邊界找回巫月邊境，枯林之中應該能找到一些吃的。

我戴上孤煌泗海的面具，遮擋寒風飄雪。細小的雪花落在孤海荒漠上，如墜大海般消失不見，茫茫荒漠沒有任何積雪，只有枯草上鋪蓋著薄薄的白雪。

當天空陰暗之時，遠處傳來荒漠狼鳴，我把孤煌泗海再拖入枯林，鑽木取火，他昏迷的臉在火光中忽明忽暗。他平時身體就如死人般冰冷，若是他不動，真的很難判斷他是否還活著。

我伸手探上他的鼻息，微弱的呼吸幾乎讓人無法察覺。我再伸手探入他的衣領，摸上他的胸口，感覺到微弱的心跳，我才安心。靜靜看他片刻，拿起他的手在他手心裡打入一股內力，以護他元氣。

突然他的手指緩緩插入我的指尖，我微微一怔，看向他依然雙眸緊閉的臉。他的手指扣住了我的手，虛弱無力地拉著我的手一起墜落，卻沒有鬆開。

我在火光中看了他一會兒，握住他冰涼的手閉上了眼睛，開始調息入睡。

「巫心玉，我愛妳。」忽然間飄渺的話音傳來，我驚然睜眼，立時他含笑的眼睛撐滿我的眼簾。

我吃驚看他，他雙手撐在我盤起的膝蓋上，卻輕如無物。他豔絕無雙的臉上充滿純真得意的笑意。

「妳為什麼要救我？」清澈的聲音帶著一種空靈感，他眯起了美眸，笑意盈盈，宛如心裡已經有了答案。

我冷冷看他，正要說話，忽然他吻上了我的唇，冰冰涼涼的吻也似是在吻空氣。他媚眼如絲地瞥我一眼，離開我的唇。

「我不想聽，妳一定又會說出傷我心的話。」

我怔怔看他，他翻身躺在了我的腿上，雙手環住我的身體，雪髮鋪滿我破碎的裙衫。他閉上了眼睛，嘴角勾起一抹笑意。

「巫心玉，我知道妳為什麼救我。」空靈的話音虛無而飄渺，我伸手摸上他的雪髮，一層白色的螢光在我手心下暈開，他的髮絲在螢光之中飄蕩。

他忽然起身，坐在我面前昂首看向遠處，雪髮之中竟慢慢豎起了兩隻白色的狐狸耳朵！我呆呆看了一會，目光開始順著他的後背下移，果然在那白色的衣襬下，正是一條粗大的白色狐尾！

「有人來了！」他沉沉說，登時，他身上螢光炸開，刺目的光芒讓我下意識閉上了眼睛，微微睜眸之時，聽到了馬的呼吸聲，和明晃晃的刀光。

「老大！是個美人！」有人喊。

我適應了晨光看清眼前的景象，只見數匹馬把我和孤煌泗海圍在當中，馬匹之外還有人。馬上坐著一個個草莽大漢，或是卷髮、或是直髮、或是光頭，各個面目可憎，看著我的目光很下流。

孤煌泗海的手還跟我拉在一起，難道剛才是他入了我的夢？那才是他的真身嗎？

「老大！這裡還有個更漂亮的！」幾乎是狂喜的驚呼聲吸引了馬上所有人的目光，一隻髒手伸到我身邊要去摸孤煌泗海的臉！

我直接抽出碧月，清冷的劍光劃過那隻手的同時，平地躍起，抬腳就將那人直接踢飛！我甚至沒看清他的容顏，我只想以最快的速度不讓他的髒血濺在孤煌泗海的臉上！

「啊——」

痛苦的喊叫瞬間讓周圍的馬匹後退三尺，我揮劍甩落上面的鮮血，冷冷看他們。

「我不想殺人，滾！」

馬匹開始散開，從後面走出一個魁梧大漢，他的身邊伴有兩人，三人都以圍巾包臉，看不清容貌。

正中的大漢身披狼皮。在他現身後，被我踹飛的色徒跑到他的面前。

「三當家！這個女人的爪很利！」他抬起被我刺傷的手，鮮血染紅了衣袖。

那大漢眯眼笑了起來，扭了扭脖子，拉下包臉的圍巾，露出了一張滿是凍瘡的臉。

「老子最喜歡野馬！哈哈哈——小美人，老子這就把妳馴服了立地洞房！」

他下流而興奮地看著我。

「哈哈哈——」周圍的人也淫邪地大笑起來，下流地看我。他們舉起了手中的武器，齊喊：「立地洞房！立地洞房！立地洞房！」

那大漢從馬上下來，但他右側的人也下了馬，來到他身邊。

「三哥，這女人不簡單，我們還是走吧，鎮上女人更多。」

「老六你別掃興！」那三當家把那人推開：「從沒見過這麼漂亮的女人，巫月就是出美人啊！」

他朝我走來。

我看向四周，往後退了一步把碧月插入地面，從擔架上拿起流星追月，冷冷看他們。

「你們是孤海馬賊？」

「不錯，怕了嗎？」那三當家朝我下流地笑：「本當家可是很憐香惜玉的，美人，妳還是乖乖隨本當家回去做壓寨夫人吧！」

說罷，他目露邪光朝我撲來！

我直接飛身而起，甩出手中的流星追月，白色的冰蠶絲纏上大漢，我一把拉緊。他驚訝看我，我躍上了他的頭頂，站立之時甩出了手裡的袖裡劍，鋒利的短劍迅速掃過周圍所有馬賊，回到手中之時，整個世界變得鴉雀無聲。

我躍落大漢頭頂，背對他沉沉而語：

「你們孤海馬賊殺我巫月子民，燒我巫月村莊，我自不會讓你們活著回去派人再來追殺我，我現在最缺的，就是時間！」

閉眸之時，手中絲帶勒緊。我巫心玉，還是開了殺戒。

「撲通、撲通、撲通！」一聲聲落地聲在這靜謐的世界裡響起，我一甩手，抽回了白色絲帶，轉身之時，看到了那個先前阻止大漢的男子。他並未露出懼色，而是頗為驚訝地看著那些倒落在地的屍體和跪在我面前已經沒有了聲音的三當家。

「厲害！」他發出了一聲驚嘆，宛如眼前這些人的死活與他並無關係，他們並非是兄弟！

孤海馬賊極為凶殘，所謂兄弟也不過是聚集在一起擴大勢力，搶奪更多的財物和女人，燒殺更多的村莊，威嚇普通百姓。

巫月和蒼霄對他們早已恨之入骨，卻因他們深居荒漠之內，行蹤隱祕而無可奈何。

我從地上拔起了碧月，直接朝驚呼的他刺去。他驚然回神，飛速後退，撞在了自己的馬上。我的劍要刺中他之時，倏然平地狂風乍起，掀起殘雪，在紅白雪花之間，一頭巨大的雪原蒼狼破雪而出，躍落在那男子的身前。

「住手！」跟人一樣高的巨狼威嚴地俯視我，澈藍的眼睛緊緊盯視我的臉龐。

他的身體微微透明，穿透了我的劍身，是常人無法看到的真神幻影！

我吃驚地看著他，而他身後的男子也正吃驚地透過他看著我。他看不到蒼狼。此時此刻，我才發現那男子的眼睛與眼前的蒼狼一樣，是清澈的碧藍色。

「他是未來蒼霄之主，妳不能殺他。」威嚴的聲音從蒼狼利齒之間而出，他的身形漸漸移開，站在了那男子的身側，而那男子依然雙目圓睜，完全不知剛才在他性命危急之刻，是狼神現身救了他。

我看了一眼他身邊的狼神，放落劍轉身：「你可以走了。」

我收回劍，把流星追月綁回孤煌泗海的擔架上。

「妳為什麼不殺我？」身後傳來他疑惑的話音。

我轉身看他，他碧藍的眼睛如藍寶石般清澈，長長的睫毛讓他的眼睛更加撲朔迷離。

「你是未來蒼霄之主，我不能殺你。」

他碧藍的眼中露出了大大的驚訝和困惑，越發仔細地打量我：「妳是誰？」

我再次看向他的身邊，他疑惑地順著我的目光看過去，但是他什麼都看不到。

「我是巫月巫女，能看到守護你的狼神。」

他吃驚地轉回臉，碧藍的眼睛定定落在我的身上。

我看向四周，有十三匹馬，行軍打仗，馬是很重要的！

我把所有的馬一起牽了，看了看孤煌泗海的擔架，再看看馬，我抬起擔架，想把他綁到馬身上。

那人忽然到我面前，幫我一起抬擔架。面對我疑惑的眼神，他說：「我只想幫個忙。」

我看他一眼，和他一起把孤煌泗海的擔架抬到兩匹馬的身上，然後用流星追月固定。

他站在兩匹馬的對面一直看著我：「他是妳男人？」

「不，他是巫月要犯，我要捉他回去受審。」我淡淡說完，綁緊了孤煌泗海的擔架。

他開始細細打量孤煌泗海。

「我從未見過這麼漂亮的男人，不過他看上去好像快死了，既是要犯，妳還帶著他做什麼？把他的腦袋帶回去也輕鬆些。」

我頓住了手，一陣寒風掠過，孤煌泗海的雪髮飄過我的眼前。

「我欠他一條命，我要還他。」說完，我翻身上馬，帶著這十三匹馬緩緩從他身邊走過。

「噠噠噠噠。」身後傳來馬蹄聲，他跑到了我的身旁。

「前面是裂谷，妳過不去的，我來幫妳帶路吧。」

「前面是裂谷？」我有些吃驚地說。

他面巾上的眼睛笑了起來。

「所以孤海荒漠才讓人害怕，因為它有很多裂谷，容易讓人迷失。」

他又看了我幾眼，似是擔心我防備他，補充道：

「我是蒼霄三王子都翎，為剿滅孤海馬賊潛入其中半年有餘，只為找到他們所有據點，現在妳可以放心了。」

他的話讓我有些驚訝，也解釋了他為何會是蒼霄未來之主，有狼神護佑。

他微笑地對我頷首一禮，走到我的身前為我帶路。

半日後，我的面前果然出現了一道深深的裂谷，想繼續沿著邊界回巫月，已無可能。禿鷹掠過上空，萬里無人，我只有跟在都翎身後。

十三匹馬上有足夠的補給，還有帳篷。都翎告訴我這是孤海馬賊當家自己的巡邏隊，負責找尋商隊擄劫。

他已對荒漠相當熟悉，所以他可以帶我在七天內趕到巫月西山附近的邊關。

夜晚，我們搭起帳篷抵禦荒漠嚴寒。

「如果不搭帳篷，在這冬天，人會直接被凍死。」他一邊搭帳篷一邊說：「然後成為荒漠野狼的食物。」

「現在你不用擔心會被野狼攻擊，因為你有狼神護佑。」我對他說，空氣已經明顯變冷，我即使有仙氣護體，也感覺到了刺骨的寒冷。

「妳不冷嗎？」他看向我的裙衫，一臉疑惑。

我看著他厚厚的獸皮衣服，而我身上卻是單薄的女人裙衫。

「妳真是個漂亮又奇怪的女人。」他細細看我一眼，拉下了面巾，立時，一張性感如同西方男子的臉映入我的眼簾。典型的凹眼高鼻，輪廓分外分明，露在頭巾外的頭髮帶著自然卷，如波斯的王子，又像伸展台的歐洲男模，和中原美男完全不同類型，他們的俊美帶著野性。

「進去吧，過會兒更冷。」他對我溫和一笑，把孤煌泗海的擔架移入帳篷。

坐在帳篷裡，一個小爐還能取暖。

我再次檢查孤煌泗海的身體，他的恢復速度果然異於常人，只是餵他一點水，他居然能神奇地復原。但是，在這一個月之內，他的斷骨應該還不能復原，也會形同廢人，無所作為，所以一定要在他恢復之前，把他交到巫溪雪手上。

都翎在一旁煮著簡單的食物，在呼嘯的風中帶來絲絲暖意。

「他長得這麼好看，若他是女人，我一定會愛上他，捨不得殺他，我想我反而會娶他做王妃。」他笑看我，藍寶石般的眼睛在火光中閃耀。我不禁蹙眉。

「若你愛的這個美人禍國殃民，濫殺無辜，殘害忠良，還把你最好的朋友打到無法生育，你又會怎樣？」

我的心再次痛了起來，連帶著呼吸也輕輕顫抖。

對孤煌泗海深深的恨和對他那份無法忽視的糾葛，時時刻刻折磨著我，讓我頭痛欲裂，如墜落不斷朝我擠壓而來的無限黑暗之中，讓我窒息，不斷地掙扎想要逃出，卻又不斷地深陷，讓我失去了往日的冷靜。

都翎俊美的西方人臉龐在火光之中沉默，碧藍的眼睛裡漸漸浮出了痛苦的掙扎，宛如深陷那情景之中。

「我想，我會給他一個全屍，然後好好安葬他……」

他嘆息地說完，長長舒了口氣，放鬆了表情。

「現在，我慶幸他不是個女人了……」他看向孤煌泗海的目光多了一分惆悵：「若是巫月的女皇愛上他，那真是一件痛苦的事……」

「不痛苦，只要做個昏君，什麼痛苦都沒了……」我把小小的木柴扔入小爐，濺起了點點火星，他的目光透過火星朝我意味深長地看來。

「聽聞巫月只有一個巫女名叫巫心玉，她下山做了巫月的女皇，而且聽說很荒淫，看來，傳聞有誤。」

我沒有看他，繼續烘手。

「聽聞蒼霄覬覦巫月已久，你潛入孤海馬賊是為清除他們好進軍巫月嗎？」我抬眸看他，他碧藍的眼睛閃了閃，笑了起來，牙齒雪白而整齊。

他一邊笑一邊搖頭，然後他止住了笑看我，眸光之中閃現一分野性和霸氣。

「是，但現在……」他的目光再次溫和，寶藍色的眼睛幾乎可以映射出我的身影：「不會了。」

「為什麼？」我反問。

「因為我欠妳一條命，我要還妳。」他深深注視我說。

我和他的目光在火光之中相觸，一種惺惺相惜和英雄相敬之情從心底油然而生。

「我現在明白妳為何要救他。」他看落我身邊的孤煌泗海：「我們這類皇族無所不有，欠錢還錢，欠情也可還情，但是，唯獨欠命最難還。」

我沉默低臉，看著小爐裡跳躍的火焰。

「妳還他這條命，是為讓自己安心和平靜，是嗎？」他朝我看來，我點了點頭。

「他是我巫月最大的罪人，我不能讓他為我而死，這樣的死法，不屬於他。他應該跪在所有被他殘害的人面前，接受國法的制裁！那才是他的死法！」

「救他，是為殺他……」他垂臉一嘆：「想必這天下只有我這類人，才能懂妳……」

我看向孤煌泗海，他愛上我，是他最大的錯誤，原本我們可以像正常敵人一樣，對戰沙場，毫不留情地廝殺。是他，把我們之間的關係變得越來越複雜，複雜到像一團亂麻纏在了一起，糾纏我的心，讓我的心無法回歸平靜。

我們一直做單純的敵人，該有多好……

「對了，狼神……還在嗎？」他忽然問。我看向他，他正好奇地望著帳篷外，一臉小心翼翼。

「你們蒼霄不是也有巫師嗎？」我瞄他一眼，拿起他煮的食物。

「呵，我一直以為是騙人的。」

「是啊……若非我親眼所見，我也不信。」跟他說話，能讓我暫時從煩惱中解脫。

「那麼……他還在嗎？」他指指帳篷外。我點點頭。

「因為我是巫女，所以他會在我離開後才離開。」正說著，一隻巨大的狼頭穿透帳篷鑽了進來，大大的耳朵高高豎起，碧藍的眼睛沉沉盯視我。

我因為他突然進來嚇了一嚇：「別突然出現，你嚇到我了。」

都翎好奇地朝著我的視線看去，眸中充滿興味。

狼神看了我一會兒，冰冷的視線掃向我身邊的孤煌泗海。

「他身上有妖氣，所以我才沒有離開。」

「你計較得真多。」我好笑看他。

他看看我，寶藍石的眸子劃過一抹靦腆，把巨大的腦袋退出了帳篷。

「妳終於笑了。」都翎對著我說。

我抬眸看他，他雙手交握在身前，碧藍的眼睛裡浮現一絲憐惜。

「從遇到妳開始，妳就一副心事重重。妳是巫月女女皇，本應在皇都，怎會出現在那裡？」

我看他一眼，垂落眼瞼。

「有人要殺我，然後……他救了我。」我看向孤煌泗海昏迷的臉，都翎也看向他。

「巫月最大的罪人卻救了妳，難道……妳對他而言是特殊的？他愛妳？」

「我們能不說這個嗎？」我收回目光。

他含笑看我：「現在我終於明白妳為何總是愁眉不展了，如果……我是說如果，妳不是女皇，妳會不會放了他？」

「不會。」我不知道自己是不是口是心非，但這兩個字卻脫口而出。我對他的恨還是蓋過了剎那間對他產生的痛。或許，我和別的女人一樣，也會口是心非，但是此刻，我非常確定自己只想把他盡快塞到巫溪雪手中，然後回我的狐仙山。

都翎在我的回答後陷入長久的沉默，他時而看我，時而看孤煌泗海，似是想開口說什麼，但還是蹙眉抿唇。

過了許久，他才再次說了起來。

「我們蒼霄一直無法理解由女人統治的國家是怎樣……」

「很美……」想到自己美麗的巫月，心口開始融化，嘴角不由揚起。他在火光之中漸漸看得失神。「女人愛美，所以，巫月很美，山清水秀，鳥語花香，河邊垂柳種花，到處都是花，四季花開，花香不斷……」

「因為妳們女人愛花。」他說。

「是的，我想，巫月應該有世界上最大的花田。」我淡笑點頭。

「因為你們巫月土壤肥沃，資源充足，所以才有閒田種花。」他的語氣有了一絲嫉妒。

「但你們蒼霄礦產豐富，盛產寶石，那是女人的最愛。」我看向他。

「可是寶石不能當飯吃。」他打斷我的話，語氣變得激動。

我們的目光再次在火光中相觸，他碧藍的眼睛灼灼盯視在我的臉上，如同盯視在我大巫月豐富的資源和廣袤的土地之上。

「所以你們想征戰我們巫月，佔有我們的一切，並覺得這是一個女人統治的國度，所以攻打起來不會太難？」我笑了。男人總是狂妄自大，不僅僅蒼霄，另兩個也一樣。

他在我的反問中一時語塞，寶藍色的眼睛看我片刻後輕笑一聲。

「認識了妳，我知道我們錯了。」他抬眸看向了別處，吐出一口長氣。

我想了想，說：「不如這樣。」

他轉回臉看我，我繼續說道：

「等你摸清孤海馬賊的據點，巫月也平定內亂，到時你我聯手把馬賊清除，然後我們修一條通商之路，資源交換如何？」

他聽罷笑了起來，久久看我，沒說好，也沒說不好。

「到底怎樣？」我再次問他，伸腿踢了踢他的腳。「是男人就乾脆點，你可是未來蒼霄之主。」

這樣的機會不會再有第二次。

他笑著點頭：「好吧，我實在無法拒絕一個這麼漂亮的女人的提議。」他抬眸深深看我，我在他毫不掩飾的愛慕目光中一怔。

他又笑了起來，雪白的牙齒在火光映照下更添一分魅力。

「我不得不承認，如果妳是長得很難看的老太婆，這個提議我是不會接受的。」

我在他坦白的話中也不由笑了起來。

他看著我笑，笑容真誠而豁達。他往後仰躺，我再次盤腿而坐。

「妳不睡？」他驚疑看我。

「這叫調息，比睡覺的作用更好。有機會我教你，讓你在被我追殺的時候可以跑得更快。」我閉目說道。

「哈哈哈哈——哈哈哈——」他大笑起來，面前火光依然搖曳。

外面的風聲越來越猛烈，漸漸淹沒了我耳邊所有的聲音。孤煌少司送我來荒漠送死，卻沒想到讓我巧遇未來蒼霄之主，並且還是個不錯的明主。

「為什麼妳對所有男人笑，就是不對我笑？」空靈飄渺的聲音再次傳來，我緩緩睜開了眼睛，只見孤煌泗海陰沉著臉坐在自己的身體上，雙手托腮，妒恨地看都翎，像是要把他碎屍萬段。

「因為你濫殺無辜，殘害忠良，嗜血如命，更重傷了懷幽！」

「那些人跟妳巫心玉有什麼關係？」他突然大聲打斷了我的話，目光陰狠。「他們都是壞人，他們根本不聽話！」

我也憤怒起來。

「我巫心玉如果還待在神廟，不錯，他們是跟我無關，但現在，我是女皇，他們就是我的子民、我的臣！我不得不管，那是我的責任！你懂什麼？你怎能因為他們不聽你的話就殺了他們！」

他的雙眸在邪氣中開始泛出了銀色，斜睨看我。

「我看妳那麼生氣根本不是因為別人，就是因為我打了妳的懷幽！」

「懷幽的帳我也會跟你算！我不會忘的！」

「那妳為什麼還要救我？」他朝我大吼起來，忽地躍到我的身前，直直盯視我的眼睛，狐眸在劃過一抹笑意後瞇了起來，嘴角也揚起了他狐媚的笑。「因為妳喜歡……」

「因為我不想以後再想起你！」

我憤然打斷他的話，瞬間，他的神情凝固在了，我像是從荊棘中終於掙脫而出，心中梗塞地垂下臉。

「我不想再想起你在山崖上為我擋箭，不想再想起在墜崖時你用自己的身體護住了我的命，不想你再出現在我眼前，我的腦海，我的心裡！」

我緩緩抬眸，狠狠看他。

「所以我要救你，把這條命還你！從此，你我兩不相欠！我的心也不會再因你而亂！」

在我發狠地收緊眸光之時，他的笑容也從他的雙眸之中淡去，陰沉和陰邪再次覆蓋他的雙眸，他沉臉狠狠看我，忽然陰寒的邪氣瞬間爆發，寒氣迎面撲來。

「嗷嗚！」就在這時，狼神忽然竄入，怒吼威嚇。孤煌泗海立刻轉身，雪髮掠過我眼前之時，兩隻白色的狐耳瞬間從白髮的兩側豎起，狐尾也掃過我的面前陷入戒備的姿態。

「妖狐！你的妖氣會傷凡人！」狼神的耳朵也高高豎起，護住身下的都翎。

「哼，你不就是隻大狗，有本事你咬我啊～～」孤煌泗海還是那麼喜歡挑釁神靈。

「夠了！」我生氣大喝：「你們把我的夢境當作後花園了嗎？都給我滾出去！」

狼神弓起後背狠狠瞪孤煌泗海一眼，緩緩消散。

孤煌泗海的狐耳也緩緩垂落雪髮，狐尾也慢慢落下拖在自己白色的衣襬下。

他轉回身，落寞看我，一身的妖氣卸去，露出了那個最純粹的他。他落寞的目光瞥落在一側。

「為什麼他們都可以喜歡妳，只有我不可以？瑾崋、蘇凝霜、懷幽，連這個妳剛剛認識的都翎都能讓妳開心，為什麼只有我不可以……我還記得妳對哥哥笑過，雖然那是騙他的，可是，妳連騙我一次都不願意……我只想看妳開心，看妳笑，讓妳喜歡我，這有什麼錯？我不明白妳為什麼那麼恨我，生我的氣，那些人明明跟妳都沒關係……」

他的身影隨著他漸漸微弱的話音化作了白色的磷光，破碎在我的眼前。

熟悉的哽痛再次掠過心頭，在他的世界裡，他所做的一切都沒錯，但是，在我們的世界裡，他所做的一切都是錯。

我緩緩睜開了眼睛，晨光已經從帳篷的縫隙中灑入，我看向自己的手，昨晚並沒與孤煌泗海雙手相連，他怎也能入我的夢？

難道是因為他的真身？

流芳說過，他帶妖氣重生，故而體內應有狐族的元丹，在他肉身重創之時，那隱藏在孤煌泗海深處的元神會守護住孤煌泗海的身體。那麼，那個能入我夢的白狐，才是真正從狐仙山離開的那位曾經的狐仙大人。

進了那扇神廟大門即成仙，出了那門即是妖，還真是應了我的世界那句佛偈：「一念成佛，一念成魔。」

帳篷裡已無都翎的身影，小爐也已經滅了火。

我掀簾而出，茫茫大漠之中很快可以找到人影。都翎站在不遠處正在仰望天空，一隻禿鷹正盤旋於空。

我走到他身邊，他指向禿鷹。

「那是鷹王的鷹，鷹王是孤海馬賊十四王之一，非常殘暴，誰若不聽他，便殺之取肉，餵他的老鷹。」

「只要不聽他的話，他就殺？」我心中劃過一抹熟悉。

「是，他就殺。」都翎也是目露一分凝重。

我看看那盤旋的老鷹，心中莫名一股氣，從馬上直接取下馬賊的弓弩，對準那隻盤旋的老鷹。

都翎立刻扣住我的手：「不要招惹牠！鷹王的鷹訓練有素，只要看見商隊就會立刻攻擊……」

我在都翎的話中已經瞄準了那隻老鷹。

「牠一直盤旋沒有攻擊是因為牠認出了我。但若是招惹牠，牠一樣會攻擊我……」

「咻！」我的箭徹底打斷了都翎的話，他目瞪口呆怔立一旁，扣住我的手也變得有些僵硬。

弓弩射程非常短，絲毫碰不到那高空盤旋的蒼鷹，但那隻蒼鷹在看到我攻擊牠之後，毫不猶豫地朝我俯衝而來！

在牠進入我的射程之後，我也毫不猶豫地補箭。

「噗！」只見牠從上方直直墜落，「砰！」一聲，掉在了都翎面前，都翎僵硬站立。

「妳殺了鷹王的鷹？」

我把弓弩扔給他。

「遲早我還會殺了鷹王，至少今天中午我們有肉吃了。」說罷，我在都翎不可思議的目光中淡定走回。

因為我殺了鷹王的鷹，都翎立刻收拾起東西馬上啟程。可見鷹王這兩個字在他心裡，還是有所忌憚。

「我們該走了，他的鷹在這兒，說明他離我們不遠。他帶的人很多，我們不便與他們交手。」

他說完匆匆上馬，帶我離開。

「你怕那鷹王？」走在路上時我問。

「現在我更怕妳，我還沒見過妳這樣的女人。」他看我一眼。

「現在你見到了。」我淡淡看他：「這就是巫月的女皇，你可以把你想像成女人，把我想像成男人。」

他碧藍的眼睛閃了起來，微微蹙眉沉思，神情漸漸平靜。

「我們真是看錯巫月了。以為巫月執政的女人和我們蒼霄的女人是一樣的，只是做做針線，採採山果。巫心玉，現在我是真的開始慶幸沒有征戰巫月。」

他看向我，藍寶石般的眼中是一分欽佩之情。

「因為必然會輸在輕敵上。」

聽到他的話不由想起那兩個同樣輸在輕敵上的男人——孤煌兄弟。如果他們一開始就對我設防，我會不會贏？

「妳怎麼又心事重重了？」都翎輕輕推了一下我的腦袋。

我回過神。

「沒什麼，只是想到巫月內亂未平，心中憂慮。」我拿起孤煌泗海的面具，再次戴上。

他坐在馬上靜靜看我片刻，淡淡而笑。

「昨天妳講到昏君，我忽然想，歷代明君會不會有時候也會羨慕一下昏君？明君難為，時時刻刻憂國憂民，我現在看妳整日心事重重，少有笑容，害我已經不想做什麼未來蒼霄之主，妳替我跟狼神說說，讓他去找我其他的皇族兄弟們。」他的話語裡帶著笑意。

我看向跟在他身邊巨大的狼神，他碧藍的眼睛只是白了都翎一眼，那一眼滿是嫌棄，似是懶得理他。

都翎倒是好奇看我：「狼神說什麼？」

我在面具下也是白他一眼：「他說懶得理你。」
都翎一愣，似是不信：「他真的這麼說？」
「嗯。」
「他怎麼能那麼說呢？」都翎開始連連搖頭。
我們又開始漫長的行進。
荒漠無垠，飛沙走石。
都翎用圍巾包住臉，我也用孤煌泗海的面具遮擋風沙，就這樣，我跟著都翎走在無邊無際的荒漠之中整整四天。
飄雪再次落下，我們終於再次回到了巫月邊界。
帳篷再次搭起，自那晚之後，孤煌泗海的元神未再入夢，我獲得了幾日平靜。
「咳！」忽然一聲咳嗽從狐裘下響起，都翎好奇觀看時，我心底好不容易回歸的平靜，也在這聲咳嗽中，被徹底打破。

「他醒了！」都翎第一刻到孤煌泗海身邊，掀開了蓋在他臉上的狐裘。他對他的好奇一目了然。這個巫月最美的男子，卻是巫月頭號要犯，人人都會對他好奇，僅僅是那張臉，已經讓人心生迷戀。

狐裘下，孤煌泗海的容顏絲毫沒有因為重傷而消瘦，肌膚依然賽雪，瑩白剔透，如瓊如脂，吹彈即破。之前失去血色的雙唇也已恢復原先豔麗的唇色，立時讓他的容顏燦燦生輝，百媚叢生，再次豔絕無雙。

幾縷雪髮凌亂地散落在他唇邊，越發凸顯他那微翹的紅唇，飽滿的紅唇嬌豔欲滴，一點珠光在火光中閃耀，勾人心魄，僅僅如此便已讓人心跳凝滯，血脈賁張。

都翎的目光驚訝地落在已經徹底恢復氣血的孤煌泗海臉上，他的目光開始漸漸深陷癡迷，臉緩緩朝他俯去。

「啪！」我拉住了他的衣領，冰涼的手指落在他後頸的肌膚上，他驚然回神，登時白皙的臉徹底炸紅，惶然退回身體摸上自己嘴，不可思議之餘又多了一抹驚慌之色。

「我居然想親吻一個男人！呼！嘔！」他立時反胃乾嘔，逃出了帳篷。

我看著他落荒而逃的身影，隨即外面傳來聲聲乾嘔之聲，心裡浮起一抹同情。今晚定是都翎人生中的一次陰影。

「哼，狐族就是妖豔媚惑，不雌不雄。」面前傳來狼神帶一絲輕蔑的冷語，他不知何時鑽入帳篷，大半截身體在帳篷外，他和都翎一樣碧藍的眼睛冷冷看孤煌泗海一眼，扭轉巨大的頭離開。

「咳。」又是一聲輕咳從孤煌泗海那裡傳來，我努力讓自己盡量平靜地看他，他的纖眉開始顫動，微微蹙起，紅唇緩緩張開，緩緩吐出了一口氣：「呼……」

那一口氣像是將身體裡的濁氣徹底排出，漫長而持久。

我還是心煩起來，控制不住地莫名心煩，讓我只想逃離他，我立時起身想離開。

「妳敢走……」輕微無力的話像是用呵氣說出。我看向他，他依然閉著雙眸，紅唇幾乎不動地吐出輕語：「水……」依然是輕如呵氣的話。

我煩躁地拿起水袋，倒入小碗，到他身邊扶起他，他軟若無骨地靠在我的身上，雪髮灑滿我的身體，身體的冰涼幾乎映入我的衣衫，宛如我抱的不是人，而是一塊巨大的冰塊。

碗放到他的唇邊，他嘴唇輕啟，水微微倒入他的唇中，還是有很多流出他的唇外，順著他的唇角，緩緩流入他的頸項。

「我想……小解……」輕如蚊蠅的話卻讓我的大腦一炸。

我立刻說：「我讓都翎來。」

「不要……」他的臉倒落我的頸項，依然緊閉雙眸宛如無力睜開：「我只要妳碰我的身體……」

「但我不要！」

「那妳隨我去吧……我爛了也好……臭了也罷……與妳無關……」他冰涼的呵氣隨著他微弱的話音吹入我的頸項，如同寒氣鑽入我的身體，讓我寒毛豎起。他真的是妖，連呵出來的氣，也像是死人一樣寒冷。

「那你就臭吧！」我煩躁地直接離開他的身後，他登時失去了依靠，「撲通」倒落在擔架上，再次無聲。

我煩躁地揉了揉太陽穴，深吸一口氣轉身把他直接從擔架上扶起，他再次軟綿綿地靠在了我的肩膀上，伴隨冰涼的呵氣傳來一聲輕笑：「哼……」

我把他扶出帳篷，他全身無力又斷了手腳，我需要運用內力才能扶住他這個男人的身體。都翎正站在帳篷外深呼吸，見我扶孤煌泗海出來尷尬地轉開聲，握拳輕咳。

「咳！要不要……我幫忙？」他連目光也不敢落在我們身上。

「不用。」

他尷尬地咳了兩聲：「我想……也是。咳，我去找點乾樹枝。」

他一邊說一邊退，還被雪中的大石頭絆了一跤，匆匆離開。

伏在雪地上的狼神一直看著他，然後搖搖頭，對都翎充滿嫌棄。他又轉臉看我們，碧藍的眼睛緊緊盯視孤煌泗海的白色身影，沉沉而語：「他來錯了世界。」

說罷，他起身往都翎離開的方向而去。

他說……孤煌泗海來錯了世界……狼神是在為孤煌泗海說情嗎？說他沒有錯，只是來錯了世界？哼……或許，狼神是狼，所以他才懂同樣不是人類的孤煌泗海。

我把孤煌泗海扶到樹邊，移到他身後抱住他：「自己拿！」

「沒力氣……」

「省點說話的力氣就有力氣拿了！」

「心玉……」他軟綿綿往後靠在我的身上，倒落的腦袋貼在我的臉上，每一次深呼吸後才吐出輕微的話語：「我們是夫妻……我還沒死呢……哼哼……」

他最後的笑聲像是在宣告他是我夫王的事實，為我最終還是沒能甩掉他而得意。他孤煌泗海又活了過來，而他對我的糾纏，也再次開始。

「或者……」他在我的耳邊輕吐話語：「妳讓它硬……」

我登時想把他直接扔掉！終究沒能這麼做……雙手按在他肩膀上，卻始終無法把他推開，像是有一股神祕而強大的特殊吸力，讓他牢牢吸在我的手中，我的身上。

我放落手，轉開臉，開始扯他的褲腰帶，脫落他褲子後我往他胯下伸去。「啪！」忽的，他冰涼的手無力地握住了我的手，我轉過頭看他在我肩膀上依然緊閉雙眸的臉，他的紅唇微微開啟，再次吐出了虛弱的話語：「髒……別碰……」

「那你剛才還！」

「逗妳的……」他無力地說完，放開我的手。我氣悶地轉開臉，耳邊是他輕輕的呵氣：「哼……我就知道……妳捨不得不管我……」

雖然他的話音是那麼的軟弱無力，我卻聽出了裡面的洋洋得意！

所以在他結束，我給他穿上褲子後，果斷一推，就此把他扔在了帳篷外的雪地之中！不再回頭！

「妳怎麼把他丟外面了？」片刻後，都翎把再次昏迷的孤煌泗海揹了回來，輕輕放在擔架上。

「即使他是要犯，是死罪，妳也不能這樣對他，會把他凍死的。」

都翎為孤煌泗海蓋好了狐裘，碧藍的眸中是滿滿的同情與可憐，把我說得毫無人性。

都翎坐回我的面前，隔著小火爐看我，神情格外嚴肅正經，我面無表情地攪動小鍋裡的食物。

「巫心玉，妳不能這樣對待一個願意用生命去愛妳的人！」他忽然說。

「那我能怎樣？」我扔下勺子心煩到極點地瞪他：「難道你讓我去愛他嗎？讓我背叛所有相信我的臣子放他走嗎？都翎，我不能！即使我知道他愛我，就算辜負他的感情而心痛我也不能……因為我是女皇！」

我知道我不是在生都翎的氣，而是氣自己，氣自己還是因為他捨命救我而感動，氣自己還是因為他與師傅的那幾分相似而動了心……

都翎在我有些失控的情緒中發了怔，目光漸漸垂落，變得沉默。

我深吸一口氣，努力忘記心中的痛。

「你知道他殺了多少忠良？滅了多少門嗎？他還把我的心腹懷幽打得不能生育！」

都翎在我的話中一怔，我愧疚到心痛。

「僅僅，只是因為我惹他生氣，他把氣出在了懷幽身上！我對他動心已經是愧對所有曾經相信我的人，我真的不能再錯下去！在我身邊，有更多的人願捨命跟隨我巫心玉！我不能因為他一個人，而負他們，負巫月天下！都翎，你也將為君王，你告訴我，我作為巫月的女皇該怎麼辦？」

都翎聽完我這番話繼續保持沉默，他抬起臉複雜地看我一眼後，再次低下臉蹙眉閉眸。

我深深吸入一口氣，嘆道：「對不起，我現在心很亂，有些失控了。」

我起身離開了帳篷，想讓外面的寒風吹冷我的大腦，好讓我再次平靜。

巨大的狼神伏在老位置，碧藍的眼睛在夜色中泛著幽幽的藍光，飄雪靜靜穿透他的身體，墜落他身下的地面。他盯視我片刻，眨眨眼，沉沉而語：

「妳是他的劫，他是妳的劫，妳逃不過的，這是天意。」

我在狼神的話中一怔，我是他的劫，他是我的劫，什麼劫？

難道……師傅說的情劫……是……

心立時慌亂，我在飄雪之中緊閉雙眸，深深吸入那冰寒的空氣，透心的涼意讓我在風雪之中漸漸平靜。

身後響起有些猶豫的腳步聲。他走到了我的身後，為我輕輕蓋上了溫熱的狐裘，我在那濃濃的草藥味中緩緩睜開眼睛，細細的雪花飄飛在我的睫毛上，帶來一絲涼意。

「對不起，我被他……誘惑了。」耳邊傳來都翎有些尷尬的話：「不如我幫妳把他殺了。」

我搖了搖頭。

「他的伏法對整個巫月意義重大，對那些曾經被他殘害過的人更為重要。他必須要跪在刑台上，在所有人的眼前死去，那些人才能從他的陰影之中徹底解脫，也讓巫月的臣民對皇族，再次信任。」

「我對巫月的事也有所了解……」他垂臉悠悠地說了起來：「當時我認為女皇被美男子誘惑是一件很正常的事，因為在蒼霄，長相俊美的男子更受女人喜歡，就像……我也喜歡漂亮的女人一樣。」

他朝我看來，目光停留片刻轉開。

「所以我們覺得女人並不適合統治國家，因為我們男人喜歡漂亮的女人但不會被她控制，成為我們的全部。」

「是啊……男人更理性一些。」男人愛女人，這個女人不會成為他的全部。但是女人一旦愛上男人，這個男人便成了天，成了一切。

「征戰巫月也算是……為了解救這個國家。」他越發不敢看我：「但當我看到那個男人後，我可以說……真的被嚇到了，世上怎會有如此美麗妖豔的男人，甚至讓作為男人的我……我只能說如果他在我們蒼霄，也必會禍亂皇室。現在，我對蒼霄想利用巫月內亂而乘機征戰巫月感到慚愧。對不起，巫心玉，請接受我最誠摯的道歉。」

他朝我單膝跪地，致以他們蒼霄最尊敬之禮。

「你何須行如此大禮？」我有些吃驚看他。

他抬起了臉，幽幽的雪光之中是他豁達的臉龐。

「因為妳現在是一位女皇，而我還只是一個皇族，我在妳身上學到了很多為君之道。我都翎以前從未佩服過人，妳是第一個，而且還是一個女人，所以，我必須向妳行禮。」

說罷，他頷首行禮，灰色的貂皮帽子如同狼神那銀灰色的毛髮。

我也有些敬佩地把他扶起，他俯臉深深注視我，寶藍色的眼中是一分真誠和笑意。

「你一定會是一位了不起的君王，王者最缺的是謙遜，但是你有了。剛才的事沒關係，是人都會被他魅惑。倒是你們男人，算是給侵略巫月找了個藉口！」我心感欽佩地說。

見我揚起微笑，他尷尬地笑了起來。

「不是侵略，只是想……」我繼續看著他，他在我的目光中無法再說下去。

「說，繼續說，你們男人最會找藉口。」我淡定看他。

他尷尬地做了個深呼吸。

「嗚～～好冷啊……」他開始左顧右盼，自言自語：「再不進去就凍死了……」

說完，他一邊摸著自己身體一邊溜進帳篷。

「你確定他是未來蒼霄之主？」我看向一邊的狼神。狼神從鼻子裡哼了一聲。

「就算我不看好他，也是天定的。說多了就洩露天機了，是你的，始終是你的。」

他沉沉說完，瞥我一眼後把臉埋入前腿，閉目安睡。

是你的，始終是你的，昏君也是如此。

孤煌泗海再次陷入昏睡——是昏睡，不再是昏迷。都翎有時看他的目光裡更多的是疑惑，他在疑惑何以孤煌泗海重傷依然豔麗迷人，像是一位沉睡的美人，時間唯獨在他的身上停留，保持著他那美豔的容貌。

都翎更困惑的是孤煌泗海沒有正常男人應該長的鬍子，即使陷入昏迷，理應鬍子還是會長出來。就像他，蒼霄的三殿下，已經滿嘴的鬍碴了。但都翎的外貌與氣度不會受到鬍子的影響，反而那淡淡的鬍碴更讓他多了一分成熟男人的味道和野性。

我們離巫月的玉女關也越來越近，那裡是離西山礦場最近的關卡。我的心也因為漸漸回到巫月，而開始浮躁起來。

火光在帳篷裡閃耀，一抹彎鉤倒掛在大漠之上，今夜是難得的好天氣，看到了難得的好景色。

大漠冷月，月光如霜，丹青的夜空和蒼白的大漠形成了一副氣勢恢弘的寧靜畫面。

我想，我會記住這個夜晚，這樣的美景。

「明日妳回巫月了，我會想妳的。」都翎在我身邊幽幽地說。

我遙看巫月的方向，有點心不在焉：「嗯。」

「嗯？妳不會想我嗎？」他走到了我面前，高大的身軀遮住了我面前的月光。我轉回目光看他，他碧藍的眼睛在火光中閃爍點點星光。

我看他一會兒，點點頭：「會，你是個不錯的朋友。」

他笑了起來，爽朗而陽光：「我會記住這七天的，這七天對我來說非常特別，一生難忘。」

我在他真摯的話中開始微微出神，在我的心裡，最讓我印象深刻的日子卻是……和他相遇的那個橋洞……那個詭異的面具，那輕巧的身影，和那一縷縷在湖光中飛揚的雪髮……

「妳不覺得……我們應該給彼此留下更深的回憶來紀念只屬於妳和我的這七天？」

都翎變得低沉帶沙的話音拉回我的思緒，我抬眸看向他，他深深注視我的臉龐緩緩朝我俯來。

我立時回神，抬手推住他下俯的胸膛。他微微一愣，碧藍的眼睛在蒼冷月光之中劃過一抹不解。

「怎麼了？」他反問。

我看他許久，愣了一會兒，恍然大悟！

「你說的想留下更深的回憶是指這個？」

他微微起身，雙手攤開：「不好嗎？」

他顯得很無辜，似是我的拒絕讓他極為不解。一旁的狼神深深嘆了口氣，搖頭走開。

我無語看他：「你是覺得作為女皇的我跟你們男人一樣喜歡豔遇？還是覺得我會願意跟一個七天沒洗澡，滿臉鬍碴的男人睡覺？」

他站在我的面前尷尬起來，側開臉又是長長吐出一口氣：「呼……我以為妳想的。」

「我不想。」我轉身，眼中映入帳篷中孤煌泗海的身影：「而且……我也沒心情……」

我垂眸走回帳篷，看向孤煌泗海的臉，不知何時，我在看他時已能內心平靜。

他腳步緩慢地跟了進來，放下帳篷的簾子，擋住外面的寒風和那蒼白無力的月光。

他挪到孤煌泗海的身邊，輕輕掀起狐裘偷偷看了看他的臉，然後埋臉聞了聞，目露奇怪，偷偷聞了聞自己，蹙起眉，放下狐裘乾笑看我。

「我們那裡的女人很喜歡我的鬍子和我身上的汗味，她們覺得這樣很性感、很男人。」

「我不喜歡。」我直接說，垂眸躺落：「我嫌臭。」

瞬間，帳篷的氣氛尷尬到極點。

「呵……咳咳……」都翎像是嗆笑出來：「所以你們巫月的女人都喜歡那種不男不女的男人？」

「之前有人還想親那個不男不女的男人。」

立時，帳篷的氣氛再次尷尬。

都翎也面露鬱悶地躺在另一邊，和我中間相隔一個小暖爐。

「巫心玉，妳真不會享受生活。」他說。

「隨心所欲跟別人上床那是你們男人的享受方式，我更喜歡跟自己喜歡的男人撫琴對弈。」

「呵，撫琴對弈……」他再次笑了出來。

「當然，一起打獵也不錯。」我轉向他補充道。見他微微一怔，我轉回臉追加一句：「但是你不是我喜歡的類型。」

「巫心玉！」他微撐起身體，深凹的藍眸裡是哭笑不得。「妳這算什麼？勾引我，又棄了我。」

我白他一眼：「是你自己想多了，我覺得和你做朋友很舒服，但我不喜歡跟朋友隨便上床。」

他慘笑兮兮地看我一會兒，搖搖頭倒回地上，大嘆：「哎……看來我這輩子是沒機會了……」

「你們男人真奇怪，為什麼每跟一個女人在一起，到最後總是想那件事？」

「因為我被妳吸引啊！」他直白地說。

我微微一怔，轉臉看向他，他仰躺著，雙手枕在腦後，微弱的火光照出他略帶一絲感嘆的臉龐。

「妳是我此生見過的，最特別的女人，我不由自主地被妳吸引，對妳充滿好奇也充滿了敬意，妳以為我只是隨隨便便想找個女人上床嗎？哼……其實我更想把妳帶回蒼霄做我的王妃，但……我不敢。」

「為什麼不敢？」我目露疑惑。

「因為我怕蒼霄最後也是妳巫心玉的。」他轉臉深深凝視我的眼睛。

我不由笑了出來，他在我的笑容中漸漸失神，我轉臉看向上方。

「巫月女皇確實是可以擁有自己的男性後宮，但我不想。」

「為什麼？」

「煩。」

「煩？」

我點點頭：「嗯，很煩，除非他們之間的關係情同兄弟，否則，我會比現在更累。」

「巫心玉，我忽然想到我們兩國可以有更深的交流。」

「更深？」我再次看他，他的話讓我有了興趣：「怎樣更深？」

他碧藍的眼睛裡也是一分認真：「通婚怎樣？」

「和親？」

他微笑點頭。

「妳看妳是不是能……」他的笑容裡多出了一分孩子般的壞意。

我心中一動，起了壞心，淡然看他：「我是女皇，只有你過來的份。」

他的面色一緊，我忍住笑，繼續說道：「或者你讓其他人來。」

他啞口無言，轉回臉看上方，再次嘆氣：「巫心玉，妳真是太掃興了。」

「哼……」我悠然而笑：「我們還要再見，等你成為蒼霄之主，我們可還要商討通商之路呢。」

只是那時，我就不是女皇了。

「嗯……希望我們那時能有一個特殊的夜晚。」

我在他充滿期待的話音中蹙眉，他是不是覺得和女皇一夜情是一件刺激和浪漫的事？

「離我女人遠點……」忽然間，虛弱的話音從孤煌泗海的方向傳來，我和都翎幾乎是同時撐起身體朝他看去，他無力地從狐裘下抬起手指向都翎。「心玉……是我的……誰也……別想碰……」

那隻蒼白的手在最後一個字說出後，緩緩垂落。

都翎怔了許久，瞬間仰天大笑。

「哈哈哈哈——你們果然是天生的一對，哈哈哈——」他笑了很久，我卻不明白他為何說我和孤煌泗海是天生一對。

當久違的陽光破雲而出照射在眼前這座寧靜的邊境城樓之上，我和都翎已經到了分別之刻。

他拉下了面巾，碧藍的眸子無論何時都清澈迷人：「那麼……保重！」

「保重。」我也對他點頭，他沒有馬上離開，而是繼續看我：「我……可以吻妳嗎？」

「不可以。」我直接說。

他立時滿臉的失望，我笑看他：「下次補。」

他一怔，笑了，笑容在陽光中讓人心頭暖暖。

「好，我記下了。」他笑著轉身，經過孤煌泗海的擔架面露疑惑：「為什麼他沒臭？」

「因為他不是人。」我想，我只能這麼答。

都翎聽罷點點頭，扭頭看我：「所以妳也不是？」

我一愣。

「因為妳也很香。」他爽爽一笑。

我已經不知該用什麼表情面對他。

「小心，馬賊快到了。」他的神情忽然認真起來：「鷹王的鷹說明他正朝這裡而來，巫心玉，幫我殺了他。」

他的目光變得格外銳利。我微微蹙眉，細細沉思。

「馬賊行事沒有章法，擄劫我巫月邊境小鎮也無規律，你怎確定他是來這玉女關？」

都翎笑了起來，咧開的笑容多了一分可愛的詭詐。

「鷹王擅長追蹤，他視鷹如子，所以那天妳把他的鷹吃了他必會追妳而來。」

「哦？原來是你引他來的？」我一挑眉。

「好過於妳追不到他。」他笑容更甚：「我可是讓他自動送上門給妳，怎樣？我這份離別禮如何？」

「哼哼。」我冷笑兩聲，再給他一個白眼。

他碧藍的眼睛裡充滿賊笑：「我與妳相遇那日，妳可是瞬間殺了我的三當家和其餘馬賊，我幾乎完全沒有反應過來，嘶……現在想想，我後脖子還發冷。」

他摸了摸後脖子，哆嗦了一下。

「所以我相信拿下鷹王也不過是動一下妳的手指頭。鷹王可是孤海十四王之一，妳會因此而名揚天下的！」他加重最後的語氣，以示激動。

我繼續白他兩眼，冷笑兩聲：「哼哼。」

「怎麼？妳該不會怕了吧。」

我瞥眸看他。

「現在巫月內亂，若我殺了十四王之一，他們傾巢而出為其復仇，我會應接不暇的。」

「不會的。」都翎篤定地說，悠閒自在地前傾，單肘撐在馬背上。「十四王之間也心存罅隙，我現在跟隨的是十四王中的漠北王，他也是孤海馬賊中最有實力，人最多的一支。鷹王一直與他作對，他也始終視鷹王為眼中釘。而各王之間也是野心勃勃，除了守好自己的地盤，還想佔據別人的地盤，所以鷹王一死，剩下的十三王只會……」

「瓜分他的地盤？」我接道。都翎點點頭。

「不錯，而且他們欺軟怕硬。妳殺了鷹王，只會震懾其他馬賊，至少他們近期之內不會再來巫月，妳可以專心清理妳的巫月。」

「好，我知道了。」我明瞭點頭。

他起身抓緊了馬韁。

「希望我剿滅孤海馬賊時，妳已平定內亂，我會帶上蒼霄最好的寶石來見妳。」

他的臉上露出了自豪之色，然後對我頷首一禮，策馬朝大漠飛馳而去。

忽的，他停下轉身朝我大喊：「忘了告訴妳——鷹王旗下馬賊一萬——」

「什麼？有那麼多馬賊！」這龐大的數量讓我大吃一驚。難怪馬賊來時如同蝗蟲掃蕩！

「孤海馬賊可不是普通馬賊——那是強盜之國——小心——」他在遠處揮手。

我鬱悶地轉開臉，他居然給我引來一萬馬賊！簡直是一支軍隊了！不過孤海馬賊數量確實驚人，整個荒漠之內沒人知道他們到底有多少人，史冊中，慕容家族曾領兵十萬征討馬賊，但最後徹底消失在荒漠之中，才讓巫月和蒼霄對孤海馬賊如此忌憚。

也難怪孤煌少司會給我三十萬兵，或許，他是真的準備在殺了我之後征討馬賊，抑或，是讓我相信他的話，有了那麼多兵護身，自然能讓我安心。

看著都翎飛馳而去的身影和身後一溜煙塵，真想狠狠踹他一腳。

不過，把這馬賊引到我這裡好過於他們分散掠奪，這樣確實省了我不少事。

「妳會有機會揍他的。」狼神淡定地走到我面前，巨大的身體讓他的眼睛更加像碧藍的寶石。

「你到底幫誰？」我對他說。

他很淡定地看我。

「我是雄狼，所以我喜歡雌性。守護未來蒼霄之主是我本分，但我更喜歡漂亮的女人。」

說完，他異常淡定從容地離開，漸漸追隨都翎遠去的身影，消失在一束又一束從天空打落的陽光之中。

破雲而出的陽光像光柱一般投落在茫茫無垠的大漠上，一束又一束，美得讓人感覺到一種特殊的神聖感。那一刻，我在這壯觀的景象之中，獲得了一種近乎救贖的感覺，讓我的心境開闊，心懷坦蕩和平靜。

我騎馬到孤煌泗海的擔架邊，掀開了他臉上的狐裘，靜靜看他，當承認自己心底的感覺後，我徹底得到了解脫，也回歸了寧靜。

孤煌泗海，我是否也能像你不負哥哥不負我那般，做到不負天下不負卿？

伸手緩緩將面具蓋落孤煌泗海平靜安睡的容顏，對不起，泗海……

深吸一口氣，我牽起十三匹馬朝玉女關城樓行進。

✣ ✣ ✣

面朝荒漠的邊境之門緊緊關閉，無人出入。城樓上的士兵見我來立刻嚴陣以待。

「什麼人？」他們異常緊張地用弓箭指著我，像是被馬賊嚇得如同驚弓之鳥。

我揚起臉，沉沉命令：「馬賊將至，速速放我進去，我要去西山領兵！」

士兵完全發了懵。

「是不是有三十萬大軍前往西山？」我繼續道。

「不，不錯！但那是叛軍，已經在西山造反攻向韓城了！」

「胡說！討伐孤煌少司怎能是叛軍，速速開門！」我立時沉臉。

士兵們面露吃驚，彼此相看，其中一人害怕看我：「我們怎麼知道妳不是馬賊奸細？」

「胡說！你有見過那麼漂亮的馬賊嗎？」我怒道。

「那倒是！」士兵們放下了弓箭，愣愣看我。

「馬賊會給你送馬來嗎？快開門！」

「哦。」幾個士兵匆匆跑下城樓，給我打開了門，一個個灰頭土臉，吹得脫皮。

我昂首入內，沉沉命令：「速速準備一輛馬車，緊閉城門準備迎敵！」

「妳、妳是誰啊？」

我俯看他們一眼：「以後你們自會知道。離這裡一里處，有一處裂溝，我要你們去把那裡鋪平，布下陷阱，我會很快領兵回來！」

他們愣愣看我，滿是凍瘡的臉龐神情呆滯木訥。

「還不去？」我抿唇一笑。

「是！是！」他們立時跑了起來，有人匆匆關城門，有人跑入城內。

不久之後，有人駕馬車而來，是一個看上去很年輕的將領，士兵坐在他身旁。

年輕的將領面帶戒備駕車到我面前，可在看到我時，也一時目瞪口呆。

「鳳守尉！是不是！我說來了個很漂亮的女人。」士兵在馬車邊輕聲地說，臉上的神情還很開心，似是邊境小城來了個漂亮女人是一件大事。

我見那守尉看我發愣，重重一咳：「咳！」

他恍然回神：「就是妳說馬賊要來了？」

「是的，你是這裡的守尉？」

「是！」他向我一抱拳：「我是玉女關守尉鳳鳴。」

我心中暗暗一驚，越發細細打量眼前這位少年將軍，大漠的寒冷與風沙讓他與這些士兵一樣灰頭土臉，但那一雙眼睛分外有神！

他身上穿著破舊的甲冑，露在甲冑外的軍服還落著補丁，但補丁的針線格外整齊，是出自女人之手，讓我不由想起流落在京都的那些忠良之後。

「你是巫月西鳳？」

在我問出口時，他微微一怔，面露愧色，垂下目光：「正是。」

「鳳老大人還好嗎？」巫月有四個家族，東喬西鳳，南楚北辰中慕容，聽起來如同武俠小說。東喬西鳳，南楚北辰這四個家族分別守護巫月四方邊境！雖不是皇族，但有封地，他們驍勇善戰，對自己邊境地形極為熟悉，有他們鎮守巫月，可謂銅牆鐵壁，萬夫莫敵。

他們的地位不亞於慕容家族，但因守護邊境，所以他們可不上朝，巫月待他們如同皇族。

可是，在孤煌少司成為攝政王後，有兩個家族倒戈，另兩個家族被陷害，沒收封地和家產。但孤煌少司沒有趕盡殺絕，也清楚他們在邊疆的重要性，所以把他們降職後發配各個邊疆小鎮駐守，沒想到今日會在這裡見到赫赫有名的西鳳家族。

鳳鳴再次一愣，羞愧低頭：「家父安康。」

「你羞愧什麼？」我奇怪看他，他似是無顏抬臉，我說道：「西鳳家族是遭陷害，又不是做了什麼傷天害理之事，即使成了小小守尉，也依然是那個曾經戰無不勝的西鳳家族！」

他怔住了身體。

「說得好！」忽然間，蒼老但有力的聲音從一旁而來，只見一名健碩的老者和諸多男女將士一起而來。

那位老者雖然衣衫簡陋，但異常的器宇軒昂，神采奕奕。他身邊的男男女女也是英氣威武。

我立刻下馬，目露敬意：「莫非是鳳老將軍？」

「尊下是……」他也目露尊敬看我。

我對他一禮：「我的身分暫不便透露，但請老爺子相信，我是巫月人，將與巫溪雪公主會合！」

鳳老將軍點點頭，細細看我。

「起先老夫還說那些賊孫子好色，怎能隨便讓人入關，現在看姑娘談吐和氣度，絕非馬賊那些鼠輩！只是……玉女關是西陲最為貧瘠之處，馬賊從未來過，這次……怎會前來？」

這玉女關真是窮得連馬賊也不來。玉女關貧瘠是因為地勢靠近孤海荒漠，受到荒漠影響，土地堅硬，難以種植，故而貧瘠，百姓少有定居。但畢竟是巫月邊境，須有人駐守。

而這裡極苦，也便成了犯人發配之處。

「對不起，是我把他們引來的。」我鎮定地說，我並不覺得這是件壞事。

鳳老將軍一怔，身邊的男男女女目光交錯。

「好！哈哈哈——來得好！」鳳老將軍大笑起來：「在這裡太久，老夫的骨頭也癢了！大家準備迎敵！讓我們把這群馬賊狠狠揍一頓！」

鳳老將軍的爽朗讓我吃驚，心裡對這位老爺子又是尊敬又是喜歡。

而鳳老將軍身邊的男男女女也開心起來，他們跟鳳老爺子有幾分神似，應都是西鳳家族的人。

「死老頭子又在吹牛了！」當一聲女人的高喝傳來時，鳳老爺子的笑容僵硬起來。就在這時，一位威武矮胖的中年婦女大步而來，腳步生風。她直接到鳳老爺子身邊就揪住了他的耳朵。

「你們一個個看見漂亮女人就腿軟了是不！居然開門放人進來！」

「哎呀呀呀。別，別。」鳳老爺子尷尬起來。

「娘！別這樣。」

「嬸嬸。」

「姨。」

鳳鳴和周圍的男男女女圍了上來，場面雖然混亂，但有種特殊的溫馨感。

西鳳家族有一件很有趣的事，就是驍勇的鳳老將軍畏妻，而且舉國聞名。但鳳老將軍的妻子，也是將門之後，正是南楚家族的長女楚嬌，十分精通水戰！

西鳳和南楚兩個家族相繼被陷害，也是因為兩家的姻親關係。

「可是楚嬌將軍？」我問。

那女人朝我看來，放開鳳老將軍笑了。

「小丫頭知道得挺多啊。」

果然是楚嬌。楚嬌本是一美嬌娘，人如其名。至於為何變成現在這個樣子……只能說這是為了男人而做出的一種犧牲。有的女人生孩子不會變形，但有的女人……會變形得很厲害。而且生得越多，變得越嚴重。

「楚將軍精通水戰，舉國聞名，只是不知這陸戰……如何？」我刻意反問。

她看看我，一把推開鳳老將軍，鳳老將軍立刻躲入眾人身後。她昂首笑看我。

「小丫頭，妳別用激將法，對我沒用。妳長得再好看，也勾引不了我。妳不拿出妳的身分證明，我是不會讓妳入我巫月的！」她雙手腰一扠，渾圓的身體如同一堵厚實的牆。

心中生出敬意，即便巫月有負於西鳳南楚兩個家族，他們依然守護巫月，履行自己的職責！他們始終沒有放棄巫月！

「巫溪雪公主應該已經起兵討伐妖男，為何你們沒有前往？」我不由問。

鳳老將軍小心翼翼遠看自己的妻子，鳳鳴等人也是看向楚嬌。

「我們西鳳在邊境一天，就要守好關一天！巫溪雪公主麾下已有良將，更有兵三十萬，不需要再多我們。」楚嬌揚唇道。

「佩服！」我敬佩地抱拳。

「少拍馬屁，提出證明。」她伸出右手朝我繼續討證明，絲毫不放鬆警戒。這便是四大家族讓人敬佩之處，也因此巫月邊境各有一關以他們命名。如之前的西鳳，亦有南楚關。只是……東喬和北辰已經倒戈。

我自己被慕容襲靜誘騙上山落崖，何來信物？而且說我是巫心玉，會讓事情變複雜，巫心玉可是臭名在外，他們更不會信我。說我是玉狐，這最西之處，消息並不靈通，他們未必知道。

我想了想，抬臉，面無表情說：「沒有。」

楚嬙一愣，笑了出來：「小丫頭膽子倒大，沒有信物還能如此鎮定！」

「我可以把馬給妳。」我指向身後的馬：「馬賊不會送妳馬。」

馬賊用的皆是好馬，身材勻稱，毛髮油光，四肢健碩。跑孤海荒漠的馬耐力絕對好，征戰沙場之人自然識馬。

她瞥我兩眼走過我身旁，看到了馬上的擔架：「這是誰？」

「孤煌泗海。」我淡淡說。

登時，她吃驚朝我看來，幾乎同一時間，所有人目瞪口呆！

先前躲在所有人身後的鳳老將軍立刻走出，到楚嬙身邊也一起看那擔架，吃驚看我。

「真的是孤煌泗海？那個傳聞中的二公子？」

「是。」我淡淡答。

「噌噌噌！」立時，所有人圍上我，抽出了手中的刀劍，氣氛瞬間緊張起來。

「慢！」楚嬙似是看到了什麼，揚起手。她拿起其中一匹馬上的布包，上面繪有一個凶猛的像是豹子的圖案。「這是馬賊十四王漠北王的標記，這些馬妳哪來的？」

我看向她：「我遇到漠北王三當家的巡邏隊，因為不想讓他們回去通風報信，所以……」

「所以怎樣？」她略帶一分緊張地追問，眸光閃耀。鳳老將軍、鳳鳴和其他人的目光也紛紛聚焦在我的身上。

我掃過他們，目光停落在楚嬌的臉上：「我把他們全殺了。」

「什麼？妳一個人？」楚嬌不可思議看我，立時，身邊的人後退一步。

我看看自己的手，微微皺眉。

「我從未殺過人，那是第一次，也是馬賊罪有應得。我看他們的馬不錯，適合征戰，便帶了回來。途中遇到鷹王的飛鷹，因為長久沒有吃肉，所以順道射了下來，卻沒想到引來鷹王，真是對不起。」

我淡然說完後，抬眸看楚嬌，她已經目瞪口呆。

「小姑娘，妳到底是何方神聖？居然敢孤身劫殺馬賊？」鳳老將軍也僵硬看我。

「時間不多了……」我再次轉開話題：「我想從巫溪雪公主那裡領兵一萬應對鷹王，待巫溪雪公主討伐成功之後，還需把這孤煌泗海帶回京伏法，所以，還請放行！」

我再次抱拳。

楚嬌緩緩回神，眼神閃爍了一下，抬手微微遮臉轉身挪到了僵滯的鳳老將軍身後，推了他一把。

鳳老將軍回神，目露驚嘆。

「姑娘，妳能一人誅殺一隊馬賊，想必我們也攔不住妳，只能信妳，請！」

他向我一抱拳，我忽然發現西鳳家族的人都很可愛。尤其是鳳老將軍，竟是因此理由放我。

我感激而笑：「多謝二位將軍相信，我必會盡快回來，還請二位將軍做好迎敵準備。」

「放心，守護玉女關是我等職責所在，不會懈怠！」鳳老將軍的目光炯炯燃燒起來，那是一種將領嗜戰的渴望。

將孤煌泗海放入馬車後，我立刻前往西山，揚起馬鞭時，傳來士兵的話音：

「老爺子，女俠讓我們把一里地外的溝壑鋪平設陷阱。」

「照做！」

「是！」

車輪滾滾淹沒了他們的話音，黃沙飛揚是我飛馳的馬車。

西鳳關到西山若是騎馬，最快是一天的路程，但慕容飛雲他們領兵三十萬，行軍緩慢，估計也能在三天內趕到。

我原本也能在三天內與他們會合，結果因為裂谷而繞路，多行了四天。

之前守門士兵說他們去了韓城。

那麼在四天前巫溪雪從慕容飛雲那裡拿到兵，也沒有即刻啟程，需要先佔領西山附近的洛濱城，以暫作休整的據點，之後還需重新擬定戰線。這是討伐，不是普通的打仗，不能帶著三十萬的兵橫衝直撞，否則到最後損耗會非常嚴重。

若我沒有猜錯，巫溪雪應會將兵力分開，分成三支部隊從三個方向一起攻向京都，佔領要都，切斷京都後援，這才是最重要的，之後，京都不過是甕中之鱉，等著被包圍。

所以這樣還需耗去兩到三天。他們應該離開洛濱不久。

從洛濱到韓城只有一天的行程，說不準我趕到的時候，他們還在攻城。

換了馬車，我速度快了許多，一路馬不停歇，趕到西山時已是夜晚，果然人去山空。偌大一片礦山，不見半個人影。礦車凌亂倒地，礦石遍地灑落，顯示曾有暴亂發生。

「救命……救命啊……」黑暗中傳來微弱的呼救聲。

我隨地撿了根木棍點上火，順著聲音找去，看見不遠處有一處刑台，刑台上似綁有人。

西山挖礦的大多是囚犯，所以這裡有士兵和衙差，也設有刑台來處罰鬧事的囚犯。但現在刑台上綁的可不像是囚犯。

我走近，看清了他們身上衙差和士兵的服裝。他們一個個鼻青臉腫。

「救命啊……」

「救命啊……」

忽然間，周圍響起了此起彼伏的呼救聲，我舉著手中火把找過去，看到了更多這樣的刑台。

「不要救他們！」忽然間一聲厲喝傳來，又有一隊人走出黑暗，他們身上穿著烏黑的還有血漬的囚衣。

「他們罪有應得！」

「對！」

他們手裡拿著刀槍，各個蓬頭垢面，但火光中的眼睛充滿憤怒，善良的容顏正被仇恨給吞沒。

「他們虐待我們！」

「打我們！」

「把我們綁在這裡不給水喝！」

他們一個個憤慨地聲討！

「他們還強暴女人！」

「他們是畜生！」

顫抖的啜泣聲響起，他們的情緒也越來越激動。

「他們還殺了我弟弟！殺了很多人！」

「如果妳敢救他們，就是我們的敵人！」他們舉起刀槍。

我看向他們一張張憤怒的臉，平靜反問：「所以你們也虐待他們？變成和他們一樣的人？」

他們目光顫動了一下，怔立在原地。

「妳這麼說就是想讓我們放他們！」一個年輕人憤怒地站了出來：「我是不會同情畜生的！」

我淡然看他，心底還有一絲心疼。

「不，我沒有同情他們，也不打算救他們。照你們所言，他們應該已經犯了死罪，你們手中有刀，何不直接了結他們？」

年輕人看了看手中的刀，登時憤怒地衝上刑台舉起了刀！眾人紛紛吃驚地看向他，目光之中反而寫滿擔憂。

「不要殺我——我知道錯了，不要殺我，求你不要殺我，求求你……」刑台上的人慟哭起來：「我也有孩子的，我求求你，求求你……」

青年在他的苦求中手中的刀久久沒有落下，即使他的手已經捏到蒼白。

我提裙走上刑台，朝那些驚恐的人一嘆。

「哎……早知今日，何必當初。即使太平盛世，人渣也是殺之不盡，你們真是老天爺派下來考驗我們的人性吶……」

我嘆了一聲走到青年面前。

「看，你跟他們是不一樣的，不要因為他們而泯滅了你的善良和人性。把他們關起來，讓他們接受國法的制裁，還你們一個公道！」

「啊——」青年痛苦地一刀揮落我的身旁，「噹」一聲狠狠砍在那人上方的木樁上，立時，那人直接嚇暈了過去。我也看到了青年手腕上鐐銬的痕跡。

「把他們全關入礦山！」青年狠狠看我一眼，命令道。

立時，更多身穿囚衣的人從黑暗中湧出，把那些人押入漆黑的礦山。

青年要走，我拉住他，他狠狠地說：「妳還有什麼事？」

「你們怎麼沒跟巫溪雪走？」我問。

立時，他目露戒備：「妳是什麼人？妳怎麼知道溪雪公主？」

「我是瑾崋的朋友。」我說。

立時，他眸中的憤恨被吃驚取代：「妳難道是玉狐？」

我微微一驚，他知道玉狐，定是看過密函，而能看到密函者，說明他跟巫溪雪關係匪淺。

「不錯，是我。」我立刻點頭。

聽到我的回答後，他大為吃驚：「妳真的是那個助公主討伐妖男的玉狐？」

「是。」我再次說：「所以，我想知道你們那麼多人怎麼留在了西山，沒有跟她離開？」

青年看向忙著把衙差押入礦山的人們，微露尷尬。

「這裡大多是老弱病殘，和像我這種……文弱之輩，無法上陣殺敵……」

一抹愧色掠過青年的臉，就因為他無法跟隨巫溪雪。

「公主擔心我們安危，故而留我們在此處。這裡有足夠吃的，我們不會挨餓。我們也佔領了西山礦都府，所以我們也有住的地方。公主交代我們，若她成功，她自會接我們離開，還我們公道！」

聽罷我心裡對巫溪雪不由多了分好感和敬意。這仗打起來，還是後方比較安全。

「知道了，那你們繼續留在此處，等候好消息。」我回到馬車，他緊追幾步到我馬車邊。

「那妳呢？」

「我要去跟巫溪雪公主會合。」我翻身上了馬車。

他退開一步向我抱拳：「謝謝妳，玉狐女俠！有妳相助，公主定能除掉妖男！」

來到這裡，我感受到了巫溪雪的號召力與人心所向。巫溪雪會是一位好女皇的，因為，她愛民如子，即使一朝擁兵，也不忘礦山這些與她日夜相處之人，將他們妥善安頓。

不知為何，我對將要見到的巫溪雪，多了分期待。

自孤煌少司接我下山，我心目中的女皇人選便是她。雖然我們從未見面，卻對她有一種親切感。

或許是血緣使然吧。

再次動身，身後是送別的人們，他們揮舞火把，送我啟程。那星星點點的火光越來越遠，化作黑暗中閃爍的星辰，和他們心目中的希望。

巫溪雪，我們終於要見面了。

我拉好面巾，在夜晚寒冷的風中繼續前行。

兩個時辰後，到了一片樹林，看見了大規模紮營的痕跡，我下了馬車。這裡離西山和洛濱城都不遠，但巫溪雪忽然在此紮營，應是三十萬兵太多，她把大部分兵留在此處，然後帶了一小部分去攻打洛濱城。而我獨自一人駕駛馬車，速度也比他們行軍快了一倍多。他們到此差不多走了四個時辰。

這也是兵家常用之法，保留部分兵力作為後援，也是將領對自己能力的自信。巫溪雪對攻打洛濱城很有信心，似是在心裡已經做了千百次部署，只等一日擁兵征戰天下！

之前那青年對她如此信賴，甚至是崇拜，可見巫溪雪身邊應該也有不少能人。

看了看天色，轉身看看馬車，我也再次稍作休息。

點起先前紮營留下的火堆，絲絲暖意驅散了這西陲的寒冷。

我取來小鍋，點燃，放入水，再把麥餅掰碎扔入，細細攪勻。

「咳咳……」馬車裡傳來聲聲咳嗽，我立刻放下小鍋，拿起水袋掀簾入內。

「咳咳……咳咳……」孤煌泗海咳嗽厲害起來，我掀開狐裘輕輕扶起他，讓他靠在我的身前，取下他的面具，餵水讓他飲下。

「呼……」又是極長極長的一聲吐息，他緩緩睜開了眼睛，在他黑眸出現的那一瞬間，我看到了一抹銀白從他黑眸中掠過。他眨了眨眼睛，看向馬車窗外的彎月。

「妳不殺我……會後悔的……」他輕輕吐出了話，悠遠的目光變得寧靜。

我第一次看到他這麼安靜。以前的靜是不正常的，是詭異，是陰沉的。那時的靜，是他藏在面具後謀算、計畫和布局。而此刻，是真正的安靜，他清澈的雙眸中只有一汪寧靜的湖水。

我沉默片刻，放下水袋：「要吃東西嗎？」

他有些吃力地在我肩膀上轉頭，朝我瞥來他如絲如媚的眸光。

「妳餵我嗎？」輕悠而帶著一絲哽啞的聲音，讓他即使無力說話也動聽迷人。

「只要你別看著我！」我撇開臉。

「哼……怎麼可能不看著妳……別忘了……我最喜歡看著妳……不然……要這雙眼睛做什麼……咳咳……」他蹙眉咳嗽起來。

我的心在他咳嗽中被扯痛。我輕輕把他扶到一邊，讓他靠坐在馬車裡，然後下馬車取來小鍋，裡面的麥餅已經成為麥糊。

自他第一次甦醒後，每次紮營都會做上一些，以防他想吃。

我回到馬車裡，他還在透過車窗看天上的月亮。

「哥哥……不知道怎樣了……他一定……很傷心……」

我舀出一點麥糊，餵入他的唇中：「你很快能見到他了。」

「我負了他……」他蹙眉再次輕咳：「咳咳咳……」

「你沒有負他，是他自己輸了。」我輕撫他的後背，他輕笑起來。

「咳咳……呵……是啊……哥哥想殺妳……卻把兵送給了妳……咳咳……」

「別說話了。」

他喘息了一會兒，漸漸平靜，目光落在了我的臉上，在月光之中寧靜地看著我。

我在他目光中努力保持平靜，一勺一勺地餵他吃麥糊。

他一直靜靜地看著我，如那在寢殿的每一夜，他靜靜坐在一邊凝視我。

他吃得很乾淨，這是他昏睡到現在第一次進食，若是常人，怕是早死了，而他，甚至都沒發燒。

他體內的妖力非常厲害，在他昏睡時不停修復他受損的經脈，我已經能感覺到他的內力開始再次聚集，只待經脈通暢後打通，讓他徹底恢復。

唯一正常點的就是他這具人類的肉身，所以他的骨頭恢復得並不快，但外傷基本已經痊癒。

「心玉……」他看著我輕輕呼喚。

「什麼事？」我看向他。

他澈黑的眼睛在月光之中染上了一層純潔的銀霜：「我愛妳……」

心頭立時湧起一陣深深的揪痛，我拿起小鍋微微起身：「我知道，你不用再說了。」

「不要……離開我……」他緩緩揚起臉，繼續看著我。

蒼白的月光透過車窗灑落在他白色的狐裘上，和他滿頭雪髮上，迷人的月牙色覆蓋他的全身，讓他如同一隻在月光中將要垂死的精靈般淒美得讓人心痛。

他的手緩緩從狐裘下抬起，無力地勾住了我的小拇指：「陪我……」

我側開了身，閉眸深深呼吸，緩緩吐出。我再次睜開眼睛：「我把東西放了，會回來陪你。」

「哼……」他在月光中輕笑搖頭：「妳又騙我……」

「我沒騙你！」我轉回臉，他的目光朝我撇來，無力地落在我的臉上。「你快死了，所以……」

我轉開臉無法面對他，咬了咬唇，強忍下那心頭的哽痛。

「在你死前我會滿足你所有要求。」我用全身的力氣說出，抽身離開，身後是他手臂墜落在地的輕微聲音。

幾乎是跑離馬車，我靠在樹幹上仰起臉深深呼吸，可是卻感覺到了像是窒息一般的痛苦和難受，我深深揪緊自己的心口。我天真地以為我可以平靜地看他在自己面前受刑，但是此刻，我知道，已經不可能。

在靜靜的月色下，我漸漸平靜下來，如果我不是生在帝王家，該有多好。如果我被人徹底遺忘在神廟裡，該有多好……

我緩緩走回車廂，他落寞的臉龐怔了怔，立時揚起笑容朝我欣喜看來。我坐到他的身邊，他開心地靠落在我的肩膀上，閉起了眼睛。

「心玉……」輕輕的呼喚從他口中吐出，輕悠而帶著一絲飄渺。

車廂在寧靜的月光中變得安靜，我一直靜默無語，他也一直靠在我的肩膀上沒有說話，但嘴角的那抹喜悅卻教我心痛。

「心玉……妳不該救我的……我不能負哥哥……我會和他並肩作戰……」

「我不會給你這個機會的！我會一直牢牢看住你！」

「那我們……真是輸定了……」他的嘴角在月光下微微揚起：「輸得過癮……人活一世……沒有遇到一個對手……才是遺憾……」

人說，知己難求，對他則是勁敵難求。我和他真的不同，我只求安穩度日，逍遙自在。而他，卻獨孤求敗，渴望對手。

「如果我不是你的對手，你會不會喜歡我？」

「還是喜歡……」他在我肩膀上輕輕轉頭，伸出那隻完好的手抱住了我的腰。「一開始……我只想贏妳……想要妳……我以為在我要了妳之後……不會再想妳……會馬上殺了妳……但是……我錯了……我更想要妳……更想和妳在一起……所以……我告訴哥哥……妳已經是我的女人了……」

心裡很複雜，猶豫了很久，才忍不住問：「那你哥哥怎麼說？」

「哥哥……」他頓住了話音，也是停了很久。「什麼都沒說……就把喜服……給了我……所以……我不能負他……我會和哥哥一起領死……」

心中登時如刀劃過，我情不自禁地伸手緊緊抱住了他，埋入他的雪髮。

「我會讓你和你哥哥一起死的，你們罪有應得！」我心痛地蹙眉，呼吸哽咽。

「哼……」他虛弱地輕笑：「成王敗寇……怎能算罪有應得……」

「成王敗寇，確實不是罪有應得。你們錯在任意妄為，濫殺無辜！若是你們善待女皇，善待忠良，以德服人，用這種方法得到巫月天下，我何須下山？」

他在我的身前緩緩睜開了眼睛，眸中是深深的嫌惡。

「我和哥哥……討厭那些女人看我們的目光……只想讓我們撫摸她們、親吻她們，讓她們欲仙欲死！難道不噁心嗎？咳咳咳……咳咳咳……」他激動地咳嗽起來，身體在我的身上震顫。

「所以就殺了癡愛你們的女皇？只因、只因她們想跟你們上床？」我簡直無法理解他和他哥哥的想法，至少，現在還不能。

「是！咳咳咳……」他咳了起來，似是這個問題讓他很生氣。他喘了一會兒，漸漸平靜。「但我們……現在也有報應了……不是嗎……我和哥哥……都愛上了妳……」

我側開了臉，我明明贏了他們，但為何偏偏讓我負了他們的情？難道他們愛上我是活該，我可以無視嗎？

在我不負天下之時，我已經注定負了他們兄弟二人。

「心玉……我和哥哥……就要死了……妳開心了嗎……」又是這樣的話，總是問我開不開心。

「我不開心！」我煩躁出口，胸口發悶。

「為什麼……」他虛弱地問。

「因為我對你動心了！你開心了嗎？」

他在月光中發怔。我終於說出口，轉開臉撫上脹痛的額頭，陷入久久的沉默和深深的呼吸。

一直因為這件事而糾結，因為那讓我覺得背叛了同樣愛上我的瑾崋、信任我的凝霜、替我守護巫月的獨狼，還有……被打傷的懷幽。尤其是懷幽這件事，我無法原諒他的殘忍。

我也恨自己為何會對這樣一個魔頭動心，但是，既然動心，我巫心玉也不會後悔。

「哼……如果是因為我的長相……我不開心……」他的話音裡，真的流露出一分失落。

我在他的身邊緩緩平靜，曾經痛苦折磨著我的情感，當承認之後，反而獲得了解脫，像一個深埋心底許久的謊言終於說出口般讓我徹底解脫。

「現在想想，我第一次遇見你，就動心了……」他在我的話音中怔住了。

我陷入了久久的回憶，尋回那心底一點一滴曾經讓我痛苦掙扎的感覺。

「你的面具總是浮現在我的眼前，我無法相信世間有像你這般詭異的人……你說得對，這世上只有我們兩個是同類人，可是……我們卻成了敵人……」

一隻冰涼的手覆蓋在我的手上，緩緩握緊，手指再次糾纏，宛如我和他這一世糾纏不清的情。

我低下臉靠在他的頭頂，閉上了眼睛。

「泗海，對不起，我不能放你，但是，我知道你死後一定會回到一個地方，那才是你的家。回去了，就再也不要出來了，那裡都是你的同類，不會有人很你，也不會有人想殺你……」

或許，在他們妖類看來，人類是異類，他們殺人就像人殺雞、殺魚一樣沒有感情。但是，在我的世界，妖類才是真正的異類……

「心玉……妳現在……算是喜歡我了嗎……」

「我不知道……但是……你死的時候……我一定會心痛……」

「那我……滿足了……」他握緊了我的手，和我緊緊依偎在一起。

泗海，回家吧，就像狼神說的，你只是來錯了地方。回去好好修仙，和師傅一樣上天，然後去找那個給你安排了這可惡任務和命運的人，把他……狠狠揍一頓！

「別讓……別人的髒手……碰我……」他的臉緩緩側落，雪髮微微滑落他月光中白皙的臉龐。

「放心，我會保護你的。」我抬手輕輕將那些髮絲順回他的耳後，抱緊了他。

「心玉……我想和妳在一起……」他輕輕囈語呢喃。

「我知道……回去後，忘了我……」我貼上他冰涼的臉龐。

月光如同流水，靜靜從車窗流入，化作薄薄的銀紗覆蓋在我和他的身上。

師傅，如果我死後，你來接我，請讓我離開這個世界，我、你和他，永遠是人、神、妖殊途，彼此守望，又有何意義？只會徒增傷痛而已。

✣ ✣ ✣

第二天一早，我圍好頭巾，拉起一部分作為面巾迎風繼續啟程。

一路飛馳，眨眼看到了遠遠一座巨大的城池！

城門緊閉，城樓上有士兵駐守，戒備森嚴。我一眼認出了那是我的兵，巫溪雪果然佔領洛濱城作為後方的據點。

巫月的士兵很多是慕容家和瑾毓家的屬下，所以這次由慕容飛雲和瑾崋帶兵會讓軍心統一。又因妖男當政，各地腐化深入，奸人小人當道，欺凌百姓陷害忠良，其中也有士兵的家人，所以這次討伐妖男，也是民心所向，軍心所向，士氣大振。

之前領兵前往西陲，一路過去，經過的城池，太守無不大張旗鼓，酒肉相迎，一股腐臭之氣。而面前的洛濱城已徹底改頭換面，旗幟飄揚，守兵精神煥發，一派正氣。非常時期，百姓不得隨意出入，以免混入奸細。

我拉好面巾，這三十萬兵是隨我而來，自然有認得我之人。我的馬車尚未靠近，守兵已是戒備森嚴，拿起弓箭：「來者何人？」

我抬起圍著面巾的臉：「我是瑾崋的朋友，想與瑾崋會合！」

「您是瑾將軍的朋友？」守城士兵一驚。

瑾將軍？我不由為瑾崋而喜，許久不見，他已成將軍，終於拿起刀槍上陣殺敵，戰個痛快。那才是他瑾崋的舞台！

我為瑾崋高興，揚唇而笑：「不錯！放我過去，我要去韓城找他！」

「請姑娘稍後，此事還需稟報月將軍方能放行。」

我一聽，微微吃驚：「月將軍？哪位月將軍？」

「就是月傾城將軍。」士兵答。

我立時生氣沉臉，怒道：「原來是月傾城，你去告訴他，說我玉狐來了，讓他出門跪迎！」

士兵一聽大驚，面露怒意：「放肆！」

「你們放肆！」我朗聲一喝，威嚴的氣勢一時震懾他們，他們呆呆看我。

「快去！把原話傳到，你們那位月將軍自會跑來！」

士兵們紛紛回神，在我的命令中彼此耳語一番，一人速速跑離。

站在城樓上的士兵依然好奇看我。

「姑娘，妳好大的膽子，居然敢叫我們月將軍來跪迎妳。」

「哼。」我冷冷一哼：「他欠我一條命，我怎不能讓他跪迎？」

若非他這個空有臉蛋的傢伙，我巫心玉怎會暴露？如果我尚未露餡，孤煌泗海怎會入宮！

若是孤煌少司入宮，我已為他準備了蘇凝霜，以孤煌少司對我的寵愛，我還可與他周旋一番，而偏偏是孤煌泗海入了宮，此後我處處受制，憋悶之屈豈是他月傾城能明白的！

他差點害我喪命，差點毀我大計，差點讓我功虧一簣，丟了巫月江山！我巫心玉讓他跪迎，那是理所當然！

漸漸的，空中開始飄起了飛雪，大朵大朵的雪花從陰沉的高空墜落，密密麻麻飄過城樓和面前的那扇城門。

寧靜之中，面前的門在飄飛的大雪中緩緩開啟，沉重的聲音在茫茫白雪中響起，城門之後，出現了一身白色斗篷的，巫月第一美男——月傾城。

他的皮膚在白衣的映照下近乎透明，白膚之上的淡粉血色，讓他豔麗逼人。美麗的鳳眸黑白分明，即使在茫茫白雪中，也依然能看到他那雙閃亮清澈的眼睛。

月傾城，就是這一片白色中唯一的一抹顏色。

他看見我的那一刻，立時提起衣襬朝我跑來，飄雪在他身周飛舞，他斗篷的帽子在奔跑中落下，一頭墨髮隨即而出，又為這片白色添上了一筆濃重的墨彩。

他三步並作兩步在士兵們驚訝的目光中跑到了我的車邊裙下。

我冷冷地俯看他，他神情複雜而愧疚地看我一眼，毫不猶豫地提袍單膝跪落在地，膝蓋落地的那一刻，驚呆了城裡所有的士兵。

「對不起，玉狐。」他在大雪之中垂下了臉，一朵一朵雪花在他的墨髮上綻放，他靜默無聲地跪在雪中，只看見他的呼吸在寒冷的空氣中化作了一縷白煙。

「對不起就完了？你差點害死我，毀了我所有計劃，你知道嗎？」

他依然沒有抬臉，落在膝蓋的手微微擰緊。

我撇開目光不再看他：「罷了，我接受你的道歉，給我放行，我要去找瑾崋。」

他在我的話音中起身：「好，我這就……」

還沒等他說完，我已揚鞭，馬車開始前行。

「玉狐！」

「嘶啦！」感覺到裙衫被人扯住，登時我眉頭一皺，放鬆韁繩之時，馬兒也停下了腳步。

我在面巾下深深呼吸，努力克制自己想殺了他的衝動！

我俯看他，他也極為尷尬地仰臉望著我，吹彈即破的臉早已通紅一片，而他手中正是我裙衫的一片碎角。

「對、對不起！玉狐姑娘！」他急急走到我的馬邊，我氣到哭笑不得。

「月傾城，我到底跟你有何冤仇？之前你險些害我性命，這次你又扯破我裙衫？我只有這一件衣服了！」我墜落山崖，怎會還帶行李？

月傾城也是臉紅到發了紫，頂著滿頭的雪花尷尬拿著我的碎裙。

「對不起，玉狐姑娘，我見妳衣衫襤褸，又很單薄，所以想給妳換套衣衫。」

「不用了！」我生氣大喝，他尷尬低臉。「你離我遠點，我已經很感激了！若是你今天扯我裙衫被人添油加醋傳到巫溪雪公主耳中，你這個未婚夫該如何自處？」

我的反問讓他微微一怔，纖眉在雪中擰緊。

我鬱悶地拉起韁繩，扭頭再次看他：「我問你，你這裡守軍多少？」

他似是因我轉移話題而再次抬臉，只是臉上羞紅未退，讓他在飄雪世界中更加豔麗奪目。

「守軍一萬。」

「只有一萬？」

巫溪雪這次真的是破釜沉舟了。我點點頭。

「知道了，我還是去找瑾崋吧。」後方守軍很重要，我不能借用。

「我帶妳去！」他立刻去牽馬。

我直接揚鞭：「不用了！」

「啪！」一聲下去，馬兒直接跑過他的身邊，我一定跟這月傾城八字不合。

馬車飛速從城門穿過，跑過嚴陣以待的士兵之間。

「玉狐姑娘！玉狐姑娘！」

他騎馬追了上來，緊緊跟在我的身旁，臉上羞紅已退，換成一絲固執和倔強。

「我知道玉狐姑娘生傾城的氣，前方正在作戰，如沒傾城，傾城擔心弓箭誤傷姑娘，請讓傾城將功補過，送玉狐姑娘一程！」

「隨你！」我嫌煩地繼續向前。雪花開始變得越來越密，看來今年要在戰場上過了。

月傾城一直緊隨我的身邊，半日之後，接近韓城，聽到了「隆隆」的攻城聲，馬車上了一處高坡，我停下觀看，前方戰況一覽無餘。

黑壓壓的士兵正在攻城，城樓上的弓箭兵正在守城。一支支箭穿過飄雪射向城下的士兵，兵士們立刻舉起盾牌，形成方陣緩緩前行。

忽的，有人把溫暖的斗篷披在了我的肩膀上，我嫌煩地推開：「我說了不用！」

「玉狐姑娘，妳還在生傾城的氣，傾城知錯了，但身體要緊，妳的衣衫如此單薄，怎能抵禦寒冷？」月傾城在我身邊情真意切地說，似是想努力贖罪，修好我們之間的關係。

我忽然看到城樓下一個熟悉的身影從城牆下相疊的士兵身上竄起，直直飛向城樓之上。他一身銀色鎧甲，紅纓在雪中飛揚，英姿颯爽，散發浴血男兒的錚錚氣概！

「瑾崋！」我立刻起身，抽出了碧月下令道：「月傾城，你留在這裡，不准進馬車！若要讓我原諒你，好好守護馬車。」

「是，姑娘小心！」他在雪中朝我鄭重抱拳。

我起身躍起，從雪中飛落，輕點士兵遮在頭頂上的盾牌，揮開射來的利劍，運起仙力，瞬間身輕如燕，踏雪而起，劃開雪花，飛向城頭！

落地之時揮劍而下，劈斷了弓箭兵手中的一把把弓箭，抬腳踹在他們後背，一個個翻落城牆。

一個飛躍落到瑾崋身後，與他背靠背。他吃驚轉身，看到我的那一刻，激動而欣喜。

我在面巾下笑看他：「認出我了？」

「怎會認不出？妳的眼睛，我記在心裡！」他深深地注視我，戰爭的洗禮讓他的話音格外有力。

他不再是那個在後宮裡整日發呆、煩躁，無聊到招惹蘇凝霜的浮躁少年，而是一位沉穩的少年將軍！

他手拿長槍，銀甲上是點點血漬，雪花飄過他越發成熟的俊美容顏，讓人心生欽慕和敬佩。

忽然，他身後有敵兵揮刀而來，我立刻拉住他的手腕，往身邊用力一拽的同時，抬腳踹向了他的身後！

「啊——」敵兵被我一腳踹飛，我扭頭看瑾崋，他呆呆看那個被我踹飛的士兵。

「妳還是那麼喜歡踹人。」

「你怎麼一個韓城也要攻那麼久？」我放開他調笑。

他立刻沉下臉，目露不服：「我會讓妳看到打仗是我們男人的事，要妳們女人瞎摻和什麼？」

說完，他轉身揮搶，撂倒了朝我們而來的敵軍。

「我去開城門，你解決上面的，稍後有事相商。」我輕輕一笑。

「知道了。」熟悉的煩躁浮上他的臉：「妳開了城門躲遠點，別傷到自己。」

「是！瑾崋將軍！」我對他一抱拳，他在我這聲呼喚中一怔，敵軍再次而來，我趕緊提醒：「小心！」

他立刻拿起槍揮開敵軍，把我護在身後：「還不快去！」

我轉身直接躍下城樓，弓箭在雪花中朝我射來，瑾崋飛身躍起，長槍揮舞，一一揮落那些朝我而來的利箭。

輕鬆到了城樓下，卻看見一個女人身穿太守官服，害怕地躲在兩名精壯的將士身後，驚慌大喊：

「快擋住——不要讓他們攻進來——」

守城的士兵正在努力擋住那被人撞擊的厚重城門。

我直接鎖定那個女人，地面上開始有積雪，白雪被踏亂，變得濕滑。

我飛身而起，落地之時，碧月一起揮下。

毫無聲息地劈開了兩個將士的鎧甲，他們目瞪口呆站在我的面前，我對他們瞇眼一笑。

「還打嗎？」

「啊——」兩個壯男立時像女人一樣驚恐大叫起來，跪在我的面前大喊：「饒命啊、饒命啊——我們只是男寵，我們什麼都不是啊——」

果然。

男人腐，養女人。

女人腐，養男人。

在色慾上，男人和女人是一樣的。巫月比我的世界更加男女平等，從不會有男尊女卑的觀念，自然會有這種現象。

女太守臉色已經嚇到蒼白，後退了兩步轉身就跑，我從腰間抽出了流星追月，一甩，輕輕鬆鬆把她捲住。她開始掙扎：「救、救命啊——」

在她尖叫之時，我起身躍起，她被我在地面上拖行，隨著我飛向城頭。她一路撞開了守城的士兵，隨我躍上城樓而被我吊起，我翻過城牆，絲帶繞過旗桿大喝：「別打了！」

帶著仙力的喝聲迴盪在雪天之下，立時所有人朝我看來，瑾崋手拄銀槍遠遠注視我的身影。

女太守被吊在城牆上蹬踹，尖叫：「救命啊——救命啊——」

我抬腳踏上城牆，往下俯看：「妳再喊現在就殺了妳！」

立刻，她不喊了，掛在城牆上害怕地哭泣。

我俯看城內士兵：「巫溪雪公主領兵三十萬討伐妖男，除貪官，殺奸臣，還天下公道！爾等還不開城門，通知全城百姓隨我入太守府，開倉分糧分錢！」
士兵們怔怔地看著我，整個世界靜得只有雪花撲簌落地，和旗幟「呼呼」飄揚的聲音。倏然，士兵們回神過來一把扔了兵器大呼起來：
「開城門——快開城門——分錢——哦！哦！哦！哦！」
城內的士兵朝我高舉拳頭，激動地歡呼。
我在面巾下揚唇而笑，我巫心玉最愛做的事，就是分錢。
我確實不適合做女皇，因為，我更喜歡給予。
回到瑾崋身邊時，士兵們匆匆下城樓，打開城門迎兵入城。
瑾崋輕笑地白我一眼，連連搖頭。我一拳打在他的銀甲上：「怎樣？是不是很快？」
「哼……」他無言對我：「妳又發錢。」
我拉下面巾揚唇一笑。
「你們現在是討伐，不適合持久戰，兵貴神速，只要能速速拿下城池，就是好方法。韓城是巫月西邊最富饒之城，掌握巫月皇家礦產與寶石，我方才見那太守養了精壯男寵，必是貪官。這裡裡外外的士兵，即使加上韓城的百姓也不過三十萬，對於貪官來說，三十萬兩白銀，能算什麼？但對尋常百姓來說，人手一兩銀子卻能過個好年了。」
瑾崋聽後，笑了，白雪下的劍眉星目讓他越發英武帥氣。
我拍拍他手臂：「走了。」
「去哪兒？」他疑惑。

「跟我去玉女關走一趟，那裡馬賊來襲。」

瑾崋一聽，立時喜上眉梢，激動不已。

「孤海馬賊？太棒了！我早就想跟他們一戰！」他眸光灼灼燃燒起來，他在後宮那段日子的憋悶終於在這裡獲得了徹底的發洩。

他立刻去備馬。我先回到之前的山坡。

月傾城獨自守在馬車邊，在茫茫雪花中翹首觀看。見我回來，再次遞上他的斗篷。

「玉狐姑娘，還是穿上吧。」

我沒有接過，直接問：「你進馬車了沒？」

「沒有！」他立刻說，晶亮澈黑的眸中是深深的愧疚：「傾城不敢再給姑娘添亂。」

「很好。」我接過他的斗篷披在身上，遮擋落雪，讓他可以不再糾結。「斗篷我收下了，韓城已經拿下，你派人先去駐守。」

「這麼快？」他面露吃驚：「原以為會打上兩天。」

「我來了自然就快，既然巫溪雪計畫兩天內攻下韓城，那我就借瑾崋兩天。」轉臉時，瑾崋已經從飄雪中而來，身下的黑馬異常油亮壯實。

「你怎麼來了？」瑾崋在看到月傾城的第一眼就沉下了臉。

「玉狐姑娘要來找你，你這裡正在打仗，我擔心會誤傷她，所以送她前來。」月傾城微微蹙眉。

「誤傷她？」瑾崋在馬上仰天大笑：「哈！哈！哈！這世上只有她傷別人，能傷她的也只有那隻妖怪，還是被某個沒腦子的豬害的～」

月傾城難堪地擰緊眉撇開臉。

瑾崋勾起唇角冷笑兩聲，瞥看他，冷嘲起來。

「對不起～～忘記你是巫溪雪的未婚夫，將來的夫王～～我瑾崋只會打仗，不會說話，你可別記恨啊。」

我抬眸看瑾崋，這小子現在學乖了，知道月傾城是巫溪雪未婚夫，若是得罪，將來勢必會連累家人。雖然，他做得還不是很好，但比那個我從法場救回來的冒失少年，已經進步許多。

月傾城沉悶地轉身：「我不會的。」

我看向月傾城：「月傾城，麻煩你先替瑾崋整頓韓城兩日，我們去去就回。」

月傾城轉身疑惑看我：「你們到底要去哪兒？」

「玉女關。」

他微微一驚。

我繼續說道：「若是順利，我幫你們請西鳳家族出山幫你們！」

我沒有細說馬賊的事，因為我不想讓巫溪雪知道我拿了她的兵去後方打馬賊。這會讓她對瑾崋心懷罅隙和不悅。

「西鳳家族！」月傾城驚呼起來，目露一分欣喜。

我有種感覺，西鳳家族不是因為想守關而不助巫溪雪，小小玉女關何需他們整個家族？多半是對皇族失望，不想摻和了。

我躍上馬車，蓋好斗篷的帽子：「記住，馬上開倉放糧，無論士兵還是百姓，一人領一兩銀子過年。這很重要，是為巫溪雪拉攏民心。」

月傾城驚詫而怔愣地仰臉看著我。

「妳……為何要如此幫溪雪，妳明明是……」他忽地頓住了口。

我疑惑看他：「是什麼？」

他的紅唇在飄雪中抿了抿，似是有些激動難抑，他低下了臉，胸膛不停地起伏。

「這些我可以做，但哪來那麼多錢？」

「太守府，那女人必是貪了不少錢，我估計少說也有兩千萬吧。」

「兩千萬？」他再次驚呼仰臉。

我在面巾下揚唇一笑。

「所以，不要讓太多人知道。發了錢後，剩下的銀子還要收歸國庫，這個千瘡百孔的巫月想要重建只怕要花不少錢。走了，瑾崋，時間已不多。」我把馬車調轉，和他下山。

「時間不多妳還跟他那麼多廢話。」瑾崋嘟囔了一句，頗為不悅：「我還以為妳看見他會直接殺了他呢。」

「怎麼會？你知道我最好色，怎會對那樣的美男子下殺手？駕！」我笑了。

「哼！」瑾崋從鼻子裡哼出笑，也揚鞭策馬。我們衝入茫茫白雪之中，跑過山坡下時，還看到月傾城獨立在那小小的山坡上，目光遙遙而來，送我們離開。

「領兵一萬，去玉女關。」我說。

「打個馬賊妳還要一萬？我還以為妳多厲害呢！」瑾崋瞥眸看我，滿目的嫌棄。

他的嘲諷是明明白白地在報復我方才對他攻韓城太慢的取笑。

「我看我們就帶精騎三千，不然太慢。」他臉上是少年將軍的輕狂。

他說得也有道理，帶兵一萬，那一萬兵都是步行，就算跑也沒有馬快。而且他們剛剛經歷戰事，現在算是疲兵，又要跟我跑去玉女關，跑到那裡也是疲憊不堪，嚴重影響戰鬥力。

但三千的精騎，我心裡也沒底。

我巫心玉從下山到現在，雖是運籌帷幄，但政治和打仗完全是南轅北撤，戰爭更需要經驗的積累，不然容易成為紙上談兵。

瑾崋見我猶豫不決，揚唇有些自得地笑了起來。

「妳巫心玉也有猶豫的時候？」我抬眸看他，他越發得意：「我就說打仗是我們男人的事。妳放心吧，我說三千就三千，那些都是輕騎精兵，這次韓城他們沒有參與，我放在後方做後援了，所以他們有足夠的體力。」

聽了瑾崋的話，我徹底安心。我還是第一次聽瑾崋的諫言，以前……呵呵。我點了點頭，不再猶豫。因為我想到西陲還有西鳳家族，那可是一個相當厲害，戰鬥力爆棚的家族！

馬賊雖然一萬，也驍勇善戰，但他們一直是以掠奪為主，毫無兵法可言。或許我們真的贏得了！

話不多說，我和瑾崋帶三千精兵迅速往回，過洛濱，於西山礦場稍作休息兩個時辰。

礦場的人見到瑾崋無不激動起來，並給我們送上熱呼呼的糧食。

那晚的青年也跟瑾崋極為熟稔，拉住瑾崋不停地問前方戰事和巫溪雪公主近況。

我拿起一碗粥進入馬車，發現孤煌泗海已經醒了，正在看自己骨折的手臂和腿。

「真醜。」他擰起了眉，用完好的手戳我綁在他腿邊的木枝。

我到他身前，不悅看他：「嫌醜別跟我一起死啊。」

他挑眉看我，稍稍恢復了一些力氣，又擺出他那副高冷姿態：「拆了，太醜了，我不要。」

「拆了你的腿會變形的！」

他清清冷冷撇我一眼。

「反正快死了，還管它變不變形。」他揚起下巴：「我是巫月第一美男子，我不要這麼醜的東西在我身上。」

我氣悶看他片刻，把粥放他面前：「先喝粥。」

他唇角一勾，如絲的目光朝我撇來：「妳餵。」

「你已經能起來了，怎麼還要我餵？」我看看他。

「妳答應我的，這段時間……」他朝我俯來，貼在了我的耳邊：「滿足我所有的要求。」

哽啞的話音撩人心弦，話音落下後，忽然軟舌舔過我的耳垂。我立刻退後捂上耳朵。

「不要舔我！」

他笑瞇瞇地揚唇，舌尖舔過嫣紅的唇瓣，目光迷離而布滿邪氣：「我知道，妳喜歡我舔妳。」

「喝你的粥吧！」我把碗塞到他嘴裡，他雙眸彎成了半月，一臉狐狸的壞樣。

他喝盡最後一滴，我認真警告他：「不許拆樹枝！除非你好了！」

「拆了又怎樣？」他壞壞看我。

「那我就不理你。」我沉下臉。

他一怔，癟起嘴，漸漸瞇起狹長帶勾的雙眸，目光落在我的斗篷上：「那是月傾城的？」

「嗯，你要嗎？」我隨手脫下給他。

他看了看：「要，妳穿我的。」他隨手從一旁拿起他的白色狐裘。

我不由笑了，我自然知道他在介意什麼，他還是那個孤煌泗海，霸道、專制、強勢，還有小氣。

「馬上要開戰了，你別出來，好好休養。」

「知道了。」他伸手拉住了我的手，目露不悅：「妳說妳會保護我的，結果妳去幫妳的小花花，把我丟給了月傾城。他若進馬車，看到是我，必會殺我。」

他不開心地瞥眸白我一眼，一臉霸道的醋味。

我無語看他：「他怎能殺了你？我命他在車外，是擔心他進來被你殺了！你雖不能動，但你的內力也足夠將他震碎，你孤煌泗海是誰？天下有誰比你厲害？」

他聽了我的話，笑容從嘴角揚起，不悅的目光也被笑意融化，如絲如媚地撇向別處，傲然地微抬那精緻的下巴。

「我幫瑾崋，是因為他是我朋友。泗海……」他在我的呼喚中轉回了目光，我垂落眼瞼。「你我一起的時日……也已不多……」

他拉住我的手微微一緊，豔絕無雙的臉上，沒有了笑意，我不由握緊了他的手。

「能不能……不要再鬧彆扭，這段時間，我不再是巫心玉，你不再是孤煌泗海，讓我們像……平常夫妻一樣，度過這最後的日子……」

我落寞地抬眸看他，他顫動的雙眸中，是從未有過的哀傷。

至少，和他在一起到現在，我從未見他悲傷過。他一直像是冷血動物，只會傲然藐視眾生，不會有半絲同情憐憫之心。

「心玉……」他心傷地看我一會，把我拉入他的懷中，用那條斷臂環住了我的身體，輕輕靠落在我的頭頂上，深深呼吸。在他起伏的胸膛裡，我聽到了心痛的呼吸聲。

我久久靠在他的肩膀上，我們誰也沒再說話，讓這短暫的時間能在這小小的車廂裡，無限的……延長……

「時間差不多了。」我輕輕離開了他的身前。他放開了我的手，低下臉，雪髮滑落他的面頰，遮蓋了他那人間絕無僅有的俊美容顏。

「妳去吧。」他低聲說：「自己小心。」

說罷，他拿起面具，戴上了自己的臉，不再說話。

第一次，他沒有再黏我。

我點了點頭，拿起粥碗轉身出了車廂。

瑾崋迎了上來，好奇地往我車廂裡看：「妳車廂裡到底藏了誰？」

我沉默片刻看他：「你現在夠冷靜嗎？」

他一愣。

我看了一會兒：「還是等打完馬賊再告訴你，以免影響你迎戰馬賊。」

瑾崋挑挑眉，瞄了瞄車廂的門，自傲輕笑：「誰還能影響我瑾崋？」

抬眸間，我看到了幫忙整理的人們，他們已經脫去了囚衣，換上乾淨衣裳，面容整潔，一個個精神煥發。一眼正好看到那晚的青年，收拾乾淨後，也是一面容姣好的俊秀男子，不會亞於懷幽，不由好奇問瑾崋：「那青年是誰？」

瑾崋轉臉看看，揚唇壞壞一笑，附到我耳邊。

「那是巫溪雪的小，叫林文儒，是前任太史院林大人的公子。」

「什麼？」我有些吃驚。

瑾崋退回站立，星眸之中充滿曖昧，自從他出宮之後，有如脫韁的野馬，恣意釋放自己的心性。

「月傾城在京都的時候，他和巫溪雪一起被押來礦山，對巫溪雪極為忠心癡情，在這裡極其照顧巫溪雪，巫溪雪也對他生出情意，所以答應他回京成婚。」

瑾崋一邊說，一邊看那忙碌的青年。

「所以巫溪雪領兵離開後，讓他守在這裡，照顧其他人，這裡有不少是皇族呢。」

我聽後點了點頭。照顧後方的是巫溪雪的小，駐守據點的是巫溪雪的大，全是巫溪雪最親近、最信任之人。那瑾崋他們呢？她是不是信任瑾崋他們？

「瑾崋，巫溪雪是如何分兵進軍的？」我躍下馬車看瑾崋。

他看看左右，隨手拿起一根樹枝，在積雪的地面上畫了起來。

「巫溪雪兵分三路，由她自己領兵十二萬從南路向京都進發。」

我看著南邊的路線：「從南路會經過南楚家族，南楚家族對孤煌少司恨之入骨，所以會毅然加入巫溪雪，巫溪雪的兵力會翻一倍，之後的進軍應該會很順利。」

瑾崋點點頭，繼續畫：「由我領兵十萬從中路進發，直取京都。」

我細看蹙眉：「中路是巫月最為富饒平緩的地帶，富裕之地多生貪腐，不足為懼，即使駐軍多，但能力不足，腳踏實地，步步為營，也能輕鬆突破。」

「不錯。然後妳密函裡讓巫溪雪到我娘那裡領糧草，所以她派了兩萬兵去運糧草，最後給慕容飛雲、聞人胤他們五萬兵從北路進軍。」

「什麼？」我不由大吃一驚：「只有五萬兵？」

心裡開始隱隱擔憂。

「是啊，五萬，怎麼了？」瑾崋疑惑看我。

我擰緊雙眉，看看四周，把瑾崋拉到馬車另一邊無人之處蹲下低語：

「大事不妙，巫溪雪對慕容飛雲和聞人胤不信任，想藉機除掉他們。」

「什麼？妳說什麼？」瑾崋吃驚地握住我的手臂：「妳怎麼會這麼說？」

我凝重地看北路：「北邊駐守的是北辰家族，他們投靠了孤煌少司，無論軍力還是糧草都遠遠超過慕容飛雲。從進軍上，北路也是最難攻破之處。如果巫溪雪夠信任慕容飛雲和聞人胤，理應將主要兵力給他們，因為其他兩路進軍會非常順利。但現在，她顯然是放棄北路之餘，一併除掉慕容飛雲和聞人胤，她這是讓他們去送死。」

「為什麼？」瑾崋大大不解：「飛雲和聞人明明忠心耿耿，帶兵給她，她怎麼……」

「他們是忠於我巫心玉！」我的話讓瑾崋一怔，星眸之中還是大大的不解，我繼續說道：「但巫溪雪不知道，沒有人知道，只有我們知道飛雲和聞人是怎樣的人。所以，在巫溪雪眼中，飛雲和聞人背後的家族依然是叛變的家族，她對他們的行為或許只是理解為兩個家族的見風轉舵。巫溪雪和孤煌少司一樣，用他們，但不信任他們。」

「那怎麼辦？我們不能看著他們送死。」瑾崋有些著急。

我看著行軍路線：「巫溪雪現在是棄車保帥，認為你和她的兵力足以拿下京都，或許她認為慕容對北辰會有牽制作用。但是，一旦北辰脫身，會以最快的速度支援京都，而東喬也會迅速前來，到時候巫溪雪腹背受敵，就功虧一簣了。」

瑾崋越聽越氣悶，俊臉帶出熟悉的煩躁。

「這才剛剛開戰，怎麼就心存罅隙了？」瑾崋性子耿直，還有點執拗，喜歡打仗，但最煩的就是這些明來暗去、勾心鬥角之事，所以瑾毓大人一家才會在斷頭台上，而不是安處朝堂。

「因為恨。」我心中一嘆：「恨慕容家族助紂為虐，恨慕容家族助妖男陷害皇族。在神廟裡，我雖對慕容家族的感觸沒有巫溪雪那般深刻。但作為皇族一員，我必須除掉他們，因此，我下山前已經開始計畫扳倒慕容家族。」

瑾崋在火光中的臉煩躁而憤怒：「別說妳了，我也想把他們除之而後快！」

「直到飛雲上朝，助我計畫，我才知他們家族裡還有忠心之人。瑾崋，你記不記得那時你對飛雲也是抱有懷疑態度？」

瑾崋怔了怔，面露一絲尷尬：「不錯，因為他是慕容家族的。」

「所以巫溪雪和那時的你一樣，我們必須讓她知道，不能傷及無辜。不然，等她登基，第一個殺的，定是慕容家族。」

「早該殺了！」瑾崋憤憤不平地補了一刀，隨即，有些尷尬地輕咳：「咳，我會跟巫溪雪公主說明飛雲的情況。哎！也怪我，看見飛雲領兵來，想到妳成功就很興奮，急著領兵討伐妖男，忘記跟巫溪雪說飛雲和聞人的情況了。」

「是該你說，因為她信任你。」我笑看瑾崋。

瑾崋看向我，臉忽然紅了起來，有點發急地解釋：「妳可別誤會，我跟她什麼都沒有！」

看他那副著急的樣子，我笑意更甚。

「我知道，她信任你是因為你是瑾大人之後，還有你忍辱救親，這份孝和犧牲讓巫溪雪敬佩。」

瑾崋的臉更紅了，側開臉，咬了咬唇，輕輕嘟囔：

「我現在有些後悔了。如果那時我能好好配合妳，是不是就能在妳心裡留下更重要的位置？」

「咳咳……」我握拳輕咳，立刻轉移話題：「所以我們要去支援飛雲和聞人他們，他們是我們的朋友。之後由你諫言，巫溪雪會相信。但切記，萬不可提及你們是我的人。」

瑾崋的眸光在閃耀的火光中暗暗地閃了閃。

「我明白，若是說了，巫溪雪會感覺自己也是妳的棋子，會給妳帶來麻煩。沒人喜歡自己是別人的棋子，更別說是高傲的皇族了。」他的劍眉緊擰起來，目光之中浮出落寞之意。

「你聰明了！瑾崋！」我有些吃驚看他。

他立時狠狠白我一眼。

「我本來就很聰明！只是沒有耐性去想。我現在心裡也很矛盾，我希望妳能做女皇，這樣會少很多麻煩，大家也會知道妳巫心玉到底是怎樣的人，而不是什麼荒淫昏庸的女人！」

他激動起來，我心情複雜地看著他，我也知道若是我不把皇位交接給巫溪雪，或許這中間真的會少很多麻煩。

「但我又不希望妳做女皇……」他低下了臉，手中的樹枝在雪地裡輕戳：「我不希望看到妳每天深鎖眉頭，不開心，我們要見妳也很不方便。我希望常常來找妳，和凝霜、懷幽一起，我們喝酒談天，不被任何事煩擾。但妳若是做了女皇，這些事就不可能了……」

瑾崋幽幽嘆息，呵出的呵氣在寒冷的空氣中凝成了一縷白煙。

一朝做了女皇，便無自己想要的自由。從此被政務埋沒，這還是小事，皇族幾乎滅絕，延續後嗣責任更是巨大，到時滿朝的老臣若是催子，我此後的日子，豈非在不斷生子中度過？想到此，我都懼於當這末世女皇。

也難怪巫溪雪已經開始物色夫郎人選，她想必也知此後的重任。

我也不由得嘆氣。

「哎……我來自於神廟，已經過慣了閒雲野鶴的生活，只要有一絲選擇，我還是會回狐仙山。且巫心玉已臭名在外，失去人心，想要重塑，比立一個新皇更難。」

「所以我還是希望妳別做女皇。」瑾崋在寒冷的夜空下抬起臉，星眸格外閃耀，如兩顆墜落凡塵的星辰。「那樣我也可以上山來看妳。但是……我在擔心如果巫溪雪不聽我諫言怎辦？」

我目光開始收緊，雙眉擰起之時，沉語從我口中而出。

「若是不聽……」我頓了頓，決絕地注視瑾崋：「只有除掉她！」

瑾崋在我略帶一絲狠意的話中怔然。我再次揚起笑。

「不過，我相信她是一位明君，我不會選錯。」

瑾崋的眸光顫了顫，忽然避開我的目光看落雪地。

「怎麼了？」我疑惑看他。

「沒什麼。」他依然看著地面說：「只是沒想到妳也會這麼狠。」

我抱歉看他。

「因為我答應過你們，答應過每個助我之人，我巫心玉一定會保你們。別忘了，飛雲他們可是冒著生命危險和背負不孝之名在助我，我怎能有負於他們？他們說到底也是為了巫月，為了百姓！我不能再讓這些忠良被一個眼中只有私人恩怨之人所害。所以，這件事也可看出巫溪雪到底適不適合做女皇。若她聽，則是一位明君，乃巫月之幸；若她不聽，莫說飛雲他們，你和凝霜，所有助過我之人都將陷入危險，巫月也將迎來一位暴君。但我相信梁秋瑛的眼光，若巫溪雪是那樣的人，她和那批老臣不會效忠她。」

瑾崋在我的話音中緩緩抬起臉，跳躍的火光照出了他略帶一分期待的臉。不知是在期待巫溪雪這位明君，還是在期待我們早日脫離皇朝，和我一起過那閒雲野鶴般逍遙的日子。

我看落雪地上的進軍圖。

「接下去，我們要縮短中路的時間，盡快拿下中路，然後繞到北辰的後方支援飛雲和聞人。」

「怎麼縮短進軍時間？」瑾崋轉回臉看我，神情恢復認真。「這是行軍打仗，又不是扮家家酒，說能贏就能贏，說能快就能快的。」

我想了想，細細沉思。

「或許有個方法可行……」我立刻看向他：「你先派人速速送信給飛雲，讓他們接近北辰領地騮馬城後，不要進軍，就地紮營。」

「讓他們暫停？」瑾崋吃驚看我。

「是，暫停。」我用手指點在北辰家族封地騮馬城：「並表現出軍心渙散，無心征戰，必要時，可佯裝倒戈。我想巫溪雪讓飛雲他們只帶五萬兵，也是在懷疑他們說不定會叛變，倒戈北辰家族。」

瑾崋在我的話中星目圓瞪。

我在漸漸暗去的火光中認真看瑾崋。

「總之，是讓他們拖時間，能拖多久就是多久，拖到我們前去跟他們會合。如果到時北辰出兵巫溪雪，我們更有人在內，行事方便！」

瑾崋一邊聽也是一邊不停點頭。

「我明白了，我這就去辦。」他起身立刻行動，我拉住他。

「別讓巫溪雪的人知道。」

瑾崋默然點頭，看了看四處，迅速離開。

我回到車邊看著瑾崋悄然隱入黑暗的身影，再次看到了林文儒，他對我頷首一禮後，開始命人收拾東西。我不由再次想到巫溪雪。歷代聰明的謀士，皆是功臣之後，悄然隱退；留居朝堂者，反而多被陷害。可與君王共患難，且能共富貴之人，不多吶。

兩個時辰之後，熄滅篝火再次行軍。

瑾崋騎馬回來，對我點了點頭，我們在越加寒冷的深夜中，快速前進！

很多時候，我會感謝師傅給了我那些仙氣，讓我無病無痛，可以在這樣寒冷的風雪中疾行。

第二天，雪停。

遠遠的，邊陲小城上有人張望，在看到我們後，迅速打開了破舊的城門，「隆隆」的騎兵震得整座小城的地面都在輕輕震顫！

鳳老將軍和楚將軍帶著西鳳家族所有成員遠遠迎來，瑾崋一見立刻收緊馬韁，幾乎是在馬兒沒有停下時就躍落，大步到鳳、楚兩位老將軍面前一拜。

「晚輩瑾崋見過鳳老將軍、楚老將軍！」

鳳老將軍和楚老將軍也顯露一絲激動，匆匆扶起瑾崋，欣喜觀瞧。

「你真是瑾崋？沒想到你長這麼大了！上次見到你還是三年前入京領罪的時候，那時你還是個毛頭小子呢！」

瑾崋略帶一絲靦腆地笑了。

楚將軍也笑看瑾崋。

「我還記得那時梁相的女兒很喜歡你，若是朝局穩定，沒準你們兩家已經是親家了。」

瑾崋的臉騰一下紅了起來，慌忙轉臉朝我看一眼，這一眼被鳳、楚兩位老將軍瞧見，朝我曖昧看來。

這兩位老將軍與瑾將軍性格截然不同。

瑾崋轉回頭：「玉狐說馬賊快來，兩位老將軍，馬賊可到了？」

鳳、楚兩位老將軍搖搖頭：「尚未。但我們的探子回報，今日馬賊會到，我們已按那位姑娘的吩咐，設下陷阱。對了，瑾崋你是不是該向我們介紹一下那位厲害的姑娘？」

鳳、楚兩位將軍面露笑意，絲毫沒有因為馬賊將至而露出半絲緊張。

這份恬然淡定的氣度來自於他們的自信與臨陣的泰然，這可不是瑾崋這種少年將軍一朝一夕能形成的。

瑾崋轉身看我，我躍下馬車到瑾崋身邊，一抱拳，瑾崋介紹道：

「這位是玉狐姑娘，她在京都可是人盡皆知，她……」

我按住瑾崋的手臂，打斷他開始激動的話語。他疑惑看我，我正色道：

「吹牛的話先停一下，等勝了馬賊再說，兩位老將軍。」

我看向鳳、楚兩位老將軍，他們也在我肅然的神情中認真起來。

「這次瑾崋帶了三千精騎，但馬賊有一萬，以兩位老將軍多年經驗，可否以少勝多？」

「什麼？只有三千？」

「這怎麼夠啊！」西鳳家族的其他成員開始面露難色。

「馬賊有一萬，他們可是個個驍勇善戰！」

「對，你還記得六年前？那次我們巧遇馬賊，也是費了諸多力氣，才與他們打了個平手。雖然他們敗退而逃，但我們也是傷亡慘重！」

「夠了！」楚老將軍又是虎軀一震，立時所有子女不敢多言。她雙手在腰間一扠：「你看看你們一個個熊樣！我楚嬌怎麼生了你們這一群長別人威風的孬種。」

「姨媽，我們不是妳生的……」有幾個人低頭悄悄舉手，但在楚嬌的瞪眼中迅速收回右手。

楚嬌伸手朝天，大喝一聲：「拿老娘的砍刀來！」

「是！」

立刻，只見四個士兵扛著一把丈餘的大砍刀就來了，我看得目瞪口呆！

古代將領，拚力為主！哪有那麼多功夫高手？

誰力氣大，誰勝。好比鐵錘一掄下去，對方一擋，力氣大的直接就能震裂對方的手骨！而如果對方力氣大，不但把你震回，還能補上一刀。

而古代打仗，也有點蠢，可以說太過君子。一般為雙方列陣，然後將領出列，先打上一輪，所以在我的世界，車輪戰非常有名，若是有人能戰上一輪車輪戰，必會流芳百世，成為史上名將！

所以像兵法，會被認為是詭計，連諸葛亮也被評為奸詐小人。只能說理念不同。

楚嬌從四個士兵中接過大砍刀，掄起，登時「呼呼」風響，連鳳老將軍也縮在了自己子女身後。

「噹！」大砍刀重重敲打在地，楚嬌昂首冷笑。

「讓那群馬賊放馬過來！什麼鷹王虎王，老娘全讓他們淹死孤海，別想再回！」

瑾崋此刻也和我一樣雙目圓睜，與楚嬌相比，我們只算是小打小鬧。我不由驚嘆：

「當年傳聞南楚楚嬌一刀能砍掉敵船，還只當是傳聞，今日一見，我是真信了！」

「哼，小丫頭，我的刀拿去使使。」她直接把砍刀朝我扔來，如扔軟枕。

我眨眨眼，直接閃身，重重的砍刀將要落地，面前銀甲掠過，瑾崋抬腿接住，但是那張臉卻是漲得通紅，下一刻，他就收回腳大聲呼痛：「啊！啊！痛死我了！痛死我了！」

「哈哈哈——」楚嬌拾起大砍刀，笑拍瑾崋：「你的腳沒斷，小子，厲害！」

瑾崋尷尬地笑著，他應有用內力護住腳背，不然那樣沉重之物砸下，早斷腳骨。

楚嬌環視眾人：「還不去拿上兵器準備開戰！」

「是！」眾人紛紛離開。

「放心，小丫頭，有我西鳳家族守關，馬賊休想進來！」楚嬌驕傲而自豪地說。

「夫人冷靜！」鳳老將軍這時才站出來，小心勸誡：「夫人，為夫知道妳急於求戰，但此戰還是智取為上，兵力實在懸殊啊。」

楚嬌白了鳳老將軍一眼，鳳老將軍眉毛抖了抖，楚嬌冷臉看他。

「智取？你倒說說怎麼個智取？」

鳳老爺子立時面露正色，我當他要出謀劃策，他卻忽然朝我看來。

「姑娘，老夫想聽聽妳有何建議，是否與老夫不謀而合！」

我登時一愣，果然薑還是老的辣！

我有些僵硬地看楚嬌，她已經轉動手中的砍刀，有的將領愛戰，不愛用兵法，他們認為那是沒有真正本事之人才用的伎倆。

我看楚嬌那時不時放光的眼睛，已在警告我，不要破壞她的大戰。

「當心啊～～」瑾崋附到我耳邊小聲提醒，他也看出楚嬌想打仗。但是，我與鳳老將軍想法一致：此戰應智取。

我想了一會兒，說道：「不如由楚將軍帶守城士兵迎敵……」

「就這麼辦！」楚嬌直接打斷我的話。

我立刻說道：「楚將軍且慢，我還沒說完。」

楚嬌又轉身看我，開始有些不耐煩地用她的砍刀戳雪地，發出「咚咚咚」聲響。

我第一次額頭冒冷汗，即便與孤煌泗海為敵，也從未這樣。我在鳳老將軍的眼色中繼續說道：「在楚將軍誘出鷹王對戰之時，我們和鳳老將軍帶其餘人從兩翼包抄，殺他們一個措手不及！這樣楚將軍也能在前方戰個痛快！」

「果然與老夫所想一致！」鳳老將軍終於精神來了，楚嬌也滿意點頭。我和瑾崋對視一眼，瑾崋偷偷而笑，似在笑鳳老將軍的可愛。

立刻，士兵開始列隊，玉女關守兵五百，由楚嬌帶領前去正面迎敵，實則是吸引鷹王注意。前方已布有陷阱，不出意外的話，也會減少馬賊。

在楚嬌和其子女準備之時，鳳老將軍偷偷摸摸到我身邊，小聲問我：「玉狐姑娘，即使這樣，也還有些吃力，妳可還有良計？」

我想了一會兒，看向瑾崋，他的髮絲隨風揚起，飄向正西，瑾崋有些臉紅地回視。

「妳看我做什麼，使詐是妳的專長。」

「你怎麼這麼說我，像是說我詭計多端。」我不悅看他。

「難道妳不是？」他竟有膽反問。

我沉下臉，他眨眨眼看向別處，搓了搓手：「啊……好冷，怎麼到這兒雪停了？」

鳳老將軍在一旁看得雙眼瞇起，壞笑盈盈。

我回眸說道：「今日這風對我們有利，荒漠積雪難存，地面乾燥，枯草叢生。鳳老將軍，把城裡所有的油跟酒都拿出來，我們今日火燒馬賊！」

「好！」鳳老將軍雙眸含笑，已知我意。立時命人拿油取酒！

「妳要油和酒幹什麼？」瑾崋疑惑看我。

「稍後你就知道了。」我笑看他，目光轉向那輛安靜的馬車。

泗海，我不會丟下你，你要受累跟我去戰場了。

接下去，整座小城忙碌起來。能裝油和酒的罐子全拿了出來，瓶罐不夠，再用衣服浸濕綁上大石頭，由精騎帶上。

我的馬車更是拉上全城唯一的一輛輕型投石車，並裝滿油罐。

正在準備之時，鳳鳴快馬從荒漠而來，我說怎沒看到他。

他一邊跑一邊喊：「他們來了——他們來了——」

立時，城樓上士兵開始揮舞紅旗。

我們所有人立刻備戰，分頭出城。

楚嬌帶領長子長女領守城兵五百正面迎擊。

我和瑾崋帶騎兵一千五從左側包抄，鳳老將軍帶領其他子女從右側前進。荒漠視野極佳，所以我們需要繞行，但因為我們是精騎，故而應該與楚嬌他們步行時間相差無幾。

到指定地點後，我駕馬車先偷偷靠近遠眺，瑾崋立於我身後百米之處，此後每隔百米一人，等候我的號令。

我躍上車廂，遠遠看見一條黑線從天際而來，速度奇快，即使我離他們甚遠，依然聽到了馬蹄聲，感覺到地面微微的震顫。

忽然，前面的馬隊一下子向前栽倒，墜落，立時，整個隊伍瞬間停下，荒漠立時陷入靜謐，只有風聲呼嘯。

他們掉進陷阱了。那處的溝壑雖然不大，但很深，像是渾然天成的戰壕，是極好的設置陷阱之處。

「心玉。」忽的，身下傳來泗海低沉的聲音。

「什麼事？泗海。」

「風向要變，盡快行事！要把火勢控制在那條深溝之外，否則會燒入玉女關！」

風向要變？我看向天空，陰雲卻是放緩了速度。若是風向一變，東風一起，那火勢會朝玉女關迅速蔓延，倒是那條深溝，可以控制火勢！

泗海明明在車內，從未觀測天象，卻知風向要變，真厲害！

「知道了。」我立刻朝身後的瑾崋揮手，他迅速向後揮手，傳遞訊息。

此刻，遠遠已看見楚嬌帶兵而來，我駕馬車悄然前行。此刻馬賊關注前方，我這小小馬車，他們並未在意。

「哈哈哈哈——」充滿嘲笑的笑聲隨風飄來，隨著我的靠近，話音也漸漸清晰：「你們就只有這麼幾個破兵，還想阻撓我鷹王？」

我伸長脖子張望，看到了一個身穿貂皮大衣的禿頭！右手手腕有一塊堅固的厚皮，應是讓老鷹站立之處。

因為走得近，馬賊裡有人發現了我，朝我看來：「喲！大家看，來了一個娘們。」

一側的馬賊紛紛朝我看來，我在面巾下一笑：「我來看看熱鬧。」

馬賊也是一個個用頭巾把自己裹得嚴實。

「小娘們，等妳看完熱鬧，我們一起陪妳熱鬧熱鬧。」他們壞笑看我。

「哈哈哈哈——」一側馬賊大笑起來。

而那鷹王也已經再次喊話：「交出殺我愛鷹之人，本王饒你們不死！」

「哈哈哈哈——」楚嬌仰天大笑：「放你老娘的狗臭屁！老娘被貶到這破地方幾年沒動過手指頭，好不容易等到你們來陪老娘玩耍玩耍，老娘不會放你們走！」

登時，楚嬌策馬直衝鷹王，在快到溝壑時，她身下的駿馬騰空飛起，如同飛一般躍過了那深深的溝壑！

我心中暗驚，那絕對是一匹良駒！

那溝壑說寬不寬，但說窄也不窄，楚嬌一看也有一百幾十斤，再加上那把四人抬的大砍刀，這馬卻是輕鬆飛躍，果然是良將配寶馬！

楚嬌的馬落地之時，楚嬌掄起砍刀朝鷹王砍去，那鷹王也是拿出流星錘和楚嬌戰在了一起，打得分外好看，振奮人心！

我漸漸開始明白將士那嗜戰之心，看他們對戰，我也熱血沸騰，只想上去一戰！

「小娘們，好看嗎？」就在這時，靠近我的馬賊裡幾個緩緩騎馬朝我而來，其餘的在他們身後壞壞地笑。

我對他們揚起了笑，忽然，他們臉上的笑容開始凝滯，身下的馬也停住了腳步。地面又開始震顫起來，他們直愣愣看著我的身後！

「有！有埋……」

「有什麼？」在他們要喊之時，我拉下了面巾柔聲打斷。立時，他們一個個目瞪口呆，完全呆若木雞，已經忘記要喊什麼。

我對他們盈盈一笑，這些荒野馬賊們在我的笑容中漸漸呆愣，陷入癡迷。

我不疾不徐地下了馬車，走到馬車之後，鬆開了投石車，拉下發射桿，把一個油罐放入大勺之中。身後的遠處，已是瑾崋和他黑壓壓的騎兵。

我揚起手，瑾崋在馬上緩緩拿起火箭。

拉住扳手，探出馬車對馬賊們一笑，他們也傻傻地笑了起來，就在那刻，我拉下扳手，對瑾崋揮落手臂，大喊：「放箭——」

「砰！」一聲，油罐從馬車後高高飛起，在寧靜陰沉的天空下飛向馬賊的上空，穿過了又開始飄落的細雪，在空中飛翔。

油罐吸引了面前馬賊的目光，他們一個個揚起臉，隨著那油罐的飛翔而轉動……

「咻！」一支火箭破空而出，帶著嘯鳴，緊追在油罐身後，閃耀的火焰化開蒼茫天空下的飄雪，穿透凜冽的寒風，漸漸接近那個油罐，漸漸的、漸漸的……

「啪！」

火箭擊中油罐的聲音瞬間打破了這份安靜，火焰瞬間點燃燈火，化作漫天的火星和雪花一起從空中墜落，落入馬賊的馬隊之中！

那一刻，整個天地炸開了！

「啊——啊——」被油澆到的馬賊滾落馬匹，痛苦嗷叫。

馬匹的驚叫立時響起，撞擊身邊的馬匹和馬賊，馬賊被撞落，滾在地上又被受驚的馬踩踏，馬賊的陣營瞬間混亂不堪！

我立刻揮手，再次上彈藥！

與此同時，騎隊紛紛而來，「啪啪啪啪」跑過馬賊，紛紛把手中燃燒的油罐、酒罐扔了進去，火焰在馬賊裡頓時炸開，火光登時沖天！

一支支火箭也從我身後飛射而出，在陰沉的天空中如同流星劃過天空，極為壯觀，「咻咻咻咻」灑入馬賊之中，滿是油和酒的地面立刻變成火海，狂猛的西鳳掃過，立時讓火焰迅速吞噬後方。

與此同時，火箭從另一方而來，瞬間火光沖天，黑煙滾滾！

整個馬賊的隊伍頃刻間混亂，在遠處的馬賊不知發生何事，而困於火焰中的馬賊急於逃出！踩踏、慘叫，滿地打滾的火人，受驚飛奔的馬匹讓這一萬馬賊瞬間奔潰瓦解，四散逃離！

終於，後方的人看到了火焰，欺軟怕硬的馬賊哪裡顧得上別人，紛紛往孤海荒漠深處撤退跑去！

「鷹王被殺了——快逃啊——」忽然間，也不知誰在混亂中大喊了一聲，楚嬌高高舉起自己的砍刀，上面是一個黑乎乎的頭顱，而鷹王的旗幟也在風中被火焰熊熊燃燒。

登時，原本就潰不成軍的馬賊更加混亂，他們急於逃命，根本不與我們對仗。從我們身邊瘋狂奔走，只為逃離火焰。

「心玉，風向要變了，妳快撤。」車廂裡傳出泗海輕輕的提醒。

「好。」我在奔逃的馬賊裡調轉馬車。

「臭娘們！妳害我們！我要殺了妳——」憤怒的呼喊從身旁而來，我瞥眸看去，一個被火燒焦臉的馬賊憤怒朝我跑來。

我冷笑看他，不自量力，找死！

就在他騎馬到我馬車旁要提刀砍我時，陰氣瞬間從我身後的車廂裡破門而出，白髮掠過臉邊之時，馬賊已經目瞪口呆立在我馬車旁，蒼白的手指直接刺穿了他的心口，鮮血瞬間染紅了馬賊心口的衣衫，染紅了他修長白皙的手指。

「妖、妖怪——」馬賊大喊一聲，翻起白眼從馬上直直跌落。

孤煌泗海收回手只是冷漠地甩了甩手指上的汙血，詭異的面具上是陰沉的詭笑。

「找死！」他冷冷說完，面具看向我的前方，面具後的雙眸閃爍出冰寒的殺氣。

我立刻看向身前，瑾崋不可置信的臉立時映入眼簾，我沒有想到會在這樣的情況下，讓他們二人相見。我也知道，我藏不了孤煌泗海多久，隱瞞瑾崋是一種背叛，本想在他冷靜時告訴他。

「瑾崋……」

「他……他！」殺氣立時在瑾崋身上燃起，他的星眸之中是深深的恨，銀槍提起之時，他朝孤煌泗海直衝而來。

「進去！」我把孤煌泗海往車廂內一推，撐開雙臂迎面擋住了瑾崋的銀槍。

他驚然收槍憤怒地大喝：「妳在幹什麼？」

「你不如現在就殺了我，好讓我還他救命之情！」我也大聲說，狠狠盯視瑾崋：「之後他任你處置！」

細細的飄雪靜靜飛落我與瑾崋之間，他的髮絲和槍上的紅纓在忽然減弱的風中輕顫。整個世界，不知怎的，忽然靜了。

瑾崋久久看我，顫動的星眸裡是痛苦、憤怒、掙扎和心痛。

「啊——」他忽然仰天痛苦地大喊一聲，收起銀槍轉身朝湧出的馬賊奔去，銀色的鎧甲在火光中染上了如同血液一般鮮紅的顏色。

我緩緩放落雙手。對不起，瑾崋，讓你失望了。如果你剛才能殺了我，該有多好……

我還記得他總是信誓旦旦地說，只要我被妖男誘惑，他就會毫不猶豫地殺了我，他發誓他一定會殺了我！

而他……沒有……

看著他在火焰中廝殺，發洩情緒的身影，我內疚到心痛。馬車快速前進，我在火光的邊緣一直看著他、看著他，直到……再也看不見他……

「東風要起，讓所有人撤退。」我發出了指令，輕騎快速通知另一邊的鳳老將軍，大家開始後撤。

遠遠的後方，是馬賊們倉皇逃竄的聲音，他們逃亡孤海荒漠，火焰還在緊追他們的身影。

忽然，風停雲涷，緊接著，「呼——」一聲，東風拂過枯草平地而來，揚起了我的髮絲，也把迅猛火勢擋住，在我的身邊，形成了一道神奇的火牆！

迅猛的東風來得毫無徵兆，火焰開始回燒，遠遠的大漠深處，我看到了狼神孤傲地立於一個土坡上，冷冷注視這裡的火焰，宛如在說不要燒到他的領地！

就在這時，天空忽然飄落鵝毛大雪，密密麻麻從高空灑落，一點一點化去火焰。我看向上空，原來一切都是冥冥中注定，我和孤煌兄弟在下棋的同時，也有人在九重天上下棋。

所有的一切開始回歸平靜，火焰慢慢熄滅，騎兵漸漸回城，血腥味和讓人作嘔的焦味很快被風雪覆蓋，焦土之上是一具具馬賊的屍體。

士兵開始整理屍體，找回四處奔逃的馬，一匹匹牽回，又獲得不少精壯的戰馬。

瑾崋手執銀槍側立在風雪下的焦土之上，銀甲上是點點血斑，墨髮飛揚，紅纓飄蕩，在依然滾動的黑煙中流露出一種揪心的滄桑。

我靜靜走到他身邊，他沒有看我，撇開臉收起銀槍就要走，我立刻伸手拉住他的手臂。

「瑾崋！」

「我不想聽！」他抽回自己的手，上馬默然離去。

我回到安靜的馬車邊，深吸一口氣，長長嘆出，呵氣化作空氣中的白霧緩緩飄散。

「哼，你的小花花吃醋了。」車廂裡反倒傳來他愜意的聲音，他顯得很開心。

我坐上馬車，拉起韁繩：「你不該出來，你傷沒好。」

「那低賤的馬賊居然罵妳，我自然要殺他！」明明清澈動聽的聲音卻帶有一絲清冷和寒意。

「我還不是因為你要被全天下罵作好色的女人？」我輕笑。

「那我就殺了全天下！」

我搖頭輕嘆：「泗海，我還是帶你回去洗洗手吧。我不想再看到你為我殺人了。」

「妳不開心了？」他有些緊張的話音從那扇小小的門後而來。

我眨了眨眼，雪花從我睫毛上顫落。

「至少，在這段日子裡，我希望你的手是乾淨的，然後，你穿上你最喜歡的白衣，乾乾淨淨地回家……」

「回家？哼……」他輕笑起來：「我已經沒有家了……」

他輕笑般的輕嘆，卻讓人心酸心疼。

「現在，我倒是希望妳盡快殺了我，因為我不知道該如何面對哥哥。」

我抬眸遙望巫月狐仙山的方向，暖意的微笑從心底慢慢揚起。

「不，是另一個家……」在別人眼裡，泗海，你或許是死了，但在我巫心玉的心裡，你還活著。

把軀殼留在世間平息一切，而它們會回到屬於自己的地方。老天爺的棋局，也將結束。

✣ ✣ ✣

夜晚，寧靜的小城變得熱鬧，大家為能痛痛快快打敗馬賊而慶祝。

整個小城點起火把，偏僻的玉女關沒有百姓，只有守兵。

大家支起篝火，放上大鍋，燒起城裡所有的食物，亂燉在一起，登時香氣四溢，饞涎欲滴。

鳳老將軍笑眯眯地蹲在府衙門口抽他的菸袋，我拉著馬車從他身邊穿過。

「早知道那群馬賊那麼孬，真應該把好酒留下啊，可惜，真可惜了……」他嘆息著。

「馬賊的馬上有時會帶著烈酒，不妨去找找，應該不會少。」我笑看他。

鳳老爺子立時眉飛色舞地起身：「提醒得好！丫頭，不如今晚一起慶祝？」

我怔了怔，垂下臉：「我還要看住囚犯。」

「妳這不是看守，是守護啊……」鳳老爺子的笑容在火光中漸漸淡去。

我在鳳老爺子的話中陷入沉默，無論將來世人如何看我，這段日子，我只想為他任性一回。

「丫頭，當年我們領罪的時候，並未見過這孤煌泗海，他到底是個怎樣的人，其實我們並不清楚。不過，老夫還是想提醒姑娘一句，紅顏禍水。老夫看出姑娘絕非凡夫俗子，莫因那妖豔男子而毀了清譽啊……」

我淡笑頷首：「多謝鳳老將軍提醒，玉狐謹記。也請鳳老將軍和楚將軍出山，相助巫溪雪公主，討伐妖男！」

鳳老爺子拿著旱菸袋笑眯眯地點了點頭。

「別人來請，我們是絕不會出山的，姑娘妳可知為何？」

我抬臉疑惑看他。

他溫和微笑的眸中，劃過了一抹惆悵。

「是不想與親人交戰吶……」

鳳老將軍的嘆息帶起了一陣悵惘的西風，捲起屋簷上的殘雪點點飛落。

「巫月是我們的家，巫月裡的每個人都是我們的親人，妳說，我們怎忍心與他們交戰？」

鳳老爺子的反問足以讓朝堂上所有人慚愧地無地自容！也包括我。

我們皇族討伐妖男，說得好聽是為巫月，實則還不是為了把皇權奪回自己手中？而我們只顧征討，卻沒想到千千萬萬士兵只是普通百姓，亦是巫月子民！

「所以我和阿嬌寧可留在這裡，也不想上京征戰。但今日姑娘開了口，我們西鳳家必會助姑娘一臂之力！」

我感動地立刻雙手抱拳：「多謝鳳老爺子出山！」

鳳老爺子笑呵呵地看著我，忽的，他似是看到了誰抬了抬手。

「瑾家那小子，今晚你可得陪老夫好好喝酒！」

身邊走來了瑾崋，他始終沒有看我，雙手抱拳：「是！前輩！」

鳳老爺子看看我，又看看瑾崋，調笑道：「喲！小倆口吵架了？」

「誰跟她吵架！」

「我們沒有！」

我和瑾崋同時出聲。

瑾崋怔了怔，直接撇開臉，又像是回到巫月皇宮，神情彆扭而煩躁。

「我跟她沒關係，她男人太多，我算什麼？哼！」他說到最後更是拉高了聲音，重重哼了一聲，直接甩臉走人，和他在皇宮時一模一樣。

鳳老爺子看了一會兒，噗哧而笑，看向了我。

我立刻拉起馬車：「我先回房了。」

走了沒幾步，身後忽然傳來鳳老爺子的大喊：「丫頭——男人不能太多——後院會起火的——」

我腳下登時一絆，差點摔了一跤，抬起臉時，看到了尷尬的鳳鳴，他朝我招招手，乾澀地笑著。

「我爹……他不正經，您可別在意。」說完，他尷尬地跑開。

我嘆氣蹙眉，這也是我不想做女皇的另一個原因，想到要平衡朝中各種勢力而和一堆男人成婚，就頭痛。

別人當是沒事，我卻心煩要死！

邊城府衙簡陋，房屋也年久失修。

牽馬車停於後院中，院中客房已經燈火明亮，從裡面匆匆走出一個男孩兒和一個女孩兒，年紀十五六歲上下，都是身穿舊甲。男孩帥氣可愛，女孩嬌俏玲瓏，兩人長得極為相似，似是龍鳳胎，他們也是楚嬌的子女，之前隨楚嬌迎敵。

「玉狐姊姊，房間已經給您收拾好了，您快進去休息，還為您準備了熱水！」女孩兒顯得有些激動。

「玉狐姊姊有什麼需要，儘管跟我們說。」那孩子有些靦腆。

我感謝看他們：「你們是……」

「我們是楚月楚星，我是姊姊，他啊，是我弟弟。」楚月伸手摸楚星的頭，楚星不高興地拂開她的手：「明明我是哥哥、妳是妹妹好不好？」

「你敢說你是哥哥！」楚月立時秀目圓瞪，指在楚星臉上，和楚嬌的表情如出一轍：「你敢再說一次！」

楚星立刻癟癟嘴，轉開臉：「好好好，讓讓妳，姊姊。」

楚星的神情也跟鳳老爺子極其相似。

「謝謝你們，我想要一套乾淨的男子衣服。」我笑道。

「男子的？」楚星立刻好奇看我，隨即看向我身邊幽靜的車廂：「玉狐姊姊，那裡面真是傳說中的孤煌泗海？能不能讓我看看？」

「別去看。」楚星立刻阻止：「沒聽娘說，孤煌兄弟有毒，女人看了都會中毒，被迷得神魂顛倒，連自己親人都會殺的。你們女人就是好奇心太重！」

楚月立時不服氣地雙手扠腰。

「你們男人就不喜歡看美女嗎？之前玉狐姊姊面巾拉下來，是誰看她看得雙眼發直？」

楚星被楚月說得語塞，無力反駁。

這個世界，男人永遠不要跟女人吵架。

「玉狐姊姊，我給妳去拿，大概要多大件的？」楚月問。

我淡淡笑道：「比瑾崋將軍略高些。」

「這麼高啊……」楚月看向和自己差不多高的楚星，連連搖頭：「難怪你做不成美男子，身高就差一大截。」

「楚月妳說什麼？我還會長的！」楚星立刻炸毛。

「就你？沒縮就不錯了。」楚月壞壞一笑開溜。

「楚月妳太過分了！」楚星緊追而上，兩人打打鬧鬧而去。

西鳳家族住在玉女關雖然清苦，但能感覺到他們逍遙自在，無憂無慮，如同隱世。是我的到來，打破了他們平靜的生活。

「泗海，下車了。」我打開了車廂門，修長白皙的手指掀開了布簾，那原本粉紅的指甲上，沾染了已經乾涸的血漬。

雪髮垂於地面，他從裡面緩緩而出，臉上的面具在細細的飄雪中多了分神祕。

我扶住他的身體，他用一邊完好的腿躍落馬車，穩穩站在我的身旁，雪髮直垂腳踝，絲絲閃亮，不沾塵垢。

他頓住了身體，面具倏然朝向一邊殘破的矮牆，冷冷而語：

「看夠了沒？再看挖出你們的眼睛！」

「啊！」一聲尖叫響起，隨即是匆匆跑離的腳步聲，我哭笑不得看孤煌泗海。

「何必呢？他們只是孩子。」

他微微抬首，面具後的目光孤傲冷淡。

「但我非供人觀賞之物，哼。」他冷然轉身，一瘸一拐走了一步，停下，靜靜站了一會兒，朝我伸出手，轉開臉輕輕嘟囔了一句：「扶我。」

我不由輕笑，伸手扶住了他，他卻順勢朝我身上一倒，軟若無骨，佯裝孱弱。以男人而言，他真的很輕，輕盈的身體才能讓他如同雪花般飄逸，如鬼魅般飄忽不定。

「別全靠我身上，你太高了。」

「我喜歡。」他撒嬌。

我無奈繼續扶他，慢慢進屋。

房內已經收拾乾淨，還有大大的浴桶和用來取暖的暖爐。

我把他扶到床上，看了看房間。兩位老將軍只為我準備了休歇的房間，所以只有一張小床。孤煌泗海在他們眼裡可是囚犯。

我關上門窗，讓暖爐裡的暖氣留存。窗外已經傳來熱鬧的鼓聲，是兵士們在歡鬧。但瑾崋的輕騎今晚不准喝酒，因為明日我們還要繼續出發。

「醜死了。」他再次糾結腿上的樹枝，用手指戳那些樹枝。

房間不大，我一眼看見角落的浴桶，拖了出來，發出拖曳的聲音。

「別嫌棄了，過會兒我給你換木板。」

「木板也醜。」他抬起面具，面具後的眼睛是滿滿的不悅。

我把浴桶拖到他面前，無語看他：「那你想怎樣？還要我去給你弄白玉的嗎？」

他在面具後含笑地看著我，宛如很喜歡看我生氣的模樣。

「你骨頭斷了，如果不固定，變形也就算了，反正你也說你快砍頭了。但如果斷骨再刺出，不是給我找麻煩？」

他笑瞇瞇地低下臉，單手撐在床沿，雪髮滑落面具，遮住面具上詭異的血淚，讓整張面具透出狐狸的狡猾。

看到他的面具，我的心又開始發沉，腦海裡浮現出椒老爺子的斷手和椒萸的懼怕神情。他的雙手實在沾染了太多太多的鮮血，多到即便連天神來，也無力保他，多到我心中也無法原諒。

「泗海，對不起。」

他微微一怔，抬起臉含笑看我：「為何又要說對不起？我現在很快樂。」

「我……」我垂下了臉：「算了，我給你洗洗。」

不開心的事還是別提了。

我把熱水倒入木桶中，他一直在面具後看著我忙碌，白狐面具隨著我的動作轉動。當我挽起衣袖，蹲下準備為他的腿拆樹枝時，他期待地看向我：「心玉和我一起洗嗎？」

我揚眉：「你全身是血，我才不要呢。」

「那……幫我洗嗎？」

「當然。」我心煩地抬臉看他：「你手腳不便，這裡又沒其他人，還有誰能幫你洗？」

他雙眸閃閃發亮地低下臉，我可以清晰地感覺到他在面具後的笑意。

「以前……讓妳幫我洗，還要強迫妳……」他低垂面具慢慢地說了起來：「其實那樣我也不開心。我希望今夜，心玉能為我洗久一點。」

我看了他一會兒，低下臉笑了。

「知道了。」說完，我輕輕拆下他腿部的樹枝，褲腿上的血漬已經完全變成深褐色，整條褲腿布料也變硬了。即使如此，他的身上依然傳來一種清新的異香，讓人心曠神怡的同時卻又心猿意馬。

屋內漸漸暖和起來，染血的樹枝一根根放落地面，先前撕開的褲腿散開，露出了我用裙衫做成的繃帶。

我一圈一圈小心拆開，幸運的是沒有和皮肉沾黏。草藥完全被傷口吸收，外面的皮肉恢復得很好，雖然布滿血汙看不清楚，但布條取下時沒有黏連。

我輕輕摸上了他的腿，雙手握住斷骨的部位：「我要檢查一下，可能會有點疼。」

「嗯。」

我雙手捏了下去，面具下傳來他一聲抽氣：「嘶！」

我抬臉看他，他立刻收住聲轉開臉，用雪髮遮住了他的面具。

我緩緩起身，探臉到他面具前，他眼神閃爍了一下，又轉開臉，雪髮在燈光中顫動，劃過一抹金黃的流光。

我再到他面具前，他面具下的眼睛朝我撇來：「看什麼？」

「那你躲什麼？」

他眨了眨眼，垂下眼瞼不再說話。

我伸手緩緩取下他的面具，從那雪髮之間慢慢揭下，他豔絕無雙的臉從面具後漸漸浮現眼前：那雙和師傅一樣狹長勾人的眼睛，精緻卻高挺的鼻樑，和嫣紅誘人的微翹紅唇。當他眨眼之時，那長長的睫毛會像蝴蝶振翅一般美麗，而那被睫毛遮蓋下的清澈目光會多一分狐媚與嬌嗔。

他抬起眼瞼深深看我，狹長的雙眸即使不笑也百媚叢生，靈動逼人，勾魂攝魄，讓你無法從他的眼睛上移開目光。它們像最強的磁石般，牢牢吸住你的靈魂。

他的眸光漸漸熾熱起來，朝我緩緩靠近，我甚至已經呼吸到了他的氣息，長長的瀏海將他的美眸遮蓋得若隱若現，卻越發迷人神祕。我們的距離越來越近、越來越近……

他嫣紅的雙唇就在我的唇前，火熱的氣息從裡面吐出，也染紅染熱了我的雙唇，我感覺到自己的呼吸也和他融在了一起，隨著他的節奏，開始慢慢加快、加快……

「玉狐姊姊！」忽然一聲呼喚從門外而來，我立刻退回身體摸上已經微熱的臉。他的臉上劃過一抹陰冷，煩躁地撇開了臉，雪髮揚起，深深遮起他的臉龐，在他已經逸出的陰邪之氣中微微輕揚。

「你答應我的，不再殺人了。」我握住他冰涼的手，他的身體柔軟下來，從雪髮下如媚如絲地瞥向我，唇角也隨之勾起，清澈動聽的聲音立時而來。

「只要妳在我身邊，我就不殺人。」說完，他微微側身，好讓屋外之人看不見他的臉龐。

我一打開門，楚月就朝屋內好奇張望。孤煌泗海修挺地側坐在床邊，滿頭的雪髮垂下床沿，讓人心神迷惘。

「看什麼看！」楚星一巴掌按在楚月的臉上：「奇奇怪怪的，還是白頭髮，有什麼好看的。」

「哼！」楚月白了楚星一眼，送上衣物：「玉狐姊姊，這裡是男女兩套衣服。我看您衣服也破了，所以也給您拿了一套來。」

「謝謝小月。」我接過衣物。

「還有還有，我想您可能熱水不夠，所以讓楚星把爐子和水壺也拿來了，您不夠可以自己燒，院子裡就有井。」

她隨手指了指水井。楚星提著一個爐子和水壺放入我屋內，也好奇地看孤煌泗海兩眼。

兄妹兩人再次站在房門前，楚星一臉疑惑。

「玉狐姊姊，妳說孤煌泗海是要犯，妳怎麼還照顧他啊？」

楚月眨了眨眼睛，壞笑起來：「難道姊姊也喜歡孤煌泗海？」

我一時語塞，第一次無言以對，隨後淡淡說道：

「有個人對我說過，即使他是要犯，也不能待他如狗。所以……」

「我們懂！我們懂～～」楚月對楚星壞笑地眨眨眼：「那不打擾姊姊休息了，楚星，走。」

楚月拉起楚星就走，哎……她懂什麼呀……

我轉身把衣物放在桌上，微微一頓，上方的房樑有人輕輕落下。

孤煌泗海已經揚起臉，唇角勾出一抹冷笑。

「哼，我孤煌泗海沒死之前，始終是心玉的夫王……」

在他開口之時，我已雙眉緊擰，他依然自得地狡黠而笑。

「你想跟心玉一起，依然需要經由我夫王的同意。我現在的決定是，不、可、以。」

「泗海！不要再刺激他了。」

他朝我瞥了一眼，揚唇而笑，微微轉臉優雅地抬手梳理頰邊的雪髮。

「他配不上妳。」來人輕輕巧巧地說。

我放好衣衫轉身出門。

「妳去哪兒？」那人立刻朝我看來，目露緊張。

「就外面。」我說完直接關上了門，後退幾步入院中揚起臉：「如果想動手，來吧！」

瑾崋單膝曲起坐在飄著細雪的夜空之下，額前垂落的一縷瀏海替他添了一分成熟。他手中的劍緊了緊，狠狠咬了咬下唇，又愛又恨地瞪視我。

「巫心玉，妳被那妖男迷惑了！」

我淡然看他：「不是迷惑，我是真心喜歡上了他。」

「妳！」他憤然而起：「妳要放走他！」

我黯然地垂落眼瞼：「不，是帶他回京，在你們所有人面前……領死……」

倏地，整個世界像是時間凝固般靜了，沒有了風聲，沒有了雪花墜地聲，也沒有了瑾崋的……呼吸聲……

「妳……」

我沒有再看他，只看向屋內那搖曳的燈光。

「即使我是巫女巫心玉，不是女皇，我還是會帶他回去領罪，向椒萸、椒老爺子、懷幽、凝霜、你，以及所有他害過的人贖罪。我會給你們所有人一個交代，我也不會包庇他。但在這段時間裡，我會守護他。」

我眸光收緊，堅定地抬臉看向雪夜下長髮飛揚的瑾崋。

「不會讓你們所有人碰他一分一毫！」

瑾崋站在房簷上怔怔俯看我：「妳、妳不是喜歡上他了嗎？」

我淡淡看他。

「所以你是想問我是不是要殺死自己所愛之人兌現與你們的承諾？那我的回答是：『是的。』」

靜默在我和瑾嵂之間開始瀰漫，他靜靜站在房簷之上，我靜靜站在院中，在我和他相連的視線之間是飄落的雪花，他的目光漸漸被複雜的情愫覆蓋，他移開了與我相連的視線，緩緩轉過身，靜默地站了一會兒，起身躍起，消失在漫漫黑夜之中。

我不想騙瑾嵂，騙他很容易，我可以用上萬種理由搪塞他，比如巫溪雪若是在所有人面前正法孤煌兄弟，會使皇權更加穩固，人心更加凝聚。

但是，我不想，不能因為他好騙而欺騙他。

我想讓他看到真正的我，一個毫無掩飾，徹底敞開心房給他看的巫心玉。這是我對他的尊重，與君臣之愛。

我回到房間，裡面越發暖和了，和外面已有極大的區別。

孤煌泗海轉臉看我，面容平靜：「殺了我是不是能讓他和其他男人對妳更加死心塌地？」

「為什麼突然這麼問？」我疑惑走到他面前。

他唇角勾出了邪邪的笑，目光狐媚地睨向一邊。

「因為我要讓他們對我的心玉死心塌地，心中只愛我的心玉一人，永生不變，永世不離！」

我怔怔看著他邪氣的笑容，那帶一絲陰狠的話語更像是在對瑾嵂他們下惡毒的詛咒！詛咒他們今生今世只愛我巫心玉一人！

「泗海，你到底怎麼了？」我被他的反常嚇到了。曾經霸道的他，想把所有男人從我身邊趕走的他，此時此刻，卻下詛咒一般讓他們不離開我的身邊。

他轉回了目光，笑容卻清澈起來。

「因為我死了，誰來讓妳開心？所以，我要他們在妳身邊，陪妳開心，任妳使喚。」

他那看似隨意的語氣卻深深揪痛了我的心。他嫵媚一笑，又沉下了臉，冷冷睨向我。

「但我在的時候妳不准跟他們相好！不然我馬上殺了他們！」

在他話音落下之時，我撲向了他，他就此怔住了身體，我深深抱緊了他。

「別再說了，別再說了……」我抱住他，在他的雪髮間深深呼吸。他沒有再說話，異常安靜地坐在床上，任由我抱著。

時間在呼吸中靜靜離去，火爐上的水壺發出了哀鳴，水開了。

我放開他，他垂下了臉，嘴角微微揚起，露出一抹甜甜的笑意：「妳第一次主動撲向我。」

「喜歡嗎？」我垂下了目光。

良久，他點點頭：「嗯。」

我也笑了：「我給你拆手上的樹枝。」

「好。」

在「咕咚咕咚」的水蒸氣中，我開始拆下他手臂上的樹枝，他一直甜甜地笑著，看著我。然後看著我提起熱水桶倒入浴桶。

浴桶很長，他坐下可以放直傷腿，這樣很好，不然只能幫他擦身了。溫熱的水對他的恢復也有好處，只要外傷癒合。

他一直坐在床沿看著我，和在後宮的每一個夜晚一樣，只是這一次，他的臉上只有笑容。

「你別笑了，你笑起來更勾人。」我因為他的美，而有些嫉妒了。

他努努嘴，轉開了臉：「我只給我的心玉看。別人看，我就挖了他們的眼睛！」
「你我大婚的時候，多少人看見了，你都挖了？」我好笑看他。
他一時語塞。
「來，我給你脫衣服。」我走回他身前。
「好啊！」他立刻開心地用單腿站起，瞬間高過我的頭頂，一股強烈的欺近感，讓我反而有些心慌意亂。我能感覺到他盯視我頭頂的火熱深情視線，也能感覺到他身上散發出來的特殊溫度。他熾熱的視線、不尋常的體溫和那越發沁人的異香，讓我心跳開始為他而紊亂。
我低下臉保持冷靜地抽開他的腰帶，髒汙不堪的白衣在我的面前徹底打開，露出了他白皙起伏的胸膛。那如玉的肌膚，和像海棠花一樣豔麗的玉珠，在破碎的衣衫下若隱若現，誘人觸摸。
我趕緊走到他的身後，想讓自己平靜，入目的卻是我曾經一直想迴避的大片血漬。我輕輕摸上那片血跡，腦中浮現他一次次為我受傷的畫面，他身上的傷，全屬於我。
輕輕揭下他的衣領，瑩白的肌膚上，斑斑血漬如同一片片焦了的玫瑰花瓣烙印在他的身上，小心翼翼地脫下他左側衣衫，露出那一側乾淨的肩膀和手臂。
「冷嗎？」我問。這樣的嚴冬，即使屋內已有熱氣，但常人依然會無法忍受。
他向我側臉：「看著妳，不冷，還有點……熱。」
他要轉身，我狠狠在他箭傷的位置按了一下：「夠熱了嗎？」
他痛得蹙眉，抿緊了微翹的紅唇，艱難而語：「嗯！有點出汗了。」
我笑了，走到他右側小心地撕開衣袖，徹底脫下了他的衣物。

「要我抱你進去嗎？」我伸出手。

他忽然撇開臉，高傲地白我一眼。

「不要，我是男人，怎能讓女人那樣抱著。不過……」他再次勾起唇角朝我壞壞看來，瞇起的雙眸中是狐狸滿滿的狡黠，他緩緩俯下身到我耳側：「我褲子沒脫，怎麼洗？」

我揚了揚眉，轉身的同時，抽開了他褲腰的繫帶，身後是褲子「撲簌」墜地的聲音。那輕微的聲音，也讓我一時凝滯了呼吸。

輕輕的傳來水聲，我轉身看時，他身體輕盈地幾乎像是站立在水面之上，雪髮遮蓋了他的身體，讓人無法窺見他的一切。那如玉的左腳點開了水面，他緩緩落入水中，輕得幾乎聽不見水被撞開的聲音。

雪髮飄蕩在水氣繚繞的水面上，他在水中微抬左手，泛著熱氣的清水從他修長的指尖流下，墜入水中。無論任何人，看著此時的他，都不會覺得他是妖孽，而是誤墮人間的仙子。

他轉身懶洋洋地靠在浴桶邊緣，期待地看我：「心玉真的不和我一起洗嗎？很舒服。」

我隨手拿起布巾：「是我幫你洗，你看看你把水弄成了紅色，多噁心。」

整個浴桶的清水被他身上的血漬瞬間染成了淡粉色，讓人心疼。

「嘩啦……嘩啦……」我輕輕洗去他後背的血漬，他的雪髮也被那一桶血水染得微微發紅。

「心玉，妳喜歡月傾城嗎？」

我一愣：「你又怎麼了？」

他輕輕梳理自己雪髮：「因為他長得不錯，我可以給他用巫術，讓他心裡只有妳。」

「嗤。」我在他身後輕笑搖頭。

他微微側臉：「怎麼了？」

我看著他雪髮覆蓋的側臉：「你讓我想起我師傅天九君。」

他一怔，面露不悅地轉回臉：「一聽就是個男人。」

「師傅是狐仙廟的狐仙……」

「什麼？」他吃驚地再次微微側臉。

「你和你哥不是一直對我師傅很好奇嗎？不是一直奇怪為何記不清我的容顏嗎？那是因為師傅在我身上施了法術。師傅說他要讓那男人記不住我的容貌，但若是哪天記住了，便深深烙印在他們的心裡。現在一想，不就是愛嗎……」

「原來如此……」他驚嘆地緩緩轉回臉：「妳師父跟我的想法倒是有些相似。但還是他聰明，讓敵人愛上妳，敵人怎會再害妳。哥哥愛妳，所以屢屢不忍下手；我愛妳，曾想讓妳和我一起死，但最後，我自己也控制不了地護了妳……」

我不知不覺間陷入對他背影的凝視，你們是兄弟啊，或許因此，而想法相似吧。

「妳師傅真狠！」

「嘩啦！」他倏然轉身，狠狠瞪我：「我要見他！」

「來不及了，人家成仙了～」我捧住他不甘的臉：「你出來一下，我給你換清水。」

他努起嘴，目光開始陰狠起來，冷冷一笑：「沒關係，我死了找他更方便！」

我忍不住一掌打在他頭上，他立刻轉臉瞪我，我生氣回瞪。

「不許再說死！我准你的死的時候才能死！給我起來換水！」

他陰陰沉沉瞪我一會兒，忽然一笑：「好啊，我這就起來！」

「嘩啦！」他直接站起，血色的水立時順著他白皙的皮膚滑落，我立刻轉身，死白毛！

到床邊撿起狐裘直接扔給他，然後替他換水，他裹在狐裘下壞笑看我，我再次為他倒入清水。他真是太髒了，血水倒出去，一股的血腥味！

他再次進入桶中，清澈的水讓他的雪髮恢復了原先的顏色。我在水中清洗他的雪髮，絲滑的雪髮這麼多天依然順滑，絲毫沒有打結，遊蕩在指尖，讓人愛不釋手。

「心玉。」他忽然輕輕喚我，我繼續站在桶邊為他清洗雪髮。

「什麼？」

忽的，他靠近我的臉邊，帶起一聲水聲，火熱的呼吸貼在了我的耳側，我僵立在空氣之中。濕滑火熱的舌舔上了我的耳側，一點一點舔落，舔上我的耳根，隨即，柔軟的雙唇包裹了我的耳垂，開始輕輕細膩地舔弄。

他舔地很慢、很慢，像是不放過裡面的每一處，火熱的氣息包裹了我的耳垂，讓我的呼吸開始在他的舔弄之中凝滯，雙眸不由慢慢閉起。

「我知道……妳喜歡我舔妳……」

沙啞的聲音充滿了蠱惑，濕熱的手撫上了我的臉，逐漸把清香的水染上我的臉龐。纖長的手指順著我的臉一點點滑落，滑過我的頸側，我的肩膀，落在了我的酥胸上。火熱的手倏然收緊，他隔著我的衣裙緊緊握住了我的酥胸。

「心玉……我想要妳……」他的舌尖來回地舔過我的頸側，握住我心口的手也在那舔弄之中一收一放，一揉一捏。

全身的血液被火焰燃燒起來，那隻抓握我酥胸的手滑入我的衣領，探入了我的衣衫，再次找到了柔軟的蓓蕾，開始揉捏起來。

「心玉……我想舔妳……讓我舔……」他幾乎是渴求的聲音透出了一絲焦灼的哽啞，指尖哀求般地輕揉。

「求妳了……心玉……」他貼上我的臉，哀求地磨蹭，火熱的臉燒燙了我的臉。

我緩緩睜開了眼睛，緩緩拉住了腰帶……

我在他面前轉身，他的手繞過我的脖頸依然鑽進我的衣服裡，緩緩輕揉。

腰帶從手中墜落，衣衫鬆散之時，他探出身體貼上我的頸項，粗重地火熱喘息。

「心玉……我的心玉……我想要妳……想要妳……」

衣衫緩緩褪落肩膀，他的熱掌焦躁地摸上我已經赤裸的地方，火熱的舌迫不及待地舔過我的肩膀、我的後背，來來回回，我的呼吸也開始隨著他的呼吸而加快。

「泗海……」我向上撫上他熱燙的臉，他順勢舔上我的手指，一點一點，一根又一根，含入他的口中輕吟吮吸。

他的手臂立時環過我的身體，一把將我拽入水中。我小心避開他的傷腿，在水中轉身深深注視他，他朝我渴求地撲來。我按住他的胸膛，一點一點撫過他的眉眼，然後緩緩吻上了他的唇。

立刻，火焰一觸即發，我們在水中激吻。深深地探入彼此，唇舌開始激烈地糾纏，如膠似漆地纏繞，誰也不想離開，他火熱的吻開始而下，吻過我的頸項，一口含住了我的花蕊，舔弄吮吸。

「嘩嘩」的水聲中是我們急促的喘息聲。

「呵呵呵呵……」

我貼近他的身體，下身也貼上了他的火熱。他火熱的手撫上我的後背又緩緩而下，在我的腰間指尖輕輕劃過，按住我的腰，緩緩放落我的身體，讓他的慾望慢慢佔有我的身體。

「呵……」他難抑舒適地呻吟出口，我抱緊了，他一邊吮吸一邊緩緩索求。

我吻落他的耳側，靠在他的頸邊：「讓我來，你受傷了……」

「心玉……我想要妳……」

「我知道……」我捧起他的臉，那雙狹長的水眸之中已是迷離的目光，特殊的狐媚讓他妖嬈得讓人難以抗拒。我吻住他粉紅的唇，開始在水中緩緩欺負。

「嗯……嗯……」他半瞇雙眸，深深吻住我的唇，熱掌用力揉捏，清水隨著我們的起伏震顫出了浴桶，下面水光盈盈，在火光中照得屋頂波光粼粼。他在我的身下火熱喘息，他在我的吻中神情迷離，他在我的迎合中欲罷不能。

他忽然不顧右手的骨折，用雙手扣住我的腰劇烈起伏起來，霸道地將主權奪回男人手中。他埋入我胸口，含入吐出，狠狠吮吸輕咬，灼灼的痛卻又帶出讓人難以抗拒的興奮。水聲和喘息聲交織在一起，更讓這個房間情潮湧動。

久久的，我們在水中交融，只有這個時候，才能感覺到我們只屬於彼此，我們不再屬於這個世界……

「呼……」長長的吐息在我耳畔響起，我靠在他胸膛上，赤裸的身體在水中緊緊相貼，雪髮和我的黑髮一起飄蕩在我們身邊，糾纏不清。

「心玉……我的手好像又斷了……」他在我耳邊有些疲憊地說。

「誰讓你不自覺……」我靠在他胸前苦笑不得。

「嗯……」他的身體在我後面輕動，左腿開始輕輕磨蹭我的腿。「既然……已經斷了，不如……再來一次吧！」

立時，我還沒反應過來，已再次被他擁住。

我雙手抓緊浴桶，想反抗時，他已再次舔上我的後背，所有怒火也被那再次而來的快感吞沒……

晨光悄悄爬上了我們身下這張簡陋的小床，我在他的左臂上緩緩醒來，他的身體染上了我的溫度，不再冰冷。我淡淡而笑，握住了他環在我腰間那隻再次綁好的斷手，和他十指交纏……

泗海，我會記住這個晚上，這一晚，我們才是真正的夫妻……

巫月二五八年冬。巫溪雪公主領兵三十萬從西山出發，兵分三路討伐妖男孤煌少司。女俠玉狐與瑾崋少將軍一起請西鳳家族出山，共行大事。

（待續）

他從來沒有得不到的東西，他就是孤煌少司。

一頭白髮勝蒼雪，一雙美眸卻無情。

他很美，美得驚心動魄，美得擄獲男女之心。

他很無情，視人命如草芥，雙手沾滿鮮血。

孤煌少司在人們的白眼中長大，因為他們視他為不祥，但在眾人發覺他的美豔時，他還以人們的是比他們當初更心寒的白眼。

任何忤逆他的人，會在下一刻消失在這個世界上。

這個世界，他只愛一個人，就是他的哥哥——孤煌少司。

孤煌少司愛護他如珍寶，只要他想要的，他無不滿足。

孤煌泗海喜歡獨一無二的東西，好，那他就把其他所有一樣的東西都毀了，讓那僅剩的一個成為獨一無二！

「那些女人怎麼還不死。」

孤煌泗海無聊地斜躺在泛著蠟光的地板上，雪白的長髮在陽光中如絲絲銀絲，一襲同樣銀色的華袍越發稱出他如玉般通透的容顏和這滿頭亮澤的雪髮。

孤煌少司溫柔地側坐他身旁，執起他的雪髮用一隻精美的玉梳輕輕梳理。

「泗海，你又浮躁了。」

「每天看著她們對哥哥流口水，我嫌煩。」孤煌泗海冷冷地瞥眸，抬起右手，如蔥的手指和粉色的指甲美如佛手，他卻用這麼美的手製造殺戮。「全殺了她們算了。」

「哼……」孤煌少司微微一笑：「她們遲早會死的，但現在，她們還有用。」

「這個死了應該只剩山上的那個吧。」孤煌泗海無聊地單手支臉：「終於快結束了，哥，山上那個不如在半路殺了吧。」

「那誰給我生孩子呢？」孤煌少司微笑看泗海。

泗海咧嘴陰邪一笑：「是啊，她還要給哥哥生孩子呢，好吧，再留她玩一會。」

那一晚，他作了一個夢，夢中，他走在滿是楓葉的路上，紅色的楓葉從空中如同雪花飄落，他雪白的長髮在紅葉中飛揚。

飄飛的紅葉之間他看到了一個人影，那個人影有著一頭金髮，他看不清他的長相，但是他卻生出了一絲妒意。他有預感，那個男人比他更美，因為他的金髮……是那樣的美……

紅葉嘩嘩地在他身周飛舞，也遮起了那個金髮男子的身影，楓葉飄落之時，一個少女的背影慢慢浮現，她靜靜掃著地，一頭如瀑的黑髮隨意地在身後束起，沒有任何髮飾，身上樸素的巫女衣服讓他的心莫名地變得平靜，不再浮躁。

他不知不覺注視著那個掃地的背影。

楓葉在她的掃帚下慢慢聚攏，她掃得很仔細，似乎一點也不因為滿地的楓葉而心煩，而是有耐心地一點一點將它們掃攏。她動作安靜而緩慢，幾乎聽不到她掃落葉的聲音，她平靜地像是溶入了寧靜的自然，彷彿也成為了自然界萬物中的一個。

她的身上怎能如此純淨……

純淨得讓他心裡起了波瀾，讓他陷入了一絲恐慌，他的心開始混亂，他的雙手開始浮出鮮紅的鮮血，鮮血緩緩滴落地面，瞬間染紅了身下的地面，滴落在楓葉之上。

不！他不要讓她看到滿地鮮血！

不！他要讓她看到滿地的鮮血！

因為——

他邪邪地揚起了唇角，這樣純淨的人，不可能存在！

即使存在！他也要把她毀滅！

染上斑駁血跡的楓葉漸漸吹向她的腳邊，她頓住了身形，微微側臉，他無法看清她的容貌，但卻已經心跳加速。

他再次心慌，心慌於這從未有過的感覺。

他越發認真地凝視那個少女，她慢慢彎下了腰，拾起了那染血的楓葉，可是她卻不驚訝，柔美的側容竟露出了溫暖的微笑。

「這樣……也挺美。」柔柔的聲音從她的唇中逸出，卻字字撞擊他的心。他的心跳因為她溫柔的話聲而凝滯，滿地的鮮血忽然化作了紅色的飄雪，開始翻飛，如同紅色的蒲公英飛揚。

為什麼她可以把一切汙穢的東西，化作美麗……

他從夢中醒來，依然無法忘記那個身穿巫女服的身影，直到……他在現實裡，看到了她……

她站立在刑台上，巫女樸素的裙衫飛揚，那一刻，他真的有些驚訝，但是隨即他在她眼中看到了和那些女人一樣的花癡，他的心底立時升起了深深的厭惡。果然那樣的人，只在夢中。

她便是新女皇巫心玉，她將成為巫月國最後一任女王，成為他們兄弟手中的玩物，為他哥哥生下孩子，穩固政權的工具和棋子。

他立在高高的塔頂，冷冷瞥了一眼那曾在夢中讓他心慌意亂的身影，毫不留戀地轉身飛離，心裡卻止不住地想殺死她，因為，她在夢裡「勾引」了他，可是在現實中，卻讓他噁心！這讓他非常氣憤，若她不是還有用，他此刻就想殺了她！

然而，玉狐出現了！

這個神祕的女人，居然可以和他打成平手！而且，還步步為營，屢屢贏他，這讓他興奮！他很久沒有這樣興奮了！

從小到大，他從沒遇到過對手，即使孤煌少司也無法贏他，他是天下第一，他是世上最聰明的人，今天，他卻遇到了一個對手。

「玉狐猖獗，必須除掉！」孤煌少司吃了玉狐的虧，渾身的殺氣。

「不，我要她。」孤煌泗海邪邪地揚唇。

孤煌少司吃驚地看向他，了然地笑了。

「原來如此，好，我把她留給你，讓她再陪你玩玩。」

孤煌泗海邪邪地笑了，他有預感，他很快就會抓住她，然後……他會讓她永遠記住自己，活在自己的陰影裡！

終於，他抓住了她，即使自己身受重傷，即使自己付出生命也要抓住她！撕開她的面具，看清她的容貌，然後狠狠要了她！

是！

他想要她，他從未對女人有過如此強烈的慾望，唯有要了這個女人，這個女人才會成為自己的！

他真的捨不得她死，甚至是受傷，從高空摔落下來時，他護住了她的身體，寧可自己的後背重重撞擊在地面上，加重了他的傷。一根骨頭應該斷了吧，但他無所謂，他孤煌泗海從來不知道痛是什麼感覺！

他現在只想揭開她的面具，看看這隻玉狐到底是誰？

他揭開了她的面具，沒想到帶給他的卻是狂喜！

他在她憤怒和滿是恨意的眼神中毫不猶豫地要了她，他不後悔，即使是以死為代價，他都無所謂了，他只想在活著的時候可以佔有她，把自己深深刻在她的心底，讓她生生世世都無法忘記自己。

他看著她憤恨的瞳眸中映著他的倒影，他知道，他做到了，他讓她心裡記住了他，他已經不會再……失去她。

「哥，這個女皇，我來嫁。」當他穿上孤煌少司的喜服時，孤煌少司怔立在了他的面前。

他知道，他的哥哥喜歡巫心玉，那個看上去單純可愛的少女，那是他哥哥喜歡的類型，沒有縝密的心思，沒有半絲城府，可以讓他哥哥獲得輕鬆的少女。

可是，他愛的是另一個她，那個在夜間穿梭，與他們孤煌兄弟為敵，並且處處贏了他們的那隻玉狐。

他不想告訴哥哥她是玉狐，因為玉狐只是他一個人的。

他也知道，從小到大，無論他任何要求，哥哥都會滿足，即使是哥哥心裡喜歡的女人。

「哥哥捨不得嗎？」他邪邪瞥睞看孤煌少司。

孤煌少司蹙了蹙眉，淡淡地笑了，溫柔地抱住他。

「只要是你想要的，哥哥都會給你。只是哥哥不明白，你為何突然……」

「我想要她。」他枕在孤煌少司的肩膀上輕輕地說：「你說……她會喜歡我嗎？」

「泗海這麼美，她……一定會喜歡。」孤煌少司心裡微微一絲抽痛。

「不，她不會喜歡。」他離開了孤煌少司的肩膀，穿好喜服，揚唇一笑。「我要給她一個驚喜，她一定會恨死我的。」

邪邪的笑容卻讓他更加美豔一分，那動人心魄的美，讓任何女人也無法抵擋。

他要她。

他想要的，一定會得到。

他一定會讓她愛上他，因為他知道，他們是宿命的安排，是天生的一對。

即使這一生……

注定他們……

相愛相殺……

國家圖書館出版品預行編目資料

凰的男臣. 4, 深宮美男心機深 / 張廉作. -- 初版.
-- 臺北市 : 臺灣角川, 2016.05

面 ;　公分

ISBN 978-986-473-086-5(平裝)

857.7　　105004913

Kadokawa Fantastic Novels DX

凰的男臣4

深宮美男心機深

2016年5月19日　初版第1刷發行

作　者：張廉
插　畫：Ai×Kira

發行人：成田聖
總編輯：蔡佩芬
責任編輯：林秀儒
資深設計指導：黃珮君
美術設計：宋芳茹
印　務：李明修（主任）、張加恩、黎宇凡、潘尚琪

發行所：台灣角川股份有限公司
地　址：105台北市光復北路11巷44號5樓
電　話：（02）2747-2433
傳　真：（02）2747-2558
網　址：http://www.kadokawa.com.tw
劃撥帳戶：台灣角川股份有限公司
劃撥帳號：19487412
法律顧問：寰瀛法律事務所
製　版：尚騰印刷事業有限公司
ISBN：978-986-473-086-5

香港代理：香港角川有限公司
地　址：香港新界葵涌興芳路223號新都會廣場第2座17樓 1701-02A室
電　話：（852）3653-2888

※本書如有破損、裝訂錯誤，請寄回當地出版社或代理商更換。